Rosa Branca
Floresta Negra

Título original:
White Rose, Black Forest

A presente edição é publicada mediante acordo assinado com a Amazon Publishing, www.apub.com, em colaboração com Sandra Bruna Agencia Literaria

Autor:
Eoin Dempsey

Tradução:
Marta Neves da Cruz

Revisão:
Inês Guerreiro

Capa: Joana Carvalho
Fotografia da capa: © Elisabeth Ansley / Trevillion Images

Biblioteca Nacional de Portugal – Catalogação na Publicação

DEMPSEY, Eoin, 1977-

Rosa branca, floresta negra
ISBN 978-989-8866-46-2

CDU 821.111(417)-31"20"

Depósito Legal n.º 452029/19
Paginação: João Jegundo
Impressão e acabamento:
Publito - Braga
para
Minotauro
em
fevereiro de 2019

MINOTAURO, uma chancela de Edições Almedina, S.A.
Avenida Engenheiro Arantes e Oliveira, 11 – 3º C - 1900-221 Lisboa / Portugal

Rosa Branca Floresta Negra

EOIN DEMPSEY

MINOTAURO

Este livro é dedicado ao meu filho Robbie

Nota do Autor

Rosa Branca, Floresta Negra é inspirado em acontecimentos reais. No entanto, alguns elementos factuais e respetivas datas foram alterados, no interesse da narrativa.

N
Breisach
0
10 Milhas
0
10 Quilómetros
Rio Reno
FRANÇA
Müllheim
Friburgo
Sankt Peter
ALEMANHA
ALEMANHA
Floresta Negra
Titisee-Neustadt
Floresta Negra
Bürchau
Schopfheim
Wehr
Waldshut Tiengen
Inzlingen
Basileia
Rheinfelden
Bad Säckingen
Rio Reno
SUÍÇA

Capítulo 1

Montanhas da Floresta Negra, Sudoeste da Alemanha, dezembro de 1943

Este parecia ser um bom sítio para morrer. Um lugar onde antes conhecia cada campo e árvore, cada vale, onde as pedras tinham nomes e os locais de encontros eram descritos em línguas secretas que os adultos nunca conseguiriam entender. Um lugar por onde corriam cascatas, pelo meio das montanhas, brilhando como aço polido sob o sol de verão. Era onde em tempos se sentira segura. Agora, até este lugar parecia envenenado, destruído, com toda a sua beleza e candura sufocadas até à morte.

A toda a volta, o solo estava implacavelmente coberto por um manto de neve. Fechou os olhos, parando por uns segundos. O uivo assustador do vento, um farfalhar nos ramos das árvores cobertos de neve, a sua respiração acelerada e o coração a bater descompassado. O céu noturno aproximava-se, ameaçador. Continuou a avançar. Apenas se ouvia o som dos seus passos. Qual seria o melhor sítio para fazer uma coisa daquelas? Quem iria encontrá-la? Era difícil suportar a ideia de ser encontrada por algumas crianças que ali pudessem ir brincar. Talvez fosse melhor voltar para trás, suportar pelo menos mais um dia. Uma lágrima assomou-lhe no canto dos olhos e desceu pela pele ressequida do seu rosto. Prosseguiu.

A neve que caía foi-se tornando mais espessa, e ela ajustou o cachecol, para cobrir o rosto. Talvez os elementos a levassem. Seria um final mais adequado – um regresso à natureza que tanto amara. Por que razão continuava a caminhar? O que ganhava em continuar a deambular pelo meio da neve? Chegara, sem dúvida, a hora de terminar tudo, de pôr fim à agonia. Enfiou a mão no bolso e, através das luvas, sentiu a suavidade do metal do velho revólver do pai.

Não, ainda não. Continuou a avançar. Não voltaria a ver a cabana. Aliás, não voltaria a ver mais nada nem ninguém. Nunca ficaria a saber como iria a guerra acabar, não veria os nacionais-socialistas caírem nem aquele louco responder pelos seus crimes. Pensou em Hans, no seu belo rosto, com os seus olhos sinceros e a impressionante coragem no seu coração. Nem sequer tivera a oportunidade de o abraçar uma última vez, de lhe dizer que ele era a razão que lhe permitia acreditar ainda que o amor podia existir neste mundo grotesco. Tinham-lhe cortado a cabeça, atirando-a para um caixão juntamente com o corpo, e haviam-no colocado ao lado da sua irmã e do seu melhor amigo.

A neve continuava a cair, mas ela prosseguia, passando pelas árvores da floresta, à sua esquerda, enquanto subia a colina. Os seus olhos iam-se ajustando à escuridão quando, à sua frente, algo lhe chamou a atenção, algo sobre a neve, a cerca de cento e cinquenta metros. Era um corpo, amarfanhado como se se tratasse de um monte de trapos sobre o branco imaculado. Não se viam pegadas à sua volta. Não se mexia, mas o paraquedas que ainda tinha agarrado agitava-se com o vento, lambendo a neve como um animal sedento. Instintivamente, virou a cabeça, muito embora não visse uma única pessoa há muitos dias. Avançou, cautelosa, com a paranoia enraizada nela a fazê-la aperceber-se de cada sombra e de cada sopro de vento, como uma ameaça mortal. Mas não havia nada nem ninguém.

A neve amontoava-se sobre o corpo inerte, cobrindo-o quase por completo. Tinha os olhos fechados. Ela afastou-lhe a neve do rosto e tentou sentir-lhe o pulso. Sentiu o coração bater através da pele do pescoço. Por entre os lábios do homem soltavam-se espirais de fumo branco gelado, mas os olhos permaneciam fechados. Recuou um pouco, olhando em volta, numa busca desesperada por algum tipo de ajuda. Estava totalmente só. A casa mais próxima era a sua – a cabana que o pai lhe deixara –, mas que ficava a quase três quilómetros. A aldeia mais perto estava a mais de oito quilómetros – uma distância impossível naquelas condições, mesmo que ele estivesse consciente. Sacudiu-lhe a neve do peito, revelando um uniforme da Luftwaffe, com a insígnia de capitão. Era, obviamente, um deles – um dos monstros que destruíra o país e lhe levara todos aqueles que ela amara verdadeiramente. Quem poderia saber, se o deixasse ficar ali a morrer? Podia limitar-se a abandoná-lo assim. Em breve estariam ambos mortos, e nunca ninguém saberia. Seriam apenas mais dois corpos, a juntar-se a toda aquela destruição. Penosamente, afastou-se alguns passos. As pernas pararam de se mover, e então, mesmo antes de se aperceber de que tomara uma decisão, estava novamente curvada sobre ele.

Tentou despertá-lo, batendo-lhe no rosto. Levantou-lhe as pálpebras, mas não obteve senão um ligeiro gemido. O capitão da Luftwaffe estava apoiado pela própria mochila, tinha a cabeça deitada para trás e os braços esticados de cada lado do corpo. Era alto – provavelmente com mais de um metro e oitenta – e devia ter, pelo menos, o dobro do seu peso. Sentiu uma pontada de ansiedade, ao pensar na impossibilidade de o transportar até à sua cabana. Não sabia como fazê-lo. Ainda assim, tentou e conseguiu erguê-lo uns centímetros, antes das suas pernas cederem e a fazerem escorregar, voltando a deixá-lo cair sobre a neve. A mochila deveria pesar mais de vinte quilos, e o paraquedas pelo menos uns cinco. Por agora, o paraquedas poderia ficar, mas tinha de lhe tirar a mochila. Após alguns segundos de tentativa e erro, conseguiu soltar-lhe as alças e tirar-lha das costas, fazendo que o corpo do oficial caísse de novo na neve, com um ruído surdo.

Pousou a mochila e olhou para o céu. Nevava mais intensamente. Não lhes restava muito tempo. Voltou a verificar-lhe o pulso. Ainda estava forte, mas por quanto mais tempo? Um impulso fê-la mergulhar a mão no bolso do casaco dele. Tirou-lhe os documentos de identificação. Chamava-se Werner Graf. Era de Berlim. Viu na carteira a fotografia de uma mulher com duas meninas sorridentes, de cerca de três e cinco anos. Tinha vinte e nove anos – mais três do que ela. Expirou profundamente, enquanto se levantava para olhar para Werner Graf. Fora treinada e trabalhava para ajudar outras pessoas. Era isso que fora – e que poderia voltar a ser, mesmo que apenas por algumas horas. Voltou a guardar-lhe os documentos no bolso. Colocou-se atrás dele e tentou pegar-lhe por debaixo dos braços, usando todas as suas forças. A parte de cima do corpo do oficial moveu-se, mas as pernas estavam presas sob a neve, e ele soltou um grito de dor quando se soltaram. Continuava com os olhos fechados. Voltou a pousá-lo e deu a volta, para lhe examinar as pernas. Tinha as calças rasgadas, e ela quase recuou ao sentir os seus ossos partidos a fazerem pressão contra a pele. Tinha ambas as pernas partidas abaixo dos joelhos. Talvez também os perónios, mas as tíbias estavam certamente afetadas. Se fosse tratado devidamente, com o tempo acabariam por sarar, mas por agora caminhar estava fora de questão.

Talvez fosse preferível deixá-lo falecer suavemente durante o sono, ali na neve. Abriu-lhe a mochila e verificou que continha diversas mudas de roupas e mais documentos, que ela pousou ao seu lado. No fundo, encontrou fósforos, comida, água, um saco-cama e duas pistolas. Interrogou-se sobre a razão que levaria um piloto da Luftwaffe a transportar tais coisas. Duas armas? Talvez a intenção fosse descer em Itália, atrás das linhas inimigas, mas isso ficava a centenas de quilómetros dali. O tempo era escasso. Não podia perdê-lo com dúvidas que iriam custar a vida de Werner Graf. Pensou na sua mulher e filhas, inocentes dos crimes que ele pudesse ter cometido em nome do Reich.

Ela própria não levava muita coisa consigo – apenas um revólver carregado. Era tudo aquilo de que pensara vir a precisar nessa noite.

Vieram-lhe à memória os invernos cheios de neve da sua juventude e os tempos que vivera naquele sítio. A linha de árvores por onde passara ficava a poucas centenas de metros, e essa distância representava a diferença entre a vida ou a morte do oficial. Nunca o teria encontrado se ele tivesse aterrado aí – mesmo que ele tivesse sobrevivido à aterragem. Tirou o saco-cama da mochila, abriu-o e colocou-o por cima dele, antes dc se inclinar em frente ao seu rosto.

– É bom que valha a pena salvá-lo – sussurrou. – Faço-o pela sua mulher e pelas suas filhas.

Encontravam-se num planalto, onde as árvores desciam até a um vale, mais abaixo. Os pinheiros estavam cobertos de neve, que já devia chegar a uma altura de três metros. Precisaria de um ou dois minutos para chegar junto deles. Agachou-se e vasculhou a neve. Era muito macia, o que lhe permitiria trabalhar rapidamente. Não se via vivalma. Escavar uma gruta seria a única possibilidade de sobreviverem à noite. Os pensamentos de pôr fim à sua própria vida poderiam esperar até salvar a dele.

Foi vê-lo. Ainda estava vivo. Uma pequena luz tremeluzia dentro de si, como a luz distante de uma vela, num túnel escuro. Regressou ao buraco, sem se deter para pensar como iria conseguir levá-lo para ali e concentrando-se apenas em escavar. Mais vinte minutos e a gruta de neve já teria tamanho suficiente. Foi descendo pelo seu interior, usando o próprio corpo para suavizar a neve. Fez uma espécie de prateleira com as mãos, antes de criar um pequeno buraco por cima, com um ramo comprido que arrastara do exterior, para que o ar pudesse passar.

Regressou ao sítio onde estava Werner, pegou na mochila e no saco-cama e levou-os até à gruta de neve. Tinha o comprimento suficiente para ele estar deitado e altura para lhe permitir sentar-se. Teria de servir. Voltou para junto dele. Já devia passar da meia-noite. A segurança relativa da manhã parecia ter ficado a anos de distância. Não poderia movê-lo para além da gruta de neve, até a nevasca ter acalmado. Agarrou no *nylon* do paraquedas, ainda preso por correias aos ombros, e puxou-o. Um terrível esgar de dor surgiu no rosto do oficial, enquanto o seu corpo deslizava sobre a neve. Ela agarrou de novo no paraquedas, puxando-o com toda a força que conseguia. As suas próprias pernas começavam a fraquejar, mas ainda assim foi capaz de arrastá-lo quase mais dois metros. Era possível. A esperança reacendeu-se nela, libertando adrenalina através do seu corpo. Levantou-o mais um pouco e, depois, fez um novo esforço. Por baixo do cachecol grosso e do casaco estava encharcada em suor, mas conseguiram chegar à gruta de neve. Era a primeira vez, em muito tempo, que tinha uma sensação de triunfo. Talvez desde os primeiros panfletos da Rosa Branca, quando a excitação de lutarem pelo que estava correto os arrebatara, quando a promessa de um futuro melhor para o povo alemão parecera uma realidade, pela primeira vez numa geração.

Werner Graf continuava inconsciente. Nada conseguiria acordá-lo. Não nessa noite. O objetivo de conseguir que ele abrisse os olhos fazia-a avançar. Já não interessava quem era, mas apenas que era um ser humano e que ainda estava vivo. Descansou uns breves segundos, antes de o empurrar pela superfície inclinada da gruta que construíra. Ele voltou a gemer quando os ossos das pernas estalaram de novo, à medida que ela o fazia deslizar para o interior.

A neve continuava a cair do céu escuro e o vento uivava como um lobo voraz. A gruta iluminou-se quando ela acendeu um fósforo que lhe tirara da mochila. Ele era apenas um corpo ferido, não um homem, e ainda não olhara bem para ele. Era bonito, tinha a barba por fazer e o cabelo castanho e curto. Apagou o fósforo e esticou-se para agarrar o saco-cama e colocá-lo à volta dele. Deitou-se ao seu lado, capaz de ouvir uma respiração superficial e o bater lento do coração dentro do peito. Para conseguirem sobreviver à noite, iriam precisar do calor corporal um do outro. Colocou um braço em volta dele. Já não tocava assim num homem desde que Hans morrera, há dez meses. Exausta, mergulhou num sono profundo.

O som de um grito sacudiu-a, arrancando-a da fuga do sono. Precisou de alguns segundos para perceber onde estava e o que se passava. A escuridão da gruta. A escuridão mantinha-lhe os sentidos entorpecidos, até que espreitou pela abertura por cima da sua cabeça. A luz da Lua era agora visível. A cabeça dele virou-se, com violência, para um dos lados. O corpo continuava quente. Estava a sonhar. Ela voltou a aconchegar-se ao seu lado, usando o braço dele como almofada. Estava quase a voltar a adormecer, quando ele gritou novamente.

– Não, por favor! Por favor, pare!

Sentiu o sangue gelar-lhe. Não restavam dúvidas: era inglês.

Capítulo 2

Não conseguia mexer-se, paralisada pelo choque. Ele não deixou escapar qualquer outro som. Ainda era noite. Permanecia deitada ao lado deste homem, quem quer que ele fosse. O peito dele erguia-se regularmente, e a respiração parecia agora mais forte. Salvara-o, mas qual seria o seu destino daí para a frente? Tentou convencer-se de que ele era, de facto, Werner Graf. Mas como poderia ser? Que oficial da Luftwaffe gritaria em inglês durante o sono? Obviamente, ela não era fluente em línguas, mas conhecia o ritmo suave das palavras inglesas. Não era difícil de reconhecer. Quem era este homem e o que lhe aconteceria se ela o entregasse à polícia local? Seria o mesmo que entregá-lo à Gestapo. Vestia um uniforme de Luftwaffe. Se fosse britânico ou americano, seria, sem dúvida alguma, tratado como espião e fuzilado. Preferia mil vezes morrer a ajudar a Gestapo a prosseguir o seu reinado de terror. Então, o que poderia fazer?

Afastou-se do corpo dele e esgueirou-se para fora da gruta de neve. O ar gelado atingiu-lhe o rosto exposto e quase o sentiu em estado líquido ao encher os pulmões. A neve parara. As nuvens tinham-se afastado como uma toalha de mesa manchada, revelando as estrelas brilhantes contra o céu profundamente escuro. O vento acalmara, fazendo apenas balançar suavemente os ramos das árvores. Tudo o mais estava imóvel. O que aconteceria se ela o deixasse? Acordaria do seu sono? E, se acordasse, teria forças para sair da gruta? Agora, o campo para onde o conseguira arrastar estava suave, belo. Qualquer pessoa poderia passar por ali sem sequer reparar que ali estavam. Mas a manhã estava a chegar. Estavam isolados ali. As pessoas eram raras, mas, ainda assim, seria possível ouvi-las. Calculou que teria ainda pelo menos três horas, até que o Sol baixo de inverno irrompesse no horizonte, para iluminar a floresta – apenas três horas, até poderem ser detetados. Algum esquiador que por ali passasse poderia deparar com eles, enquanto se debatiam a caminhar sobre a neve, e, nesse caso, ela deixaria de poder tomar qualquer decisão sobre o futuro daquele homem. Seria entregue à Gestapo com a conivência de estranhos. Era sempre mais fácil estar do lado da Gestapo – um cidadão seria recompensado ao fazê-lo ou lançado para a cadeia, se não o fizesse. Era precisa uma força sobrenatural para não acatar as suas ordens. Era essa a genialidade do sistema – era necessária uma coragem inimaginável, para conseguir tomar a atitude certa. Não denunciar os vizinhos era tão perigoso como as atividades antissociais nas quais a Gestapo estava tão interessada. Isso significava que tinha espiões por todo o lado. E também que o «olhar alemão» – rápido e furtivo, para se assegurar de que ninguém estava a olhar – se tornara agora parte da vida diária.

O espectro dos seus anteriores planos regressou. Ela contara que o seu corpo fosse encontrado no dia seguinte, gostaria que tivesse sido assim. Poderia ter deambulado pelo meio da floresta, indo parar onde ninguém a encontrasse durante meses, acabando a pele por separar-se dos ossos e ficando apenas à vista a brancura do seu esqueleto. Agora, parecia não lhe restar grande alternativa, a não ser abandonar os seus planos e ajudar este homem. Se o deixasse naquele buraco, ele acabaria por morrer. E ela teria de viver sabendo que ajudara a vontade pervertida da Gestapo e o regime que esta polícia secreta representava. Se esperasse até ao amanhecer, arriscava-se a encontrar alguém que a forçasse a fazer alguma coisa, e ele morreria – e talvez ela também. Não parecia haver verdadeira opção.

A neve cobrira suavemente o rasto que ela deixara para chegar até ali, mas conhecia bem aquelas colinas e prados, com ou sem neve. Iniciou o caminho de volta à cabana. Levaria mais de uma hora a chegar lá, e o mesmo tempo de volta até junto do oficial. Seria um espião, ou um prisioneiro de guerra que conseguira fugir? Mas, se fosse um prisioneiro, por que razão saltaria de um avião para aterrar na Alemanha? Talvez o seu avião tivesse sido abatido, ou sofrido alguma avaria, e ele houvesse sido forçado a saltar com o paraquedas. Por que outra razão se encontraria ali, no meio das montanhas? Friburgo ficava apenas a cerca de quinze quilómetros. Talvez tivesse sido desviado da sua rota pelo vento, mas a verdade é que ela não ouvira qualquer avião, nem tiros de artilharia, no seu trajeto até ali. Os bombardeamentos eram cada vez mais frequentes. Mesmo ali. Pensou de imediato nas bombas a cair, e veio-lhe à memória o pai e a dor que a levara até àquele lugar, com a pistola dele no bolso. Porém, a recordação do homem dentro da gruta, na neve, forçou-a a voltar ao presente e a prosseguir caminho.

Desceu a colina onde o encontrara, voltando pelo mesmo caminho por onde passara, e pouco depois já não conseguia distinguir a gruta nem a árvore sob a qual a escavara.

– Tenta não te preocupar com as coisas que não podes controlar – disse em voz alta.

Sentia-se bem ao ouvir os próprios pensamentos, quase como se estivesse ali alguém consigo e não estivesse sozinha a tentar salvar a vida daquele oficial.

– Que estás a fazer? – perguntou. – Porque te deixas envolver com um homem que nem sequer conheces? – as palavras pareciam ser ditas por outra pessoa qualquer.

Quando, finalmente, avistou a cabana, estava já perto da exaustão. A porta encontrava-se destrancada e empurrou-a para a abrir. Nunca esperara regressar, mas ainda assim deixara-a imaculadamente limpa, um presente para quem a encontrasse. Descalçou os sapatos para a neve, deixando-os junto à porta, e entrou. Tirou as luvas, para pegar nos fósforos que se encontravam sobre uma mesa próxima. O quarto brilhou com a luz da vela que acendeu, permitindo-lhe vislumbrar a sua imagem num espelho. Afastou, de imediato, os olhos. Não tinha a menor vontade de se confrontar com o próprio reflexo. A lareira tinha ainda as cinzas da noite anterior. A lenha estava no exterior da casa. Seria um trabalho para mais tarde. Avançou do corredor para a sala de estar e encontrou uma garrafa de *brandy,* que enfiou no bolso do casaco. Pôs as mãos na cabeça e tentou lembrar-se de mais alguma coisa que pudesse ser útil quando regressasse com ele. A sua viagem sozinha já fora suficientemente árdua. Começou a duvidar se seria, sequer, possível. Sentou-se e fechou os olhos, apenas para descansar um pouco.

Serviu-se de uma caneca de água e acabou-a em segundos. Pousou-a no lugar, pegou numa faca de cozinha e meteu-a no bolso. A porta do quarto onde dormira na noite anterior estava entreaberta, a cama despida, e as mantas bem dobradas e empilhadas numa extremidade. A cama representava um luxo impossível, tudo o que ela poderia desejar naquele momento. Sabia o que o seu descanso significaria para o homem deitado na neve. Fechou a porta do quarto e saiu pelas traseiras, para a noite, uma vez mais. A lenha que reunira na semana anterior permanecia intacta, salpicada com uma leve camada de neve, soprada por baixo do toldo que a protegia. Deitou uma olhadela ao trenó que usava para arrastar os troncos que trazia da floresta. Era resistente, bem capaz de suportar o peso do homem. Levou-o até à parte lateral da casa, antes de entrar novamente.

Na parede, o relógio de cuco assinalou as cinco horas da manhã. Uma figurinha de homem, com cinco centímetros de altura, apareceu e bateu cinco vezes no sino com um martelo. Fredi, o seu irmão, adorava aquele relógio. A alegria que aquele estúpido relógio lhe dava era a única coisa que a impedira de o destruir. Tudo o que ele amara, tudo em que ele tocara, era agora como ouro puro.

– Fredi – disse, enquanto o homenzinho desaparecia no interior do relógio. – Compreendes o que estou a fazer, não compreendes? Preciso de ti ao meu lado. Preciso de sentir que estás comigo. Não posso fazê-lo sem ti.

Há meses que não pronunciava o seu nome em voz alta, não se permitia fazê-lo. Fora demasiado. Era melhor esquecer – ignorar o passado, de forma a controlar a agonia. Mas agora precisava dele, precisava de sentir amor novamente. Tentou recordar-se do amor que sentira e recolhê-lo das profundezas do seu ser, como água preciosa que se recolhesse de um poço, em pleno deserto. Cerrou os punhos, respirou fundo e abriu a porta da frente.

O vento passara. O ar estava tão calmo como a própria morte. Segurou na corda presa na frente do trenó e avançou pela neve. As suas pegadas eram ainda visíveis e assim se manteriam até ao próximo nevão. Qualquer um conseguiria segui-la. O manto noturno encobri-los-ia ainda mais um par de horas, mas depois disso poderiam ser vistos por quem quer que por ali fosse dar um passeio matinal. Como poderia explicar que estava a transportar num trenó um aviador da Luftwaffe abatido, pelo caminho cheio de neve? Pensaria mais tarde nas mentiras, caso fosse necessário. Por agora, a única coisa que importava era colocar um pé à frente do outro.

O receio de que ele pudesse estar morto quando lá chegasse assombrou-a durante todo o caminho de volta. E se a Gestapo andasse atrás dele? E se tivessem visto o seu paraquedas e não tivessem tido oportunidade de o apanhar durante a tempestade? Provavelmente estariam agora a caminho do local. Vieram-lhe à memória os terríveis interrogatórios, as celas e os olhos cinzentos e frios do homem da Gestapo que a interrogara. Só se sentiu mais aliviada quando viu o campo. A preocupação de não ser detetada sobrepôs-se aos outros pensamentos.

O local estava vazio, tal como o deixara. Parou para ouvir com atenção. Nem um som. O silêncio da noite tinha uma história a contar. Os ramos das árvores não se moviam, a neve era densa e pesada. Esperou dois minutos, mas depois apercebeu-se de que estava a perder tempo. Ninguém o avistara, mas isso ainda poderia acontecer, se não agisse depressa. Espreitou por trás da árvore onde estava escondida e avançou pelo campo, em direção à gruta de neve. Vendo que a entrada tinha agora apenas uns centímetros de largura, ajoelhou-se e limpou a neve. O homem continuava deitado no saco-cama que ela lhe tirara da mochila, com o peito a mover-se regularmente com a respiração. Continuava inconsciente.

– Olá – disse. – Está acordado? Consegue ouvir-me?

A sua voz parecia ecoar no vazio da noite. O homem não se mexeu. Inclinou-se e tocou-lhe no ombro – nada. O Sol nasceria em breve. Teria de avançar agora. Agarrou nas tiras de *nylon* do paraquedas e puxou-as até ficarem esticadas e serem capazes de suportar o peso do oficial. Fincou os pés na neve e, com um enorme esforço, levantou-o um pouco. O corpo do homem deslizou pelo declive e saiu da gruta de neve. Ela caiu, ofegante, ao lado dele, com o coração prestes a saltar-lhe do peito. Conseguira tirá-lo dali. Agora tinha apenas de o colocar sobre o trenó e de o arrastar ao longo de três quilómetros, de volta à cabana. Só isso.

Deitou-se sobre a neve, contemplando as estrelas brilhantes. A exaustão estava a apoderar-se dela – o desejo de dormir era avassalador. Nada poderia ser mais maravilhoso do que fechar os olhos e deixar-se ir. Doía-lhe o corpo. Ainda sentia os ombros e os braços a arder pelo esforço feito a arrastar o homem para fora da gruta. Mas tinha de continuar.

Parar agora significaria fracassar. Não aceitava uma coisa dessas. O trenó tinha cerca de um metro e vinte. Ele devia ter pouco mais de um metro e oitenta. Se não tivesse as pernas partidas, ela poderia puxá-lo atrás de si, deixando-as serem arrastadas pela neve à medida que avançava. Deixar-lhe a cabeça pendurada na extremidade do trenó também não poderia ser uma alternativa. Colocou o trenó ao lado do corpo dele. Era a única possibilidade. Se as pernas tivessem de arrastar, paciência. Talvez houvesse alguma maneira de o deixar mais confortável.

A mochila dele ainda estava dentro da gruta, e ela entrou para a recuperar. A corda que vira antes estava enrolada no fundo. Pegou-lhe. Era demasiado longa, mas ela tinha a faca que trouxera de casa. Cortou-a em seis bocados, cada um dos quais com cerca de quarenta e cinco centímetros de comprimento. Iria demorar alguns minutos e por isso pegou no *brandy* que guardara no bolso e, inclinando-se, abriu os lábios do homem para lhe despejar o líquido na boca. A princípio, ele cuspiu-o, mas ela levantou-lhe a cabeça e viu, com satisfação, que ele engolia pelo menos uma parte. Bebeu também um pouco, sentindo o calor invadi-la até ao estômago.

Precisou de dois ou três minutos para apanhar vários ramos resistentes, cada um dos quais com cerca de oito a dez centímetros de diâmetro. Deixou-os cair ao lado do corpo do aviador, para preparar aquela que seria a parte mais difícil. Tirou as luvas. O frio queimava-lhe as mãos, mas ela ignorou a dor, concentrando-se no que tinha de fazer.

Pousou uma mão sobre o tornozelo esquerdo do oficial e a outra por baixo da perna das calças, tentando sentir-lhe os ossos. A perna estava partida alguns centímetros abaixo do joelho. Idealmente, deveria ter tratado desse assunto logo que o encontrara, mas na altura tinha assuntos mais prementes. O homem fez uma careta ao seu toque, mas ela continuou a fazer pressão, alinhando o osso por baixo da pele, ao mesmo tempo que dava um puxão lento e forte na parte inferior da perna. O osso moveu-se para a posição correta, e ela agarrou em dois ramos e, com a corda que cortara, prendeu um a cada um dos lados da perna, que ficaria assim ajustada e imobilizada – conquanto a corda aguentasse. Voltou a verificar as cordas. Estavam bem apertadas. Exatamente como ela esperava que estivessem. Agora teria de fazer o mesmo com a perna direita. Pôs a mão por baixo da perna da calça, para lhe sentir o osso.

A fratura não parecia tão grave como a outra. Colocou o osso no lugar e atou os ramos a cada lado da perna.

Permaneceu quieta por uns segundos.

– Quem és tu? – sussurrou.

Esperou um momento, como se estivesse à espera de que ele se sentasse e respondesse à pergunta. Mas dos seus lábios continuava a não sair qualquer som, ouvindo-se apenas o gemido do vento que começava, de novo, a girar à sua volta. Deviam ser quase sete horas. Não havia tempo a perder. Colocou a mochila dele aos ombros e libertou-o do paraquedas, que já servira o seu propósito. Não podia deixá-lo com ele posto, pois havia o risco de ficar preso em algum lugar. Era pesado. Já pessoas haviam sido executadas por terem sido apanhadas com menos do que isso. Mesmo que a Gestapo não andasse à procura dele, o facto de alguém encontrar o paraquedas levaria a uma série de perguntas que acabariam por conduzir até ele. Podia arriscar levá-lo com eles, porque, se fossem apanhados, não haveria forma de poder explicar quem era ele, com ou sem paraquedas. Dobrou-o o máximo que conseguiu, até ficar com um tamanho aceitável, e colocou-o sobre o aviador. Pegou na restante corda, com cerca de seis metros, e enrolou-a à volta do trenó e do homem, com o paraquedas sobre o peito. Apertou-a bem, tendo o cuidado de deixar espaço para ele respirar à vontade. Estavam prontos.

Agarrou na pega do trenó, à frente, e puxou. O trenó deslizou sobre a superfície macia da neve e partiram. As primeiras centenas de metros, enquanto atravessavam o prado coberto de neve, foram relativamente fáceis, mas o caminho mais rápido para chegar até casa implicava passar por entre árvores e atravessar um ribeiro gelado. Não seria possível fazê-lo enquanto arrastava o homem atrás de si. Teria de continuar a seguir pelos trilhos habituais, o que aumentava a possibilidade de deparar com alguém. Pensou em quem poderia encontrar e na desconfiança que os nazis haviam criado entre o povo alemão. Sentia o peso da pistola no bolso. Esquecera-se de a tirar do casaco.

Por cada descida fácil, haveria uma subida para gerir, que culminaria com a última, íngreme, de acesso à cabana, que a esperava no final da viagem. Nessa altura estaria absolutamente estafada. Continuou a avançar, apesar de sentir que os músculos começavam a fraquejar. Parecia que as suas forças a abandonavam. A sua respiração tornou-se mais profunda e mais pronunciada. O suor começou a congelar sobre a sua pele exposta. Sabia como isso era perigoso, o que poderia acontecer com as queimaduras provocadas pelo frio, mas não parou. Não podia deter-se. Prosseguiu, enquanto o Sol começava a espreitar no horizonte. Não sentia alegria ao vê-lo, já não sentia o conforto do amanhecer. Faltava-lhe um quilómetro e meio para chegar à cabana, e o manto da noite dissipava-se a cada segundo.

Ouviu o som de passos à sua frente. A princípio, foi difícil perceber de onde vinham. Parou, em silêncio, com a pulsação acelerada. Atenta, conseguiu perceber claramente o som de passos que se aproximavam, ao longo do trilho. Olhou para trás, para o homem no trenó. Era difícil saber de quanto tempo dispunham, mas duvidava que fosse mais de um minuto. Mais à frente, o trilho fazia uma curva, o que significava que a pessoa que se aproximava estaria fora de vista até já ser tarde de mais. Puxou o trenó para fora do trilho e desceu para trás de uma fileira de árvores. Fez os possíveis para esconder, cobrindo-o com alguns ramos soltos. As marcas que tinham deixado ao longo do percurso permaneciam visíveis. Qualquer pessoa perceberia onde tinham parado. Tapou a cabeça para abafar o som da sua respiração.

O minuto arrastou-se, e o som de passos estava cada vez mais próximo. A figura apareceu. Reconheceu o homem e quase soltou uma gargalhada, enquanto abanava a cabeça. Era Herr Berkel, o pai do seu ex-namorado. Não tinha qualquer dúvida de que ele a denunciaria. Daniel era da Gestapo. Nada daria mais prazer ao seu pai. Estava agora a uma distância de pouco mais de quinze metros, caminhando lentamente ao longo do trilho, com a bengala na mão. Tinham-se passado anos desde a última vez que falara com ele, quando ela e Daniel ainda estavam juntos. Era um homem grosseiro, sem qualquer encanto ou requinte. Vivia ali perto. O passeio era, certamente, a sua rotina matinal.

Era um homem grande, com bastante mais de sessenta anos. Ela levou a mão à arma que tinha no bolso. O que estaria disposta a fazer, para proteger o homem que encontrara há apenas algumas horas e com quem nunca falara? Provavelmente nem sabia o seu verdadeiro nome. Olhar para Herr Berkel trouxe-lhe imagens claras de todo o mal que se abatera sobre o país. Voltou a olhar para o homem no trenó e sentiu a réstia de esperança que ainda tinha dentro de si. Ele salvara-lhe a vida, tal como ela salvara a dele.

Berkel parou, a cerca de vinte metros do local onde estavam escondidos. Inclinou-se para trás, esticando as costas, e tirou um cigarro do bolso. Colocou-o entre os lábios, acendeu um fósforo e inalou o fumo. Do sítio onde se encontrava, apenas conseguia divisar o seu rosto. Os olhos dele pareciam focados em alguma coisa, e ele recomeçou a andar, ainda que desta vez mais lentamente, ao mesmo tempo que olhava para o trilho. Olhou para a esquerda e para a direita, a poucos metros do sítio onde estavam escondidos. Parou, e o coração dela quase parou ao mesmo tempo. Tinha o dedo sobre o gatilho. Estava preparada. Pronta para descarregar a arma sobre o homem que conhecera desde sempre, para proteger outro que encontrara apenas há algumas horas. Onde esconderia o corpo? Tinha de tentar que não chegasse a esse ponto. Herr Berkel abanou a cabeça e retomou o caminho. Passou perto deles e continuou, aparentemente alheado da sua presença.

Esperou cinco minutos até espreitar de novo para o trilho. A tensão dominou-a, e os olhos encheram-se-lhe de lágrimas. Agarrou na corda à frente do trenó e conseguiu convencer os seus braços doridos a arrastarem o homem de novo até ao trilho. O Sol brilhava contra o azul puro do céu, iluminando a beleza que a neve da noite anterior criara. A camada de branco estava intacta, com exceção das marcas deixadas por Herr Berkel. Recomeçou a puxar o homem e voltou a concentrar-se na necessidade de o transportar até à cabana, vivo.

Nessa manhã não houve mais caminhantes. Tirou a mão da pistola e usou-a para puxar o trenó. Todos os pensamentos desapareceram da sua mente, ficando apenas a imagem do regresso à cabana. Agora, nada mais interessava. Era apenas para isso que o mundo existia. Um passo doloroso seguia-se a outro, até aparecer à vista a última colina. Não fizera uma pausa para descansar, a não ser quando a presença de Herr Berkel a obrigara a fazê-la, mas desta vez sentou-se, recuperando o fôlego antes do teste final. Chegara tão longe. Faltava apenas uma colina à esquerda e, finalmente, a casa, lá no alto, representava a promessa de comida, água, comprimidos para as dores e, mais importante ainda, sono.

Olhou para o oficial.

– Estamos quase em casa. Só mais um bocado.

Os músculos das pernas quase desistiram, mas combateu a dor e a fraqueza e endireitou-se, voltando a agarrar na corda presa ao trenó. Fez força, puxou e suou e conseguiu chegar a casa.

Ao pôr a mão na porta da frente, mal conseguia respirar. Arrastou o trenó para o seu interior, deixando um rasto de neve e de sujidade que mais tarde teria de limpar.

Conseguira, ele estava na cabana. Parecia um milagre. Levou-o para a sala de estar e deixou-o em frente às cinzas da lareira da noite anterior. Ainda havia lenha suficiente para acender um novo fogo, e demorou alguns minutos a fazê-lo. Quando os despiu, o seu chapéu e casaco pareciam uma segunda pele. Foi até à cozinha e engoliu vários copos de água, antes de ir ter com ele. Segurou-lhe uma caneca junto aos lábios, deixando o líquido escorrer-lhe para a boca. Ele engoliu um pouco. Estava sujo, cheirava mal e tinha duas pernas partidas, mas estava vivo e, por agora, isso era suficiente. Deixou-o ali, inconsciente mas a salvo, em frente à lareira. Depois, foi até ao quarto, despiu as suas roupas e, mal pousou o rosto na almofada, adormeceu.

Capítulo 3

O tiquetaque de um relógio. Os sinos. Entreabriu os olhos e deu por si deitado numa poça de suor malcheiroso e preso a uns pedaços de madeira. Uma neblina tempestuosa instalou-se na sua cabeça, e durante alguns segundos tentou perceber onde estava e por que razão se encontrava ali. A dor lancinante nas pernas começava a subir-lhe pelo torso. Conseguia suportar a dor, mas aquilo era de mais. Olhou em volta da sala, a tentar encontrar forma de escapar. Na lareira, a poucos centímetros de distância, brilhavam ainda as brasas, incandescentes. Estava sozinho. Teria sido capturado? Não poderia esperar misericórdia. A memória da família apareceu por entre as nuvens da sua consciência. Onde estariam eles? O pai, a mãe e a mulher – agora ex-mulher. Durante uns breves segundos, a vaga recordação do seu divórcio foi nova para ele. Depois, a carta que ela lhe escrevera surgiu na sua memória, e viu-se de novo a pairar sobre o seu beliche, no campo de treino, observando-se a lê-la. Surgiram vislumbres da sua vida passada, que depois se retiraram para o abismo. Tentou recordar-se de algo do presente, do sítio onde estava agora. Uma vaga sensação de mãos sobre o seu corpo, de ser arrastado ao longo de um caminho. Tudo surgia mais como uma impressão do que como uma memória nítida, à qual se pudesse apegar. Era como se conseguisse sentir o momento – talvez até cheirá-lo e tocar-lhe. Visualizá-lo, contudo, estava para além da sua capacidade. Tentou erguer-se da plataforma de madeira sobre a qual estava deitado, mas os seus esforços não deram resultado, e teve de se deixar cair novamente. As suas pálpebras pareciam pesar toneladas. Teve apenas tempo para dar uma olhadela em volta da sala, antes que elas voltassem a fechar-se e ele sucumbisse, uma vez mais, a um sono misericordioso.

Quando ela acordou, ao início da tarde, a luz do dia já diminuíra substancialmente. Sentou-se na cama. O seu estômago vazio roncou. Os músculos dos braços, ombros e costas estavam tão tensos como a carapaça de uma tartaruga. Passou os dedos pelos espaços entre os músculos rígidos e os ossos e tendões, no cimo dos ombros, tentando afastar a dor com as massagens. A porta da sala de estar estava alguns centímetros entreaberta. Espreitou para o homem que aí permanecia inconsciente. Sentou-se e ficou imóvel, tentando ouvir sons que não existiam. Nada mais se movia, a não ser o vento sobre os ramos, no exterior. Afastou as mantas e levantou-se, detendo-se ao lado da cama, quase contrariada. Foi até ao guarda-fatos e enfiou-se num simples vestido cinzento. O chão frio picava-lhe os pés, e calçou umas meias grossas de lã, antes de enfiar os chinelos.

Saiu do quarto, uma estranha na sua própria casa. Viu primeiro as pernas dele, apertadas entre as talas que ela adaptara. Continuava sem se mexer e com os olhos fechados.

– Senhor – murmurou –, está acordado?

Nada.

Respirou fundo, tentando acalmar o bater do coração. O suor formava-se nas palmas das mãos. O cabelo curto e castanho do homem estava duro com a sujidade e ainda molhado da neve. O rosto com a barba por fazer encontrava-se arranhado e igualmente sujo. Não parecia ter-se movido. Inclinou-se para lhe sentir o pulso. O batimento cardíaco era constante e uniforme. Sobreviveria. Foi à cozinha e regressou com uma caneca cheia de água, vertendo alguma, lentamente, por entre os lábios dele. Uma vez mais, ele pareceu engolir alguma, enquanto ia tossindo e cuspindo o resto.

Ajoelhou-se ao lado dele e esticou os braços por baixo do trenó, para desatar a corda que o mantivera preso no lugar. Pensou em cortá-la, mas decidiu não o fazer, pois poderia vir a precisar da corda mais tarde, caso ele não estivesse disposto a cooperar. A corda soltou-se, e ela desviou o paraquedas para o lado. Depois, agarrou nas tiras que, sobre os seus ombros, tinham mantido o paraquedas no lugar, mas teve alguma dificuldade em soltá-las. O problema do que fazer com o paraquedas permanecia. Escondê-lo seria um ato subversivo que poderia atirar um cidadão para a cadeia, ou até pior. Queimá-lo provocaria fumos tóxicos. Por agora, deixou-o junto da porta das traseiras.

Ele iria precisar de descansar numa cama. O trenó, apesar de ter deixado um rasto de sujidade quanto o arrastara para dentro de casa, continuava a ser a melhor forma de o mover de um lado para o outro. Voltou a ajoelhar-se e virou-o na direção do quarto disponível, onde ela e Fredi tinham dormido nas noites de verão, quando eram crianças. Estava vazio há anos. Enquanto empurrava o trenó para o quarto, o homem permaneceu imóvel. A porta estava aberta, a cama feita e o quarto imaculadamente limpo. Tentou recordar-se de quem fora a última pessoa a dormir ali. Devia ter sido ela, ou talvez Fredi. Lembrava-se de o pai levar o irmão para ali, mas isso fora anos antes da guerra – antes de Fredi se ter tornado demasiado pesado para o pai conseguir tomar conta dele sozinho. Antes de ela os ter abandonado. Varreu essas memórias e voltou a concentrar-se nos problemas que tinha entre mãos. Voltou à sala de estar para ir buscar a mochila dele. No fundo tinha roupas de civil limpas e dobradas, mas nada para dormir, e ela não iria querer tê-lo a andar pela casa em roupa interior. Algumas das roupas velhas do pai haveriam de servir-lhe. Em poucos minutos, encontrou um velho pijama e um roupão cor de vinho. Voltou ao quarto e atirou o pijama para cima da cama, mas segurou no roupão por uns segundos, sentindo a suavidade do tecido por entre os dedos. Ali, o passado estava por todo o lado. Não havia como fugir-lhe.

O homem estava sujo, encardido. Antes de tudo precisava de um banho, o que seria bem mais fácil enquanto estivesse inconsciente. Percorreu com os dedos as talas ásperas que fizera para lhe manter os ossos no lugar. Precisavam de ser substituídas. Levá-lo ao hospital, ou mesmo a um médico, era um risco que não poderia correr. Não podia confiar em ninguém.

E *ele*, seria de confiança? Ouvira na rádio notícias sobre os aliados, mas sabia que não podia confiar na perspetiva dos nazis em relação aos americanos, considerados mestiços, ou aos britânicos, uns patifes traiçoeiros. Nunca conhecera nenhum soldado aliado. Os inúmeros noticiários e histórias contados ao longo dos anos haviam reforçado na sua mente a visão que os nazis tinham sobre os aliados. Era impossível ignorar tudo o que havia visto e ouvido, mesmo com toda a desconfiança que nutria relativamente ao governo e aos meios de comunicação que ele controlava. Vira o que os aliados tinham feito à Alemanha. Tinham bombardeado cidades cheias de civis, sem qualquer tipo de misericórdia. Por muito que o desejasse, era difícil encará-los como salvadores.

Os lábios dele tremeram, e os olhos remexeram-se como lesmas, por baixo das pálpebras fechadas. Ela recuou, assustada, esperando que ele os abrisse. Nem sequer pensara no que haveria de dizer-lhe ou fazer quando ele acordasse. Felizmente, o seu rosto voltou ao estado catatónico anterior, e o dilema foi adiado.

Franka dirigiu-se à cozinha. A casa estava gelada. Herr Graf, ou como quer que se chamasse, poderia esperar até que ela acendesse a lareira. Limpou algumas cinzas e afastou do caminho alguns troncos já carbonizados, usando o atiçador que já estava na casa há mais tempo do que ela. Acendeu um fósforo, e a sua luz envolveu a cozinha. Sempre adorara acender o lume e afastar-se um pouco para contemplar os troncos a incendiarem-se, com a ajuda dos gravetos que lhes colocara por baixo. Satisfeita, foi até ao armário. Não havia muito que comer, a não ser algumas velhas latas de sopa. As provisões que trouxera estavam quase esgotadas. As estradas para a cidade estariam cortadas durante dias – o seu carro seria inútil. Foi até ao armário dos medicamentos e encontrou um frasco de aspirinas ainda com nove comprimidos – o suficiente para o ajudar durante cerca de doze horas. Ele precisaria de mais, e até de algo mais forte, sobretudo se ela tivesse de voltar a ajustar-lhe os ossos das pernas na posição devida. Quando guardou o frasco no bolso, os comprimidos chocalharam como um brinquedo de bebé.

Pegou numa das cadeiras de madeira colocadas junto à velha mesa, no meio da sala. Teria de servir. Levantou-a por cima da cabeça e atirou-a contra o chão. Nada aconteceu – a cadeira permaneceu intacta. Abanou a cabeça, rindo consigo mesma. Dirigiu-se ao lava-louça e pegou num martelo e em várias chaves de fendas de tamanhos variados. Alguns minutos mais tarde, já tinha a madeira robusta de que precisava para usar nas pernas do oficial, até poder fazer um trabalho mais definitivo.

Foi até ao quarto. Ele não se mexera. Já antes lidara com fraturas piores, mas fora num hospital. Como iriam os ossos curar sem gesso? A questão de conseguir obtê-lo e prepará-lo não a preocupava tanto como as suspeitas que o paraquedas poderia levantar. Se fosse cuidadosa, talvez até conseguisse comprá-lo, bem como comida e a morfina de que iria precisar. Saber como conseguiria chegar à cidade era uma preocupação que se mantinha, mas que, por agora, teria de pôr de lado.

Desatou cada uma das cordas que mantinham no lugar as talas feitas com ramos e colocou-as de lado, para as usar mais tarde como lenha. A etapa seguinte iria ser difícil para ele, inconsciente ou não. Tinha de lhe tirar aquelas calças e botas malcheirosas. Começou a desatar os atacadores, olhando intermitentemente para o rosto dele, ciente das caretas que ia fazendo com os seus movimentos. Assim que os atacadores ficaram soltos, aplicou uma pressão suave na bota, tentando tirá-la. O osso da perna moveu-se, e ele gritou. Era estranho vê-lo reagir. Parecia uma marioneta, a gemer depois de ter sido atirada para o chão. Ela parou, esperando que ele acordasse, mas nem abriu os olhos. Conseguiu tirar-lhe a bota e procurou, de novo, sentir-lhe o osso. Movera-se, mas pouco, e conseguiu voltar a colocá-lo no lugar. A bota direita caiu, com um baque, sobre o tapete fino do chão. Ela respirou fundo e preparou-se para lhe tratar da outra perna. Não queria cortar os atacadores. Naqueles tempos, as botas eram um bem precioso. Precisou de mais cinco minutos para conseguir tirá-la. A experiência já adquirida com a outra perna assegurava que desta vez o processo decorreria com maior facilidade. Retirou-lhe as meias, centímetro a centímetro, revelando pés feridos e inchados. Cortou-lhe habilmente as calças com a tesoura da sala de estar e, pouco depois, ele já se encontrava apenas com a roupa interior, mas ainda deitado sobre o trenó.

As peças da cadeira davam umas boas talas, e as pernas do oficial ficaram bem esticadas. A seguir, despiu-lhe o casaco da Luftwaffe e atirou-o para um canto do quarto. A camisa saiu com igual facilidade e ficou pronto para ser metido na cama. Deu a volta por trás dele e tirou-o do trenó. Felizmente, a cama era baixa, o que lhe permitiu inclinar-lhe o tronco contra ela, arrastando-o para cima das mantas limpas, consciente de que ele ainda estava todo sujo. O importante era que já estava na cama. Recuou um pouco, para observar o seu triunfo momentâneo, encantada com a visão deste homem desconhecido deitado naquela velha cama, na cabana de verão do seu pai, nas montanhas.

Ainda bem que continuava inconsciente, para poder tomar um banho. Não seria o primeiro que ela dava a alguém, mas seria o primeiro que dava a um estranho adormecido, e fora do hospital. O tempo era fundamental. A última coisa que queria era que ele acordasse enquanto ela estivesse a esfregá-lo. Nada seria mais impróprio.

– Hora do banho, querido – sorriu. – Que tal correu o teu dia? Não vais acreditar no que me aconteceu no caminho do hospital para casa.

Certificou-se de que falava em voz baixa, para não o acordar. Nenhuma piada o justificaria. Colocou uma bacia com água quente ao lado da cama e agarrou numa toalha. A terra seca transformou-se em lama, enquanto lhe ia lavando o rosto. Esfregou-o com mãos fortes. «Encontrei um homem – sim, isso mesmo – deitado na neve. E com um uniforme da Luftwaffe.» Há dias que não falava com ninguém. Sabia bem falar em voz alta, mesmo que fosse com um estranho inconsciente. «Não, querido, estou a falar a sério. Bem sabes que uma boa esposa alemã não troça do seu marido, nem dos nossos bravos soldados, que neste preciso momento arriscam a vida pelo futuro do glorioso Reich na frente russa.» Pousou a mão no rosto dele, agora limpo. «O quê? Queres ouvir rádio? Bem, como boa esposa, é meu dever obedecer a todos os teus desejos.»

Foi até à sala de estar e ligou o rádio. As estações alemãs transmitiam a habitual confusão de notícias e propaganda. As licenças eram atribuídas pelo governo, e apenas as estações por ele sancionadas podiam emitir os seus programas. No entanto, a maioria das pessoas sabia o que fazer para captar estações estrangeiras, e ela conseguiu sintonizar uma transmissão suíça, que passava um novo êxito de Tommy Dorsey e da sua banda. O ritmo da música alastrou-se pela cabana. A música fê-la parar por uns instantes, de toalha ainda na mão. Algures no mundo ainda havia pessoas capazes de criarem música como esta, bem como de ouvir, dançar e viver. De súbito, sentiu-se de novo ligada a um mundo do qual desistira pouco antes.

Em silêncio, acabou de lavar o homem, deixando-se envolver pela música.

– Está limpo – disse. Colocou uma aspirina sobre a mesa de cabeceira, ao lado de um copo de água. Enfiou-o debaixo dos lençóis e colocou-lhe sacos de água quente aos pés. Quem era ele? O que fazia ali? Como iria manter a sua presença em segredo durante as seis semanas ou mais necessárias para que os seus ossos recuperassem? Como reagiria ele quando acordasse?

Ficou junto à porta, a observá-lo durante alguns minutos, com a música ainda a flutuar pela casa, antes de ceder às dores da fome, que lhe trespassavam o estômago. «Amanhã será o dia», declarou em voz alta. «Amanhã irei descobrir quem és.» Pegou na chave da porta e trancou-a atrás de si.

A fome sobrepôs-se à sua necessidade de um banho e foi buscar uma lata de sopa ao armário. Algum pão teria sido maravilhoso, mas tinha acabado o último pedaço, juntamente com o queijo que trouxera na noite anterior. Deveria ter sido a sua última refeição. Enquanto a sopa aquecia no fogão, sentou-se à mesa olhando o vazio e elaborando uma lista mental daquilo de que iria precisar para se manter viva, a si e ao homem desconhecido, durante o inverno. Teria de arranjar maneira de chegar a Friburgo para encontrar comida, gaze, gesso de Paris, aspirina e morfina – uma viagem de quase dezasseis quilómetros para cada lado. Em circunstâncias normais, conduziria até lá, mas o estado do tempo retirara a simplicidade da equação. Levantou-se e foi até ao armário junto da porta das traseiras. Os seus velhos esquis *cross-country** mantinham-se intactos ao fundo, atrás de uns velhos casacos de inverno e de tralhas acumuladas ao longo dos anos. Passara-se mais de uma década desde a última vez que os usara, ainda adolescente, quando a mãe ainda era viva e ali iam todos os invernos. Pegou-lhes e sentiu-lhes o peso. Não parecia haver outra opção. Colocou-os por baixo do braço e levou-os para a cozinha. A sopa estava pronta e despejou-a numa tigela, devorando-a em segundos. Serviu apenas para despertar ainda mais a sua fome. Preparou outra, prometendo a si mesma que as reporia quando voltasse a Friburgo.

A segunda lata de sopa acalmou-lhe o apetite. Porém, a sujidade e o suor apegados ao corpo mantinham-se. A ideia de ter de aquecer no fogão toda a água de que iria precisar parecia-lhe um esforço excessivo, mas o cheiro que dela devia emanar era motivação suficiente. Colocou

* Esqui *cross-country* ou esqui de fundo é um desporto olímpico de inverno criado no século XVIII, em que os competidores percorrem grandes distâncias no menor tempo possível. [*N. da T.*]

a chaleira e duas panelas grandes de água sobre o fogão e sentou-se, à espera de que fervessem. Fechou a porta para se mudar, consciente da presença de um homem na casa, ainda que sem sentidos e imobilizado. Em roupão, dirigiu-se à casa de banho, fechando a porta atrás de si. A luz da vela dava ao espaço um ar tranquilo, ao contrário da pouca água disponível. O banho maravilhoso com que sonhara acabou por resumir-se a ficar sentada na banheira, esfregando-se vigorosamente.

Quando saiu da banheira, a pingar, foi atingida pelo frio na cabana. Pegou numa toalha e friccionou-se com toda a força, para conseguir aquecer. Quando já estava seca e com o roupão vestido, foi até ao espelho. Há dias que não olhava para si mesma. O cabelo louro à altura dos ombros estava desgrenhado e colado ao pescoço. Tinha os olhos azuis raiados de sangue e uns círculos grandes e escuros por baixo deles. Passou um pente pelo cabelo, gemendo de dor enquanto desfazia os nós.

Pensou em Herr Berkel e recordou-se do seu filho, o encantador membro da Juventude Hitleriana por quem ela se apaixonara quando estivera na Liga de Raparigas Alemãs, o seu equivalente feminino. Todos os jovens que conhecia se tinham juntado às organizações. Tornou-se um rito de passagem. Não o fazer implicaria ser-se visto como um fraco, um pretensioso ou um falso doente. Talvez até mesmo como um pária.

De súbito, foi assaltada por um acesso de paranoia. Como poderia ter a certeza de que Herr Berkel não os tinha visto? Talvez até já os tivesse denunciado à Gestapo. Parecia improvável, mas, quando não se podia confiar em ninguém, não podia haver margem para erros.

A noite instalou-se, e ela acendeu velas na cozinha e no quarto, bem como uma lamparina a óleo na sala de estar. Quando foi espreitar, o homem continuava a dormir. Voltou ao seu quarto. Apesar de o corpo ansiar por dormir, não podia dar-se a esse luxo. Ainda não. Vestiu-se novamente. A Gestapo poderia aparecer a qualquer altura. Ele estava exposto. Escondê-lo no armário significava apenas que demoraria mais alguns segundos a ser encontrado e, por outro lado, estava demasiado ferido para poder ficar escondido lá fora, ao frio do inverno. A imaginar cenários terríveis – cada um deles bastante realista –, regressou ao quarto onde ele dormia. Mesmo ali, não estavam a salvo, especialmente se ela tivesse de ir à cidade. O uniforme da Luftwaffe ainda estava enrolado no canto para onde o atirara. Se, o que era improvável, ele fosse realmente da Luftwaffe, poderia devolver-lho. Se fosse inglês ou americano, o cenário mais provável, o uniforme só serviria para que fosse abatido como espião. Tinha de o esconder, mas onde?

Bateu com os pés no chão e ouviu o som oco das tábuas. Foi buscar a caixa de ferramentas à cozinha, regressou ao quarto onde o homem dormia e levantou o tapete fino, deixando à vista as ripas do soalho. Se as arrancasse, conseguiria criar um ótimo esconderijo. Mas primeiro teria de mover a cama. Foi até ao outro lado e empurrou-a pelo quarto, com o homem sempre adormecido.

Enfiou a extremidade do martelo no espaço que existia no final da tábua longa, inclinou-o para trás e puxou para cima. Após alguns minutos de luta, a tábua teimosa acabou por ceder. Acabou o trabalho com as mãos enluvadas e encostou a tábua à parede, deixando à vista um espaço com cerca de sessenta centímetros. Estava sujo e gelado, mas com uma limpeza e alguns cobertores serviria perfeitamente. Recomeçou a trabalhar nas tábuas contíguas, questionando-se quantas seria preciso arrancar para que ele coubesse no espaço. Quanto menos, melhor – tudo deveria parecer tão natural quanto possível.

Uma tossidela vinda da cama arrancou-a da sua concentração, e o martelo caiu-lhe das mãos, para dentro do buraco que criara. Levantou-se, ao mesmo tempo que os olhos do homem se abriam. Ele sentou-se na cama, com o rosto contraído num esgar de dor. Fechou os olhos com força antes de os abrir novamente e de se virar para onde ela estava, atónita e em silêncio. A dor e a confusão enevoavam-lhe a visão.

– Quem é? Por que razão me mantém aqui? – perguntou, num alemão perfeito.

Capítulo 4

Era difícil identificar o seu sotaque. Já conhecera pessoas de Berlim, com a sua pronúncia tão elegante quanto áspera. A dele era semelhante, mas ao mesmo tempo parecia que lhe faltava algo. Era difícil explicar, era quase como tentar descrever uma dança a uma pessoa cega. Ele estava sentado na cama, com um olhar suplicante. A sua pergunta já fora feita há alguns segundos, mas as palavras permaneciam como fumo no ar. Milhares de pensamentos cruzaram-lhe a mente, mas ela foi incapaz de se deter em algum deles. Deu um passo em frente, com os braços estendidos, as mãos viradas para cima, como um gesto de defesa.

– Sou uma amiga – respondeu.

Ele não disse nada, aparentemente à espera que ela continuasse.

– Encontrei-o na neve. Estava inconsciente. As dores que sente são das fraturas que sofreu em ambas as pernas.

O homem passou as mãos pelas talas que ela improvisara a partir da cadeira da cozinha, e uma expressão de dor surgiu, de novo, no seu rosto.

– Chamo-me Franka Gerber. Trouxe-o para aqui. Só cá estamos nós. A povoação mais próxima fica a vários quilómetros.

– Onde estamos?

– Estamos a cerca de dezasseis quilómetros a este de Friburgo, nas montanhas da Floresta Negra.

O homem levou uma mão à testa. Pareceu recuperar do seu estado de confusão e conseguiu falar com clareza.

– Está com a polícia? – perguntou.

– Não, não estou.

– Tem alguma ligação à Gestapo ou às forças de segurança?

– Não, não tenho. E nem sequer tenho telefone. Encontrei-o e trouxe--o para aqui. – As palavras precipitaram-se da sua boca. As mãos tremiam-lhe ao lado do corpo. Escondeu-as atrás das costas.

O homem semicerrou os olhos, antes de voltar a falar.

– O meu nome é Hauptman Werner Graf, da Luftwaffe.

– Vi o seu uniforme.

– Por que razão me trouxe para aqui?

– Encontrei-o a noite passada. Estávamos demasiado longe de qualquer local onde lhe pudesse ser prestada alguma ajuda médica. Não tive outra hipótese.

– Agradeço-lhe ter-me salvo a vida, Fräulein Gerber. Pertence às Forças Armadas?

– Não, sou enfermeira. Bem, era.

O homem tentou mexer as pernas. O seu rosto contorceu-se de dor, e ela aproximou-se, parando junto à cama.

– Deite-se, Herr Graf – achava ridículo estar a usar um nome que sabia não ser verdadeiro. – Sei que não se sente bem. – Olhou para os comprimidos de aspirina. Serviriam apenas para atenuar as suas dores, mas qualquer tipo de alívio iria ajudá-lo a dormir novamente. Estavam em cima da mesa de cabeceira, que ela empurrara deixando à vista as tábuas do chão. Os olhos dele fixaram o buraco que ela criara.

– O que se passa? O que está a planear fazer?

– São apenas algumas reparações – respondeu Franka. – Nada com que precise de se preocupar. – Agarrou em três comprimidos e estendeu--lhos. Ele olhou para o medicamento e voltou a olhar para ela.

– São apenas aspirinas. Não são o ideal, mas vão ajudá-lo até eu conseguir arranjar alguma coisa mais forte.

Pelos seus olhos, conseguia aperceber-se das dores que sentia, bem como do medo e da confusão que ele tanto se esforçava por esconder. Ele estendeu a mão, e ela entregou-lhe os comprimidos. Deu-lhe água, e ele engoliu-os, bebendo todo o líquido em segundos.

– Quer mais água?

– Por favor.

Apressou-se a voltar à cozinha, deitando uma olhadela à mochila dele, no chão da sala de estar, ao passar. As armas ainda estavam lá dentro. A arma do seu pai estava na gaveta do aparador, junto à porta da frente. Quando ela regressou, ele estava a tentar sair da cama, o rosto suado e desfigurado com o sofrimento.

– Por favor, não – pediu. – Volte a deitar-se. Não precisa de se preocupar. Sou amiga.

Deu-lhe a água. Como anteriormente, ele bebeu-a em segundos. Ela pegou-lhe no copo. Ele ainda estava meio levantado. Cruzou os braços sobre o peito quando Franka começou a falar. Parecia concentrado em cada palavra que ouvia.

– Deite-se. Não há forma de o transportar. As estradas estão fechadas, e tem as pernas partidas. Estamos os dois aqui presos. Temos de confiar um no outro.

– Quem é a senhora? – perguntou, esfregando a nuca.

– Eu sou daqui. Cresci em Friburgo. Esta era a casa de verão da minha família.

– Está aqui sozinha?

– Para além de si, sim. O que estava a fazer no meio daquele nevão? Tenho o seu paraquedas.

– Não posso falar nisso. É informação confidencial. Se tivesse caído nas mãos dos aliados, poderia ter sido muito prejudicial para todo o esforço de guerra.

– Bem, ainda está na sua pátria. Está a salvo. Os aliados estão a centenas de quilómetros.

O homem acenou com a cabeça, de olhos pousados no chão.

– Deve estar esfomeado. Vou arranjar-lhe alguma coisa para comer.

– Sim, por favor.

– Com todo o prazer, Herr Graf.

Retirou-se para a cozinha. As mãos tremiam-lhe, ao alcançar a última lata de sopa no armário. Era difícil saber como deveria proceder daí em diante. Tentar pôr termo àquele mistério poderia ser extremamente perigoso, mas precisava de lhe dar a entender que podia confiar nela.

– A confiança requer tempo – sussurrou. – Não poderá ser já esta noite.

Enquanto a sopa aquecia no fogão, voltou para junto dele. O homem estremeceu quando a viu entrar.

– Está tudo bem?

– Sim, obrigado. É que a dor nas pernas é muito forte.

– Compreendo. Lamento muito. Amanhã vou tentar arranjar-lhe mais comprimidos para as dores. – Ele não respondeu. – Tenho as suas botas, mas vi-me forçada a cortar as pernas das calças. Também tenho a sua mochila. Vi que tinha roupas lá dentro.

Ele acenou com a cabeça, aparentemente sem saber o que dizer.

– Agradeço-lhe ter cuidado de mim – respondeu, após alguns segundos. Os olhos desviaram-se na direção da janela e depois pousaram de novo nela.

– Voltei a colocar os ossos na posição certa, mas receio que precisemos de gesso, para termos a certeza de que vão sarar corretamente.

– Sim, muito obrigado, Fräulein Gerber. Como achar melhor.

Os seus olhos pareceram ficar vidrados, e ele voltou a cair na cama.

– Volto já – disse. A sopa estava pronta, e despejou-a numa tigela. Regressou ao quarto. Ele mantinha-se deitado, a olhar para o teto. Sentou-se, e ela colocou o tabuleiro à sua frente. Devorou a sopa ainda mais rapidamente do que ela o tinha feito antes. Levantou o tabuleiro, desejando ter pão para lhe dar. – Agora precisa de descansar.

– Tenho mais algumas perguntas para lhe fazer.

– As perguntas podem esperar.

– Disse a alguém que eu estava aqui? Falou sobre mim?

– Há dias que não falo com ninguém, mesmo antes de o encontrar. Como disse, não temos telefone e nem sequer um serviço postal. Se alguém soubesse que aqui estou e quisesse enviar-me correspondência, eu teria de ir à cidade levantar as cartas. Mas ninguém sabe. Estamos sozinhos – inclinou-se para a frente. – Trouxe-o para aqui para que pudesse recuperar.

– Fico-lhe agradecido, mas é importante que eu parta logo que possível.

– Com as pernas assim, não poderá ir a lado nenhum durante várias semanas. Quando as estradas reabrirem, poderemos pensar na possibilidade de o levar até à cidade, mas até lá está aqui preso comigo. Precisa de aceitar isso e também de compreender que pode confiar em mim. Estou aqui para garantir que vai melhorar.

– Agradeço-lhe muito, Fräulein – acenou com a cabeça, mas as palavras não refletiam alegria nem verdadeira apreciação. Parecia estar a seguir um guião.

– Não precisa de agradecer. Eu não poderia tê-lo deixado ali a morrer gelado, pois não? Agora, o importante é descansar.

Mesmo as suas próprias palavras eram rígidas. Como se fossem dois maus atores a representar uma peça.

O homem voltou a acenar com a cabeça e deitou-se para trás, com a dor visível no seu rosto. Franka aproximou-se da vela que estava em cima da mesa de cabeceira e apagou-a entre dois dedos molhados. Fechou a porta atrás de si, exausta por toda aquela representação. Rodou a chave na fechadura uma vez mais, consciente de que ele deveria ter ouvido. Ele não protestou.

Na sala, o fogo na lareira esmorecia. Juntou-lhe mais lenha e retrocedeu um pouco, uma vez mais, para a ver arder. Tinha a sensação de estar sozinha numa jaula com um animal ferido, sem saber o que ele poderia fazer. As pernas partidas do homem eram a sua única garantia de segurança. Enquanto ele não pudesse sair da cama, não poderia fazer-lhe mal, especialmente sem as armas. Era imprescindível que ele compreendesse que ela não pretendia prejudicá-lo, mas também que era ela quem decidia. Não se sujeitaria aos caprichos de qualquer valentão, fosse um nazi ou um soldado aliado. Mantê-lo-ia ali, a salvo da Gestapo. Seria o seu último gesto de desafio contra eles, antes de se juntar a Hans e aos outros.

Agora, doía-lhe o corpo todo, a pedir descanso. Encaminhou-se para o seu quarto. Habitualmente, teria deixado a porta aberta, para aproveitar algum do calor da sala, mas desta vez fechou-a.

Foi até à janela. A noite estava calma e clara, e as estrelas brilhavam como pequenos pontos de luz, como alfinetes sobre veludo negro. Era provável que no dia seguinte o tempo estivesse suficientemente bom para conseguir ir à cidade. Os caminhos estariam visíveis. Era o tipo de viagem que, há dez anos, teria apreciado. Parecia ter sido num mundo diferente. Desde então, acumulara demasiadas cicatrizes.

Franka retirou um saco de água quente do armário, e a sua simples visão despertou-lhe memórias da juventude – as noites aninhada por baixo dos cobertores, os olhos a fecharem-se enquanto a mãe cantava, para ela adormecer.

Não gostaria de ficar ali tanto tempo. Havia demasiados fantasmas. Contudo, agora não tinha grande alternativa. Deixar a cabana, implicaria deixá-lo à sua sorte e dar a vitória à Gestapo. Levou o saco de água quente para a cozinha e encheu-o com a água já aquecida. Sabia bem sentir o seu calor nas mãos, como se isso lhe voltasse a dar vida. Apertou-o, sentindo o calor também no peito, antes de regressar ao quarto. Ele seria realmente alemão? Então, porque teria dito aquelas palavras em inglês, durante o sono? Talvez a realidade fosse mais simples do que ela imaginava e o pudesse deixar no hospital local quando, daí a uns dias, as estradas estivessem abertas. Talvez não tivesse percebido bem, quando ele falara durante o sono. Ela não falava inglês e apenas ouvira, ocasionalmente, algumas palavras serem pronunciadas à sua frente. Talvez ele não tivesse dito nada e fosse mesmo Hauptman Werner Graf, da Luftwaffe. Sentiu o coração cair-lhe aos pés com o simples pensamento de ele não ser quem ela achava que era, ser antes um deles. Seria um aviador da Luftwaffe? Vira filmes de propaganda que mostravam estrangeiros a juntarem-se ao glorioso Reich alemão. Não parecia muito provável. Se ele fosse da Força Aérea Alemã, bastar-lhe-ia tê-lo entregado às autoridades assim que o encontrara, e tudo estaria resolvido.

Apagou a lamparina a óleo junto à cama. Não. Ele dissera realmente umas palavras em inglês. Ela ouvira. Ainda conseguia ouvi-las, reproduzi-las com a sua própria voz. Ele não era Hauptman Werner Graf, da Luftwaffe. Por que razão estaria ali caído no meio da neve, nas montanhas da Floresta Negra? Quando o encontrara, ele não poderia estar ali há mais de alguns minutos. Se assim não fosse, teria antes encontrado um cadáver. Se fosse um espião ou um prisioneiro de guerra, o castigo por o ajudar seria a morte. Poderia lidar perfeitamente com isso. Agora, os nacionais-socialistas já não lhe poderiam tirar mais nada. Tinha perdido tudo.

Virou-se na cama, puxando os cobertores espessos até ao queixo, de forma a só deixar o rosto à vista. Para além da lareira, era o único sítio quente na casa. O homem tinha apenas um cobertor, e o buraco que ela fizera no chão provocaria uma corrente de ar. Levantou-se, levando consigo a chave do quarto onde ele estava. Vestiu uma camisa de noite e um casaco por cima, antes de ir até lá, em bicos de pés. A casa estava calma. Deu a volta à chave, colocou uma mão sobre a maçaneta e com a outra bateu levemente, enquanto abria a porta.

– Herr Graf? – sussurrou. – Está acordado?

Ele estava deitado, mas ela conseguiu perceber que tinha os olhos abertos. Por um segundo terrível pensou que tivesse morrido, mas logo de seguida ele virou a cabeça na sua direção.

– Estou acordado, Fräulein.

– Está suficientemente quente?

– Estou bem, obrigado.

Ela não acreditou. O quarto estava mais frio do que o dela e não tinha tantos cobertores. A luz da Lua entrava pelo meio das cortinas que ela deixara abertas. Sob aquela luz suave eram visíveis os traços do seu rosto. Pegou-lhe na mão. Não planeara tocar-lhe, queria apenas ver se ele estava frio. Os seus olhos encontraram-se.

– Está gelado – disse ela. – Porque não me pediu outro cobertor?

– Não quero dar ainda mais trabalho.

– Que disparate. Não há necessidade de estar a sofrer quando há mais cobertores no armário. – Largou-lhe a mão e abriu o móvel. Tirou um cobertor grosso e estendeu-o sobre ele. – Isto vai mantê-lo quente.

Ele olhava-a fixamente, enquanto ela se afastava.

– Amanhã vou à cidade. As estradas estão fechadas, mas precisamos de comida e não consigo suportar a ideia das dores que deve estar a sentir. – Fez uma pausa, a aguardar uma resposta que não chegou. – Claro que não poderei levá-lo comigo, mas se quiser poderei informar a Gestapo local da sua presença. – Foi a sua vez de o observar.

– Não será necessário, Fräulein. A polícia local não tem nada a ver comigo. Como referi antes, de momento estou a tratar de alguns assuntos confidenciais relacionados com o esforço de guerra. Numa ocasião destas, alertar quem quer que seja da minha presença não seria muito prudente.

– Então não quer que avise ninguém de que está aqui? Poderiam avisar a Luftwaffe, um seu oficial superior, quem quer que o tenha enviado naquele avião.

– A sério, não é necessário. Ir-me-ei embora assim que as estradas estiverem desimpedidas. Até lá, serei o seu hóspede agradecido.

Franka perguntou a si mesma se ele faria ideia do tempo que as suas pernas demorariam a sarar ou se o desconhecia verdadeiramente. Ainda assim, de uma coisa estava certa: ele não era um piloto da Luftwaffe que sabia falar inglês.

– Como queira – voltou-se para sair.

– Fräulein, como me trouxe para aqui?

– Arrastei-o num trenó.

– Transportou-me até aqui enquanto eu estava inconsciente? – arregalou os olhos. Juntou as mãos à frente, como se estivesse a rezar. – É uma pessoa realmente notável. Fico com uma dívida eterna para consigo.

– Agora tem de dormir. Precisa de mais alguma coisa?

– Talvez um bacio? Para o caso de ser necessário.

– Claro – respondeu Franka, saindo em direção à cozinha. Encontrou uma bacia que serviria perfeitamente e levou-lha. Ele aceitou-a com um sorriso e agradeceu-lhe, uma vez mais. Saiu e fechou a porta atrás de si, voltando a fechá-la à chave. Decidiu que não voltaria a usar o nome Werner Graf. Dizê-lo em voz alta era humilhante para ambos.

Franka acordou com a madrugada. A noite trouxera-lhe um sono profundo, como há muitos meses não tinha. De certa forma, a presença do homem na casa acalmara as memórias que a perseguiam na escuridão. Essas memórias eram sempre piores à noite, e dormir sozinha tornara-se uma tortura. Sentia que a presença dele lhe trazia um certo conforto. Já fizera muito por ele, e ele por ela. Assim que abriu os olhos, foi ele o seu primeiro pensamento. Perguntou-se se teria dormido e se teria dores. Se os ossos se tinham mantido no sítio com as talas que improvisara e se alguma vez ficaria a saber a verdade sobre ele. O chão parecia gelo. Procurou os sapatos e enfiou-os nos pés, antes de se aventurar a ir até à janela. Ao correr as cortinas, o Sol de inverno revelou-se, no céu azul-cobalto sem nuvens. A neve estava como na noite anterior. Foi assaltada por dúvidas. Teria mesmo de fazer a viagem até à cidade nesse dia? Poderia esperar? Restava-lhes pouca comida, e ela não podia deixá-lo ali deitado, a sofrer, até que as estradas voltassem a abrir. Quem sabe quando isso aconteceria. As estradas poderiam ficar fechadas durante semanas seguidas, muito embora isso tivesse sido antes da eficiência brutal dos nazis. Bom, estava decidido: iria à cidade nesse mesmo dia. Iria a Friburgo. Lá encontraria as provisões de que precisavam, e não andava ninguém à sua procura – não tinha de quem esconder-se.

Dirigiu-se ao quarto dele e encostou um ouvido à porta. Não se ouvia qualquer barulho no interior, e ela regressou à cozinha. Os esquis continuavam encostados à parede, onde os deixara na noite anterior. Dezasseis quilómetros era uma grande distância para percorrer com esquis, especialmente tendo em consideração a falta de prática nos últimos anos. Pela estrada principal para Friburgo eram menos de três, e ela acreditava que conseguiria arranjar uma boleia a partir de lá para a cidade. Reabasteceu as lareiras da sala de estar e da cozinha. Quando regressasse, já se teriam extinguido, mas pelo menos garantiriam algum calor enquanto ela estivesse fora.

Haviam-se passado apenas uns dias desde que estivera em Friburgo, mas tinha a sensação de terem sido anos. Agora era uma pessoa diferente. Os poucos dias que estivera na cidade, na semana anterior, pareciam agora envoltos numa névoa. Fechou os olhos, tentando esquecer.

Destrancou a porta do quarto do homem, tentando ouvir algum barulho antes de a abrir. O quarto estava escuro e as cortinas ainda corridas. Lá estava o buraco no chão. Ele dormia. Não parecia ter-se mexido desde a noite anterior. Pensou se deveria acordá-lo, mas acabou por decidir não o fazer. Foi até à secretária na sala de estar e agarrou numa folha de papel e numa caneta.

Vou à cidade buscar as provisões de que falámos ontem à noite. Não devo demorar mais do que algumas horas. Por favor, fique na cama até eu voltar.

Franka Gerber

Interrogou-se se deveria assinar antes Fräulein Gerber, mas não quis ter de escrever outra nota. Quando voltou ao quarto, ele continuava a dormir. E se ele fosse um prisioneiro de guerra? O que faria então? Poderia mantê-lo ali até ao final da guerra? Com os desembarques dos aliados em Itália, alguns meses antes, e a calamidade de Estalinegrado, a eventual derrota do Reich parecia, finalmente, possível. Mas ainda faltava muito. Os nacionais-socialistas mantinham uma mão de ferro sobre grande parte da Europa, para não falar da própria Alemanha. Poderia mantê-lo escondido durante meses, se não mesmo anos?

– Uma coisa de cada vez, Franka – sussurrou. – Arranja-lhe uns comprimidos para as dores e comida, para se manterem vivos. Depois, podes preocupar-te com o que vem a seguir.

Colocou a nota e um copo de água em cima da mesa de cabeceira. O frasco de aspirinas estava vazio, tomara o último durante a noite. O enorme peso da sua dor estaria à sua espera, assim que acordasse. Fechou os olhos enquanto agarrava no frasco, emitindo um suspiro profundo. Não havia mais nada a fazer. Trancou a porta atrás de si.

A luz brilhante do Sol através das janelas não lhe acalentou falsas esperanças de calor, e vestiu o casaco de inverno, colocou o chapéu e as luvas. Pegou na mochila, agarrou nos esquis e saiu pela manhã. Os óculos de Sol protegiam-lhe os olhos da luz ardente. Enfiou os pés nos esquis, que ainda lhe serviam perfeitamente. Era como um regresso ao passado.

O horizonte estava claro, apenas interrompido pelo tapete de neve que cobria as árvores que trepavam pelos montes circundantes. A neve era de um branco inocente e perfeito, capaz de conferir beleza a qualquer paisagem, e mais ainda a uma tão intrinsecamente espetacular como aquela. Quando fora a última vez em que a contemplara realmente? A escuridão que a atingira teria obscurecido tudo o resto? Ganhou velocidade, sentindo uma vertigem que julgara ter perdido. A cabana esfumou--se na distância.

O chão precipitou-se na sua direção, enquanto a velocidade do ar tornava inúteis todos os seus sentidos. Procurou um paraquedas que não estava lá. O chão por baixo dele pareceu deter-se, transformando-se no campo que ficava por trás da casa dos pais. De repente estava lá, a rolar sobre a erva macia, mas, quando tentou mover-se, a dor abateu--se sobre ele. Acordou, estremecendo, com o som da porta da frente a fechar-se. Mordeu o lábio, cerrando os punhos, quando um *tsunami* de agonia se abateu sobre si. Lutou contra ele, inspirando com força pelo nariz. Voltou a abrir os olhos. Passaram-se vários minutos. Tinha a testa perlada de suor. Viu a nota em cima da mesa de cabeceira. As perguntas surgiam mais depressa do que ele conseguia assimilar. A sua mente estava confusa, avassalada pela dor. Quem era esta pessoa? Seria isto alguma tramoia da Gestapo para lhe ganhar confiança e levá-lo a revelar a verdadeira natureza da sua missão? A mulher dissera que estavam a dezasseis quilómetros de Friburgo. Tentou recordar-se de onde estava exatamente e da distância a que ficava do seu alvo. A Floresta Negra – era onde tinha caído. Deviam ter visto o seu paraquedas. A mulher era uma agente da Gestapo. Como o conseguira levar para ali sozinha? Não parecia possível. Devia ter tido ajuda. A sua história não fazia sentido. O rosto dela apareceu diante dos seus olhos. Era bonita como um punhal com um cabo de pérolas. Verificou o peito, em busca de feridas. Doía--lhe a cabeça, mas, para além disso – e das pernas, naturalmente –, tudo parecia bem. Ela devia ter ido buscar ajuda. Era provável que chegassem dentro de minutos.

Inclinou-se para tocar nas talas de madeira presas às pernas. Pareciam suficientemente frágeis para o manter confinado à cama, mas talvez o plano dela fosse esse mesmo. Tinha um pijama vestido, faltava-lhe a mochila, e o seu uniforme da Luftwaffe estava atirado para um canto do quarto. Ergueu-se um pouco na cama, tentando espreitar pela janela, por entre uma fresta nas cortinas. Não viu nada, a não ser branco. Precisava de um plano. Primeiro passo: sair dali. Mas como? A cama fora empurrada para um dos lados do quarto. A janela ficava a cerca de dois metros e meio de distância, do lado contrário, mas era como se fosse um quilómetro. Bebeu mais um gole de água, antes da parte difícil. A avalanche de dor que o atingiu quando as suas pernas desceram para um dos lados da cama foi algo que nunca antes sentira. Teve de tapar a boca para sufocar os próprios gritos. O quarto estava frio, mas sentia o suor escorrer-lhe pelas costas. Voltou a deitar-se, com a respiração irregular. A casa estava silenciosa.

O relógio de cuco soou, com o sino a tocar nove vezes. O som fê-lo regressar de novo ao presente e arranjou forças para se voltar a sentar. Cuidadosamente, continuou a descer as pernas pelo lado da cama, suportando o peso do corpo com os braços e respirando profundamente através dos lábios apertados.

– Controla a dor – disse, em alemão. O esforço era extremo. Qualquer deslize agora seria fatal. *Mantém o teu disfarce.* – Vais conseguir. – As suas pernas inúteis pendiam no lado da cama, e ele conseguiu sentar-se, de frente para a janela. Olhou para baixo, para o espaço em que faltavam tábuas no chão, aquelas que a mulher arrancara. O que andara ela a fazer? Estaria a tentar dificultar-lhe ao máximo chegar à janela? Observou o quarto. Não havia nada entre ele e a janela, nada onde se apoiar quando lá chegasse. Talvez rastejar até à porta fosse a melhor opção.

Torceu o corpo na direção da porta e deixou-se cair para o chão. Pôs as mãos para baixo. A dor queimava-o por dentro. Cerrou os dentes, tentando suportar o máximo de peso sobre as palmas das mãos. Usou os braços para se puxar até à porta, arrastando as pernas atrás de si. Conseguiu agarrar na maçaneta. A porta estava trancada, mas isso já ele sabia. Precisou de mais dois intermináveis minutos para levar o corpo até ao sítio para onde ela atirara o seu casaco da Luftwaffe. Sorriu ao alcançar o bolso do peito e sentir os clipes que aí deixara, no final da sua última reunião, em que recebera instruções.

A fechadura estava encastrada numa placa baça, na porta de madeira. Tentou espreitar, mas apenas conseguiu ver o brilho da lenha a arder na lareira. Abrir fechaduras não fizera propriamente parte do seu treino. Era mais uma lição extracurricular, dada pelo seu instrutor. E ele fora um excelente aluno. Conseguiu içar-se, colocar uma mão na maçaneta e, com a outra, empurrar o clipe pelo buraco da fechadura, de forma a fazer mover a tranqueta. Na primeira tentativa falhou. Segundos depois, ouviu-a soltar-se com um clique. Rodou a maçaneta, e a porta abriu-se.

O fogo cintilava. Ao seu lado, via-se uma pilha de lenha e, sobre a cornija, várias bugigangas de porcelana e um rádio. O papel de parede tinha uma zona menos desbotada que o restante, o que significava que alguma coisa ali estivera pendurada. Ao olhar em volta da sala, apercebeu-se de que deveriam ter sido retiradas diversas fotografias das paredes. Ao lado da lareira, viu uma cadeira de baloiço vazia, junto à qual se encontrava igualmente um velho sofá puído. A entrada da cozinha ficava do lado esquerdo, e a luz bruxuleante vinda do seu interior deixava perceber que a mulher acendera outra lareira. A sua mochila estava a um canto, encostada a uma estante, e admirou-se por ela não se ter preocupado em escondê-la. Talvez achasse que não valeria a pena fazê-lo, uma vez que decerto naquela altura os homens da Gestapo já viriam a caminho. À exceção dos estalidos da lenha a arder, a cabana estava silenciosa.

Usando os antebraços, arrastou-se até à mochila e tirou para fora uma muda de roupa, mapas e uma lanterna. As suas duas pistolas tinham desaparecido, mas nem sequer perdeu tempo a pensar onde ela as poderia ter escondido. Encostou-se à parede e voltou a vasculhar o seu interior. Os seus documentos estavam intactos: a folha de vencimento da Luftwaffe e a sua licença de saída e de deslocação, devidamente carimbados, assinados e contra-assinados. E, diante de si, a menos de dez metros, estava a porta da frente.

Franka precisou de trinta gloriosos minutos para chegar ao fundo do vale e à principal estrada para a cidade. A neve fora afastada para cada um dos lados da via, deixando espaço suficiente para permitir a passagem de carros.

– A eficiência nacional-socialista – murmurou para si mesma.

Passaram cinco minutos até que um camião parou para a recolher. Um soldado da Wehrmacht* fez-lhe sinal para subir. Franka ficou rígida, mas não tinha grande escolha. Se não aceitasse a boleia, pareceria ainda mais suspeita. Enfiou os esquis debaixo do braço e avançou na direção da porta que o soldado lhe abrira.

– Bom dia, Fräulein – cumprimentou o soldado, com um sorriso. – Suba, por favor. Vou para Friburgo.

– Isso é ótimo. Muito obrigada.

Trepou para o lugar do passageiro, esforçando-se por retribuir o sorriso do soldado, enquanto fechava a porta. Era jovem, mais jovem do que ela, não deveria ter mais de vinte e dois anos.

– O que a leva à cidade num dia como este?

– Compras. Não esperava um tempo destes. Ficámos impedidos de sair com a neve e agora estamos com poucas provisões.

Ele fitou-a durante mais tempo do que seria confortável, e o camião desviou-se para a berma, antes que conseguisse endireitá-lo.

Ela decidiu não fazer qualquer comentário sobre as capacidades de condução do soldado.

---

* Nome dado ao conjunto das forças armadas durante o III Reich. [*N. da T.*]

– Ainda bem que me pôde dar boleia. Há anos que não usava estes esquis.

– Com todo o gosto, Fräulein.

Fez os possíveis para o manter bem-disposto enquanto ele falava incessantemente, durante todo o caminho até à cidade. Não lhe contou nada sobre si mesma, evitando qualquer pergunta. Era uma habilidade que soubera aperfeiçoar ao longo dos anos, tornando-a uma arte.

Começou por avistar os montes cobertos de neve, e depois os telhados e pináculos, com um manto branco. À distância, Friburgo era semelhante a qualquer cidade medieval europeia. No entanto, tal como qualquer outro sítio na Alemanha, Friburgo mudara sob o nacional-socialismo. Os bombardeiros aliados não tinham semeado destruição como em Hamburgo, Kassel ou Dresden. Na verdade, os *raids* aéreos sobre a cidade não tinham sido muitos, mas de certa forma isso tornava a perda do pai ainda mais dolorosa. Qual fora o objetivo daquele ataque em outubro? Perguntou-se se o piloto do bombardeiro pensara sequer em quem estariam a matar quando largaram a bomba sobre o bloco de apartamentos do pai, numa ocasião em que todos dormiam. Teriam sequer consciência de que iriam matar civis? Importar-se-iam? De certa forma, tinha dúvidas. Sentiu o corpo ficar tenso. Nunca saberiam como era gentil e bondoso o homem que lhe tinham roubado.

A notícia da morte do pai chegara por carta, e o diretor da prisão recusara-lhe o pedido de ir ao funeral, alegando que «aos traidores do Reich não deve ser mostrada compaixão indevida». Só depois de ter sido libertada pôde visitar a campa, para lhe dizer o último adeus.

A visão dos soldados no posto de controlo, na estrada para a cidade, fê-la reviver tudo nitidamente. Aqui não conseguiria desfrutar da evasão de que desfrutara na cabana. O controlo apertado que os nacionais-socialistas mantinham sobre os cidadãos alemães estava à vista. A livre circulação ou as viagens não aprovadas previamente eram relíquias do passado. Franka entregou o conjunto de documentos que era obrigada a apresentar sempre que lho pediam, em certas ocasiões várias vezes ao dia. A sentinela verificou-os, enquanto ela se mantinha sentada em silêncio.

– *Ahnenpass*? – perguntou o homem.

Franka assentiu e retirou do bolso o seu *Ahnenpass,* o certificado da sua ascendência ariana. O soldado deu-lhe uma vista de olhos e devolveu-lho, com um aceno de cabeça. Ela escondeu a sua vergonha com um sorriso. Veio-lhe à memória a velha piada que Hans costumava dizer em relação às mentiras arianas.

– O que é um ariano? – perguntava ao grupo.

– É um louro como Hitler!... que tinha cabelo escuro.

– Alto como Goebbels! – diria outro. Goebbels tinha um metro e sessenta e cinco.

– Um perfeito atleta, como Goering! – que era uma lesma gorda e nojenta. As piadas tinham atirado muita gente para a cadeia. Os nazis tinham muito pouco humor. Qualquer comentário depreciativo era censurado e objeto de ameaça de prisão ou até pior, por muita piada que pudesse ter.

A sentinela mandou o camião avançar. Franka declinou o convite do soldado para irem tomar uma bebida nessa noite, com a desculpa de ter um namorado na frente russa. Desceu do camião no centro da cidade. As bandeiras nazis oscilavam com a brisa. No livro que escrevera durante o tempo que passara na cadeia, Hitler explicava a razão dos vários elementos da bandeira, o que Franka e todas as outras crianças tinham tido de estudar na escola, como um verdadeiro catecismo – um conjunto de regras para a vida. O fundo vermelho representava a ideia social do movimento, o círculo branco no meio a pureza dos seus objetivos socialistas, e a suástica preta a superioridade da raça ariana. Os arianos eram uma raça inventada, de super-homens louros, e os nazis tentavam convencer os alemães de que era a essa raça que pertenciam. Ela própria era a espécime ariana perfeita: alta, atlética, loura, com uns olhos azuis penetrantes, dos quais quase acabava por se envergonhar. Quando era adolescente, os elogios que recebia pelo seu perfeito aspeto ariano eram lisonjeadores. Agora, sentia-os quase como uma ofensa.

A algumas centenas de metros, o mercado de Natal fervilhava de movimento, na sombra da catedral de Friburgo, o edifício medieval gótico que dominava o centro da cidade. Era um dos poucos lugares de culto católico que restava, mas apenas como símbolo da liberdade religiosa que Hitler prometera quando chegara ao poder. Não havia missa – o padre local fora enviado para um campo de concentração, anos atrás. Ainda havia igrejas protestantes abertas, mas anos antes tinham-se unido para constituir a Igreja Nacional do Reich, para garantir que o culto era controlado e que o responsável máximo da Igreja Protestante na Alemanha era, simultaneamente, um membro do Partido Nazi e um ariano. Os membros da igreja chamavam-se a si próprios cristãos alemães, com «a suástica no peito e a cruz no coração». Os nacionais-socialistas ainda permitiam o Natal, mas a sua manutenção futura estava longe de ficar assegurada. Qualquer coisa que pudesse fazer vacilar a crença na causa nazi representava uma ameaça.

Enquanto se misturava com a multidão, Franka mantinha os olhos no chão, os esquis debaixo do braço e a mochila às costas. Vários soldados de uniforme passaram por ela, a rir e a brincar. Um deles assobiou-lhe, mas os seus olhos não se ergueram do chão branco-acinzentado do pavimento empedrado. Iria encontrar alguém conhecido e, se isso acontecesse, teriam ouvido falar dela? Evitá-la-iam, como uma traidora? Esperava não vir a descobrir.

Quando Franka entrou na farmácia, fez tocar a sineta colocada sobre a porta. Manteve os olhos no chão, enquanto se dirigia aos opiáceos. Os pequenos frascos de heroína foram a primeira coisa que lhe chamou a atenção, mas avançou até à morfina. Levaria quantidade suficiente para alguns dias, juntamente com seringas, de que precisaria para a administrar. Pegou em aspirinas, gesso de Paris, gaze e meias de *nylon* que servissem nas pernas do homem e colocou tudo em cima do balcão. O farmacêutico, um homem de meia-idade com um bigode grisalho espesso, olhou-a por cima dos óculos, com uma expressão desconfiada. Franka reparou no emblema nazi preso na sua bata.

– O meu irmão – sorriu. – Partiu as pernas a andar de tobogã, na noite passada, e ficámos retidos por causa da neve.

– Leva precisamente tudo aquilo de que necessita – comentou o farmacêutico. – É a menina quem vai preparar o gesso?

– Sou enfermeira. Consigo fazê-lo muito bem.

– Nesse caso, ele é um rapaz com sorte.

– Não sei bem se se pode dizer isso de um rapaz que partiu as duas pernas, mas acho que tem razão.

O homem sorriu e entregou-lhe o saco de papel pardo. Despediu-se dele e saiu da loja, tentando parecer o mais natural possível. Por dentro, tinha a sensação de que ia vomitar.

Sentia o ar fresco contra a pele húmida. Recomeçara a nevar.

Faltava-lhe apenas arranjar comida, antes de voltar a casa. Sentia falta da solidão da cabana. As ruas desta bela cidade estavam agora desvirtuadas, distorcidas por aquela ideologia nazi totalitária, que tornava impossível levar uma vida que valesse a pena, especialmente no caso de uma mulher. Uma mulher não poderia ser médica, advogada, funcionária pública ou juiz. Um júri também só poderia ser constituído por homens. No que dizia respeito à sua capacidade de tomarem decisões, não se podia confiar em mulheres – eram consideradas demasiado suscetíveis de se deixarem controlar pelas emoções. Também não tinham o direito de votar – mas, na verdade, para que servia um voto? Com exceção do partido nacional-socialista, todos os outros tinham sido declarados ilegais. As mulheres alemãs estavam proibidas de se maquilharem, de pintarem ou de fazerem permanentes no cabelo. Em vez disso, eram-lhes incutidos os três K, desde muito pequenas: *Kinder* (filhos), *Kirche* (igreja) e *Küche* (cozinha). Ainda conseguia lembrar-se das líderes da Liga de Raparigas Alemãs, instando-as a esquecerem-se da ideia ridícula de uma carreira gratificante. Era mais importante ficar em casa e criar filhos fortes, que um dia pudessem servir o Reich. Era esse o papel que uma mulher deveria desempenhar numa Alemanha moderna, e muitas das raparigas que ela conhecera na sua juventude tinham-se adaptado a ele. Algumas até tinham recebido a Cruz das Mães – uma medalha com que os nazis condecoravam as que tinham mais de cinco filhos arianos saudáveis. Hilda Speigel, uma rapariga com quem ela estivera na Liga, já recebera a honra máxima: a Cruz das Mães em ouro, pelos oito filhos que já tinha, apesar de contar apenas vinte e sete anos.

As recordações da sua vida anterior cirandavam-lhe à volta da cabeça como gafanhotos. Cada edifício por onde passava conjurava uma nova memória. O apartamento onde o pai vivera nos últimos cinco anos ficava a poucos quarteirões, e ela sentiu os passos abrandarem, à medida que se aproximava de lá. Pensou no homem na cabana. Ele era um deles – um dos aliados que perpetrara esse crime. Ansiava pelo luxo do esquecimento.

Chegou à mercearia. O povo alemão estava a sentir a devastação da guerra. Nos primeiros dias, as lojas estavam quase tão cheias como antes do início das hostilidades, mas os racionamentos começaram no início da primavera de 1942, e muitos produtos comuns passaram a constituir um luxo. O cheiro a pão quente fez roncar o seu estômago vazio. Encontrou um pão, algum queijo e carnes secas. O caminho para casa era quase todo a subir, por isso tentou evitar produtos pesados, como as sopas enlatadas, que se tinham mantido durante tanto tempo na cabana. Quando já tinha toda a comida que o seu cartão de racionamento permitia, dirigiu-se ao balcão e pagou com algum do dinheiro da herança do pai. Lembrou-se do advogado que lhe lera o testamento. Sabia que ela estivera presa e, muito embora não tivesse feito qualquer referência ao assunto em voz alta, Franka suspeitava de que ele conhecia o motivo. Os seus olhos pareciam julgá-la.

Saiu para a rua. Eram quase duas da tarde. Não valia a pena tentar regressar a casa de estômago vazio. Pusera de lado senhas de racionamento suficientes para poder almoçar e conhecia um sítio ao fundo da rua. Quando lá chegou, o café estava agitado, com conversas em voz alta e um ambiente cheio de fumo. A um canto estavam sentados vários soldados, a rirem e a beberem cerveja. Sentando-se o mais longe possível deles, pediu *schnitzel** com batatas e uma chávena de café com leite. A comida chegou cinco minutos depois. Estava divina, e ela mal parava para respirar, devorando tudo rapidamente. O homem que estava na mesa ao lado levantou-se, deixando ficar o jornal – que ela poderia usar para se esconder. Pegou nele e segurou-o à frente do rosto. Estava repleto de histórias que enalteciam o *führer* e os bravos soldados que combatiam na Rússia pelo futuro da Alemanha. Após alguns segundos, parou de ler, mas manteve o jornal na mesma posição. Estava a pensar na viagem de regresso à cabana e no oficial, quando ouviu uma voz à sua frente.

– Franka Gerber?

Sentiu o peito apertar-se, enquanto baixava o jornal. Viu à sua frente o uniforme preto da Gestapo, antes dos seus olhos subirem até ao rosto do homem que esperava nunca mais ter de voltar a ver: Daniel Berkel.

* * *

---

* *Schnitzel* é um tipo de bife panado, muito comum na cozinha alemã e austríaca. [*N. da T.*]

O homem voltou a colocar os mapas, a bússola, a muda de roupa e os seus documentos de identificação na mochila, tal como os encontrara. Estava sentado junto à estante. A porta da frente ficava a cerca de nove metros, mas a das traseiras estava ainda mais perto. Conseguia distinguir o brilho do Sol sobre a neve branca a espreitar por baixo da porta. Não estava vestido para sair, e fugir seria impossível com as pernas partidas. A verdade que a sua teimosia tentara combater estava agora bem à vista: sem as suas armas, encontrava-se à mercê de Franka Gerber, fosse ela quem fosse. Ainda estava com o pijama que ela lhe vestira, mas que mal poderia fazer espreitar lá para fora? Talvez ela estivesse a dizer a verdade e se encontrassem realmente no meio das montanhas. Ou talvez não. Arrastou-se pelo chão. O corredor estava sujo de terra, e conseguia sentir as suas partículas sob as palmas das mãos. Erguendo-se sobre o cotovelo esquerdo, conseguiu alcançar a maçaneta da porta com a mão direita e a custo afastou o corpo do caminho, para poder abri-la. Um oceano de branco queimou-lhe os olhos. O frio parecia cortar-lhe o peito exposto, e sentiu as dores nas pernas, como facas a perfurarem-lhe a carne. A porta abria para uma zona onde havia lenha. Poucos metros à frente viam-se árvores cobertas de neve. *Não se via mais nada. Raios*. Fechou a porta.

Demorou alguns segundos a conseguir recuperar o fôlego, antes de rastejar de volta à sala de estar. A lareira estava quente, e deixou-se ficar um ou dois minutos deitado à sua frente. O que raio haveria de fazer, mesmo que a casa estivesse perto da cidade? Como iria lá chegar, com as duas pernas partidas? Se conseguisse – o que lhe parecia ridículo, já que seria praticamente impossível –, quem quer que o encontrasse levá-lo-ia de imediato para o hospital local. E esse seria o fim, não só para ele próprio, como também para a missão. E o mais provável seria morrer no meio da neve, como, sem dúvida, teria acontecido, se a mulher não o tivesse levado para ali. Talvez ela fosse quem dizia ser. Talvez fosse uma amiga. Qual era a probabilidade de ser encontrado por alguém amigável naquele país de fanáticos? Ouvira as notícias de enormes multidões aplaudindo cada palavra de Hitler, agitando bandeiras e tocando tambores. Aparentemente, tinham feito uma lavagem cerebral a toda a nação, levando todos a seguirem a causa nazi, como se de uma nova religião se tratasse. De que outra forma poderiam ter feito o que fizeram nos territórios ocupados? De que outra forma se poderia justificar uma organização tão selvagem como a Gestapo? Recordava-se das palavras do instrutor: «Não confies em ninguém.» E acrescentou que o único alemão bom era o alemão morto. Os recrutas tinham rido, mas não duvidavam da veracidade das suas palavras. Todos acreditavam nisso, tal como ele próprio.

A vista da porta das traseiras não lhe dera qualquer indicação. Precisava de ter a certeza. Começou a arrastar-se na direção da porta da frente. No corredor, o relógio de cuco, perto da porta principal, tocou as dez horas. Ele prosseguiu, com um braço de cada vez, ignorando a dor que sentia nas pernas. Alcançou a porta e rodou o puxador, abrindo-a uns centímetros e afastando depois o corpo, de forma a conseguir abri-la completamente. Um clarão de branco voltou a ofuscá-lo, e então viu um *Volkswagen* coberto de neve. Ergueu-se o máximo que conseguiu sobre as palmas das mãos. Até onde a vista podia alcançar, não se via senão neve e árvores. Nem sequer uma estrada. Nem um único som. Não havia qualquer sinal de vida. Era verdade. Estavam ali sozinhos.

Fechou a porta da frente e fez o caminho de volta para a sala. Queria estar na cama quando ela regressasse e não pretendia que ela percebesse que tinha andado a espreitar pela casa. Parou junto a um aparador, por baixo do relógio de cuco. Mais por capricho do que por qualquer outro motivo, esticou-se para abrir a pequena gaveta do móvel. Ao abrir-se, reconheceu de imediato o som de metal a deslizar. Esticou a mão e retirou uma pistola. Estaria preparado e, se eles viessem, levaria uns tantos consigo.

– Que bom ver-te. Pareces melhor do que nunca. Há quanto tempo, Franka? – perguntou Berkel.

Franka estava a olhar fixamente para a caveira no chapéu dele. Ele tirou o quépi e colocou-o por baixo do braço.

– Obrigada. Passaram-se anos, Herr Berkel. Quatro anos?

– Não nos víamos desde que mudaste para Munique. Importas-te que me sente por um bocado? – puxou a cadeira do lado contrário ao dela.

– Claro que não. – Na verdade, não tinha outra opção.

– Por favor, trata-me por Daniel. Não precisamos de ser tão formais, só por causa da minha posição. Somos velhos amigos, a pôr as novidades em dia, e é apenas isso que quero – saber as novidades. Importas-te que eu fume? – ofereceu-lhe um cigarro. Ela não fumava há anos, mas de qualquer forma aceitou. Ele acendeu primeiro o cigarro dela e depois o seu próprio. O ar encheu-se de espirais de fumo branco entre eles. Ela recostou-se na cadeira, esperando conseguir acalmar-se. – O que te traz a Friburgo? – prosseguiu ele.

– Vim para visitar a campa do meu pai e para a leitura do seu testamento.

– Pois, claro. Vi o nome dele na lista de mortos, no último ataque aéreo dos aliados. Lamento a tua perda. Esses animais não se importam com quantos dos nossos cidadãos massacram. Anseio pela chegada do dia em que vingaremos as mortes do teu pai e das centenas de milhares de cidadãos alemães assassinados pelos aliados.

Franka sentia todo o corpo a tremer.

– Tal como eu, Daniel.

Berkel pareceu convencido.

– E desejo também expressar-te como lamento o que te aconteceu – deu uma passa no cigarro. Franka não sabia o que dizer, como responder. – Ouvi falar do que se passou em Munique.

Tinha vontade de lhe perguntar como sabia, mas também se lembrou de que, provavelmente, ele sabia tudo sobre todas as pessoas de Friburgo.

– Foi uma tragédia teres sido influenciada por aqueles desprezíveis traidores do Reich.

Sentiu o coração endurecer-se. Hans valia cem vezes mais do que Daniel ou os seus companheiros nazis alguma vez valeriam. Endireitou-se na cadeira, tentando controlar o terror, por baixo da sua aparência calma.

– Obrigada, Daniel.

– Fico feliz por o juiz ter reconhecido a tua necessidade de proteção, pelo facto de seres mulher. A tua boa índole tornou-te mais suscetível de seres influenciada pelas mentiras terríveis e pela propaganda que essa escumalha espalhava. Lamento que tenhas passado por isso. – Deu uma nova passa no cigarro, antes de continuar. – Deve ter sido uma experiência horrível. Sei que por vezes pode ser difícil de reconhecer, mas os nacionais-socialistas só querem o que é melhor para o povo alemão.

Franka não reagiu. Percebeu pelo seu ar sério que ele acreditava em cada palavra que dizia.

– Tive sorte. Essa é que é a verdade.

– Sim. Fico feliz por não teres acabado na guilhotina, como aconteceu com outros traidores. Ainda tens à tua frente um futuro como mãe e esposa e um dia terás filhos para servirem o Reich.

Daniel acabou o cigarro e apagou-o no cinzeiro pousado sobre a mesa. Franka dera apenas três passas no seu. Ele inclinou-se para a frente.

– Sei que aprendeste a lição.

– Claro que sim. Fui tola, desviei-me do caminho. Devia ter denunciado aqueles porcos, mas tive medo – respirou fundo, numa tentativa vã de reprimir a dor que sentia ao dizer essas palavras.

Uma mulher mais velha aproximou-se da mesa. Berkel levantou-se para a cumprimentar.

– Herr Berkel, que prazer voltar a vê-lo – disse ela.

– O prazer é meu, Frau Goetsch. Está com ótimo aspeto.

– Estou-lhe muito grata.

– Nem pense nisso. O prazer foi todo meu.

A velha senhora levantou o saco.

– Tenho uma coisa para si e para a sua família.

– Oh, não. Não posso aceitar.

– Aceite. Para os seus meninos. É para eles –, por tudo o que fez pela minha família.

Berkel segurou no saco.

– Muito obrigado. Vou dizer aos rapazes que pensou neles neste Natal.

– Abençoado seja, Herr Berkel – despediu-se ela, afastando-se. – *Heil* Hitler.

– *Heil* Hitler – respondeu Berkel, voltando a sentar-se. – Desculpa – pediu, olhando para Franka.

– Quem era aquela mulher?

– Uma velha amiga da família, que passou por necessidades. Fiquei feliz por poder ajudar. Gostaria que *tu* também me tivesses deixado ajudar-te, que tivesses vindo ter comigo, quando esses traidores tentaram manipular-te.

– Talvez se lá estivesses eu me tivesse sentido mais confortável em ir ter contigo.

– É muito bom ouvir-te dizer isso. Sei agora que o juiz tomou a decisão certa. É altura de prosseguires com a tua vida. Já pensaste como poderás retribuir ao Reich o que ele te dá? São sempre precisas enfermeiras, especialmente com as nossas corajosas tropas na linha da frente, a sofrerem ferimentos, todos os dias, na Rússia.

– Era essa a minha ideia, mas só saí da prisão há três semanas. Preciso de algum tempo. Talvez depois do Natal.

– Compreendo. Onde vais passar o Natal?

– Em Munique. É onde está a minha vida agora. Vim apenas alguns dias.

– Mas mesmo assim trouxeste os esquis contigo? – perguntou, olhando de relance para o chão, ao lado da mesa.

De súbito, Franka tomou consciência da morfina na sua mochila, juntamente com a gaze e com o gesso de Paris. Se ele quisesse ver o seu conteúdo, estava perdida.

– O apartamento do meu pai ficou destruído pelo ataque aéreo. Estou na nossa antiga casa de verão, nas montanhas. De qualquer maneira, não esperava ter ficado retida pela neve.

– Sim, este tempo tem estado complicado. Mas disseste que tencionas voltar a Munique para o Natal? Só faltam nove dias.

– É esse o meu plano. Não quero passar o Natal sozinha naquela velha cabana. Quero regressar a Munique, logo que possível.

– Lembro-me dessa cabana. Passámos bons tempos lá.

Tentou não estremecer ao recordar-se dos fins de semana que passara na cabana com ele. Aqueles tempos de faculdade em que ele era um impetuoso líder local da juventude hitleriana pareciam ter sido há séculos. A maior parte das outras raparigas tinha ciúmes. Agora já podiam tê-lo. Reparou que ele tinha uma aliança no dedo.

– Então casaste?

– Sim, faz agora quatro anos. Lembras-te da Helga Dagover?

– Claro.

– Temos dois filhos, o Bastian e o Jürgen.

– Muitos parabéns.

– Obrigado. São dois belos rapazes arianos, precisamente do que este país precisa. Claro que quando forem crescidos a guerra já terá terminado e poderão colher os benefícios do que estamos a tentar semear.

Franka não respondeu. A vontade de desatar a correr, de fugir, era quase descontrolada, e precisou de recorrer a todas as suas forças para se conseguir manter sentada e quieta.

– Queres ver uma fotografia deles?

– Claro.

Berkel meteu a mão no bolso e tirou a carteira. Um sorriso orgulhoso abriu-se no seu rosto ao retirar a fotografia, e os seus olhos brilharam de uma forma que ela julgara não ser possível.

– Não são os rapazes mais bonitos do mundo?

– Sim.

– Adoro-os. A pior parte do meu trabalho é ter de ficar muitas vezes longe deles, mas estão sempre no meu coração.

Voltou a guardar a fotografia na carteira. Remexeu, de novo, no bolso e tirou de lá uma cigarreira em prata. Reparou que tinha umas iniciais que não correspondiam às suas. Ofereceu-lhe, mais uma vez, um cigarro, mas ela recusou. Há anos que não fumava, e o anterior cigarro tinha aumentado a náusea que já se espalhava por ela, como espuma num lago de águas estagnadas. Berkel acendeu o cigarro e recostou-se. Veio-lhe à mente o homem na cabana.

– Tu nunca casaste, Franka.

– Não, nunca.

– Que idade tens agora, vinte e seis? Tens tanto para oferecer. Não queres acabar uma velha solteirona, pois não? Os tempos férteis vão passando. Bem sabes que não vais voltar a ver a flor da juventude quando ela já tiver passado.

– Eu estou ciente da minha idade, Daniel.

– Não foi isso que quis dizer. Não quis ofender-te. Estás mais bonita do que nunca.

– Não te preocupes, Daniel, e agradeço-te – respondeu, incapaz de manter contacto visual com ele por mais de escassos segundos.

– Eras um grande partido nos teus anos de adolescência – encostou-se na cadeira de madeira e cruzou as mãos atrás da cabeça. – Oh, sim. Lembro-me bem. Todos os rapazes tinham ciúmes de mim. Eu tinha a rapariga mais bonita de Friburgo inteira. Sentia-me o rapaz mais sortudo do mundo. O que nos aconteceu? Nunca me chegaste a explicar. Limitaste-te a deixar-me.

Vi aquilo que és realmente. Vi aquilo em que te transformaram. Questionou-se se ele seria deliberadamente ignorante, se era algum esquema para testar as suas convicções ou se, realmente, não percebia. Por esta altura ainda não compreendera? Tinham terminado a relação em 1936, quando ela tinha dezanove anos. Ele ainda tentara reatar, mas ela mostrara-se inflexível, muito embora tivesse tido o cuidado de não o hostilizar. Tinha medo do seu poder e influência crescentes, enquanto membro da Gestapo local.

Na «Noite de Cristal», em 1938, ele juntara-se à multidão, quando as ruas de Friburgo e de todas as outras cidades e vilas reluziam com os vidros partidos das janelas e montras das lojas e negócios de judeus, quando o céu noturno brilhava, vermelho, com as chamas que consumiam as sinagogas. Milhares de judeus alemães haviam morrido num motim nacional patrocinado pelo Estado, e Daniel Berkel fora um dos líderes da matilha de saqueadores que tinham arrastado os proprietários judeus de negócios pelas ruas, para que fossem espancados. Essa noite abriu-lhe os olhos para o que os nazis estavam realmente a tentar fazer na Alemanha. Sentiu-se mudada. Grande parte do motivo que a levara a deixar Friburgo era poder afastar-se dele. Teve de abandonar Fredi para o poder fazer.

– Isso já passou à história. Para quê ficarmos presos ao passado, quando o povo alemão tem um futuro tão brilhante à sua frente?

Ele sorriu, mas os seus olhos escureceram. Deu mais uma passa no cigarro, antes de voltar a falar.

– Tens alguma coisa a esconder? Porque não me contas, para que possamos deixar ficar o passado para trás e continuar amigos? Se vais ficar a viver em Friburgo...

– Não vou ficar em Friburgo. Vou voltar a Munique nos próximos dias, assim que as estradas ficarem desimpedidas.

Berkel deu mais uma passa no cigarro, quando a empregada se aproximava. Pediu uma cerveja, e Franka sentiu um nó no estômago.

– Então, encontraste outra pessoa?

– Não foi isso. Acabámos por nos afastar. Na altura éramos apenas crianças.

– Muitos dos homens com quem trabalho, homens bons e leais, empenhados num país melhor e na proteção do Reich, casaram nessa idade. Alguns até tiveram filhos mais cedo.

– Isso não tinha de acontecer connosco.

A empregada regressou com a cerveja dele e disse-lhe que era por conta da casa, como faziam sempre com a Gestapo. Ele não lhe agradeceu, apenas se inclinando para a frente, para voltar a fixar Franka.

– Li que estavas envolvida com o cabecilha dos traidores, em Munique. Iria ser ele o pai dos teus filhos?

Sentia que o nome de Hans ficava conspurcado só pelo facto de Berkel o mencionar. Pôs as mãos por baixo da mesa e apertou-as com tal força que quase fez sangue.

– Essa parte da minha vida acabou – forçou-se a combater as lágrimas. Não iria chorar à frente dele. Preferia morrer.

– Tiveste sorte. Devias agradecer aos agentes da Gestapo que o apanharam a ele e aos outros. Até devias agradecer também ao carrasco. Fizeram-te o maior favor que o governo poderia fazer a alguém. Libertaram-te. Livraram-te da loucura das ideias que esses criminosos apregoavam e ainda tiveram a misericórdia e a magnanimidade de te pouparem a vida.

Cada palavra doía. Deveria sentir-se grata por o juiz lhe ter poupado a vida? Desejara tantas vezes que tivesse sido o contrário.

– Pensar que existe gente dessa deixa-me doente – pronunciou a palavra «gente» como se fosse um palavrão. – Mas pelo menos é animador saber que tiveram a paga que mereciam e que outros inocentes foram protegidos da sua vil influência.

– Eles fizeram o que acharam que seria melhor para o povo alemão – disse. A sua voz era tão baixa que mal conseguiu ouvir-se a si mesma.

Ele acenou com a cabeça e bebeu um gole generoso de cerveja.

– Loucos ingénuos. Queriam fazer-nos voltar aos dias de desemprego maciço e instabilidade social nas ruas? A democracia foi a maior calamidade que este país sofreu. O *führer* salvou-nos da maldição de Versalhes, libertou-nos dos criminosos de novembro e voltou a cimentar o nosso lugar entre as maiores nações do mundo.

Franka tinha vontade de lhe perguntar por que motivo não estava a lutar na linha da frente, se se sentia assim tão empenhado na causa. A Gestapo não atuava de acordo com quaisquer normas legais. Ele poderia levá-la para o quartel-general da Gestapo naquele preciso momento, sem que ela voltasse a ser vista. Ninguém faria perguntas. Seria mais um inimigo do Estado que tinha desaparecido. A sua vida estava totalmente dependente dos caprichos daquele homem, cujo coração ela em tempos despedaçara.

– Tens razão... eu estava enganada. Sinto-me grata por ter sido poupada. Os líderes pressionaram-me para assistir às reuniões. Davam a entender que era a coisa mais patriótica que se podia fazer.

– Quando era precisamente o contrário. Fico satisfeito por ver que nunca chegaste a cair completamente no seu feitiço. É bom saber que tens uma segunda oportunidade para compensar os teus erros.

– Foi um prazer falar contigo, Daniel, mas agora tenho mesmo de ir andando. Tenho de chegar à cabana antes do anoitecer.

Ele olhou-a durante uns segundos, do outro lado da mesa, antes de responder.

– Claro. Seria uma viagem perigosa para se fazer na escuridão da noite. Não quero ser responsável por te atrasar.

– Claro, Daniel. Agora, se me dás licença – disse, levantando-se.

Ele não se mexeu, limitando-se a olhar para ela.

– Mas, espera, as estradas lá em cima estão cobertas de neve, não é verdade? É por isso que trouxeste os esquis.

– Sim, por isso tenho mesmo de ir...

– Como tencionas voltar? Vai ser impossível fazeres dezasseis quilómetros até lá acima.

– Eu já tenho tudo pensado.

– Mas como? De certeza que não trouxeste carro. Deve estar preso no meio da neve, junto da cabana.

– Sim, mas...

– Então como planeias regressar?

– Tenho uma pessoa à espera para me dar boleia.

– Quem? Já não conheces ninguém aqui e depois do tempo que passaste na cadeia, também não tens a melhor reputação.

– Bem, eu ia...

– Pedir boleia? Que disparate. Eu levo-te.

Franka sentiu o coração dar um salto.

– Não, de forma alguma. Não quero incomodar. Isso roubar-te-ia mais de uma hora ao teu horário atarefado.

– Estou na hora do almoço. Posso compensar o tempo mais tarde.

Os olhos dele pareciam perfurá-la. Ainda pensou responder, mas desistiu. Ele levantou-se.

– Muito bem, está combinado. Tenho um carro lá fora. Estás pronta?

– Só preciso de pagar a conta.

– Deixa o dinheiro na mesa.

Franka deixou algumas notas amarrotadas. Berkel não disse mais nada, enquanto a conduzia para fora do café. Lá fora via-se um *Mercedes* preto. Ele abriu-lhe a porta de trás, para que ela lá metesse os esquis e os bastões. Conservou consigo a mochila, colocando-a aos pés, quando se sentou no lugar do passageiro.

Mantém-te calada. Concorda com tudo o que ele disser.

Enquanto percorriam a cidade, foram falando sobre as pessoas que conheciam e sobre os velhos tempos. Franka interrogava-se se ele estaria a investigá-la ou se estava genuinamente iludido com a ideia de que eram velhos amigos. Talvez nem uma coisa nem outra. Ou talvez as duas, ou outra coisa completamente diferente.

Teve de apresentar os seus documentos ao guarda no posto de controlo. Berkel cumprimentou-o com uma saudação preguiçosa, enfatizando o facto de ser um oficial superior. Ela esperou até estarem fora da cidade e na estrada principal, para lhe fazer a pergunta.

– Como são os teus filhos?

– Maravilhosos, simplesmente maravilhosos. São os seres mais belos que já vi. E também são jovens arianos fortes. Temos muito orgulho neles. O Jürgen tem apenas três anos e já canta o *Deutschland Über Alles.*

Franka mantinha-se em silêncio enquanto Berkel ia falando dos filhos. Isso deu-lhe algum tempo de descanso, mas não tardou que ele voltasse a apregoar a grandeza do Reich e a genialidade de Hitler. Os minutos foram-se arrastando, de forma agonizante. Finalmente, surgiu à vista o local onde deveria deixá-la, e pareceu-lhe um verdadeiro oásis.

– Podes deixar-me aqui, Daniel. Foste muito gentil. Nem todos conseguiriam esquecer o que eu fiz. Cometi erros, mas estou determinada a levar a melhor vida possível, a partir de agora.

Berkel encostou o carro à berma e voltou-se para ela.

– O meu trabalho é suspeitar sempre, Franka, e é o que faço. Foi ótimo ver-te, mas para mim não és apenas uma velha amiga. És uma inimiga do Estado, que já foi condenada, e, embora eu pense que quase todos os arianos merecem uma segunda oportunidade, vais precisar de provar a tua lealdade ao Reich e ao nosso adorado *führer*. Espero que nunca voltemos a encontrar-nos com caráter oficial, mas ficas a saber que vou estar de olho em ti.

– Tal como disse, vou regressar a Munique dentro de alguns dias...

– E, se assim for, desejo-te boa sorte e digo-te apenas: *Heil*, Hitler.

– *Heil*, Hitler – respondeu. A sua voz era fraca. Pôs a mochila às costas. Ele saiu para ajudá-la com os esquis e entregou-lhos.

– Gostei de te ver, Franka. Espero que encontres a paz que procuras. Tem cuidado com quem te dás.

Ela acenou com a cabeça, e ele voltou a entrar no carro. Permaneceu parada, enquanto o automóvel se afastava.

Sentiu-se violada, insultada, enojada. A cabana já não era segura nem estava livre do regime nazi, que ela desprezava mais do que nunca. Com a luz do dia a desaparecer, não tinha tempo para ficar ali a analisar a conversa e sentiu-se contente por isso. Enfiou os pés nos esquis e avançou pelo caminho que subia em direção a casa.

Provavelmente, ter-lhe dito que iria regressar a Munique evitaria quaisquer intromissões da Gestapo. Mas, e se andassem à procura do homem? Alguém poderia ter visto o seu paraquedas.

O percurso ascendente, com as provisões às costas a puxá-la para baixo, foi bastante mais difícil, e teve de parar a meio do caminho para descansar. A luz do dia desaparecia rapidamente e quando, por fim, avistou a cabana, o céu já estava escuro e a neve começava a cair. Não havia luz a brilhar no quarto. Franka interrogou-se se o homem estaria a dormir. Começaria, finalmente, a confiar nela, agora que tinha ido à cidade só por sua causa? Quanto mais tempo iria demorar a charada de Werner Graf? Como poderia confiar nele, sabendo que lhe mentia acerca da sua verdadeira identidade? Ao chegar à porta da frente, tirou os esquis e sacudiu-os, antes de os encostar à parede da casa. A porta abriu-se com um estalido. A luz da lareira coloria as paredes de laranja e amarelo, e perguntou-se como conseguira ele reabastecê-la de lenha. Quando o viu, estava sentado na cadeira de baloiço, junto ao fogo, com a pistola do seu pai na mão, apontada para ela.

Capítulo 5

Franka deixou a mochila escorregar-lhe do ombro e cair para o chão. O homem olhava-a fixamente e tinha o cano da pistola apontado ao seu peito. À meia-luz, pôde ver que tinha os olhos semicerrados e rangia os dentes, com dores. Amaldiçoou-se a si mesma por não ter escondido melhor a arma. Era difícil imaginar como poderia ele ter saído da cama e feito todo aquele percurso até ao aparador junto à porta da frente.

– Como saiu do quarto?

– Agora sou eu quem faz as perguntas.

Franka notou que o seu dedo estava tenso, sobre o gatilho.

– Trouxe-lhe os comprimidos para as dores. Deve estar a sentir-se pessimamente. Também trouxe comida, o suficiente para os dois, para alguns dias.

– Fiz-lhe uma pergunta. Por que razão estou aqui? Porque me trouxe para esta cabana?

A sua ingratidão deixava-a irritada, e sentia-se prestes a dizer-lhe umas quantas verdades, franca como era habitualmente. Ele estava aterrado – um estranho, numa terra hostil. Sentia-se grata por ele não ter puxado o gatilho, assim que ela entrara por aquela porta.

– Simplesmente por necessidade. O hospital mais próximo ficava demasiado longe, e não tenho forma de o levar até lá.

– Disse a mais alguém que eu estava aqui?

– Não.

– Porque não?

– Porque me pediu para não o fazer. E disse-me até que, se as próprias autoridades locais soubessem que estava aqui, a sua missão poderia ficar comprometida.

Ele continuou a observá-la, com a arma ainda apontada. Parecia não saber o que dizer a seguir.

– Já lhe disse, chamo-me Franka Gerber. Sou de Friburgo, e esta era a cabana de verão dos meus pais. Já morreram ambos. O meu pai morreu apenas há alguns meses, num ataque aéreo à cidade. A minha mãe morreu há oito anos, de cancro. – Pensou em falar-lhe de Fredi, mas percebeu que não conseguiria fazê-lo sem se ir abaixo, sentia que já não faltava muito para que isso acontecesse. – Trouxe-o para aqui porque precisava que o ajudassem. De outra forma, teria morrido ali. Foi um milagre tê-lo encontrado. Não há mais ninguém por aqui num raio de quilómetros.

– Por que razão me mantém aqui? – a voz dele era trémula, talvez pelas dores, talvez por qualquer outra razão.

– Porque não tenho outra opção. As estradas estão fechadas. Não consigo levá-lo até à estrada principal. É impossível, com as suas pernas partidas – respondeu, olhando para a arma. Apontou para a mochila. – Trouxe gesso de Paris, gaze e tudo o que é necessário para lhe colocar o gesso. Se me deixar, posso fazer isso por si, mas tem de confiar em mim.

– Como posso saber que não é uma agente aliada, que me mantém aqui para ganhar a minha confiança?

– Não sou uma agente aliada. Sou apenas uma enfermeira, de Friburgo.

O homem baixou a arma alguns centímetros, mas levantou-a logo a seguir.

– Vou tirar o chapéu e as luvas – avisou Franka.

Ele assentiu com a cabeça, e ela assim fez, deixando-os cair para o chão. Aproximou-se lentamente dele, com as mãos viradas para cima, como se se dirigisse a um cão assustado.

– Não tem nada a recear. Não trabalho para ninguém. Não tenho uma missão.

– O que pretende fazer comigo?

– Quero vê-lo caminhar daqui para fora. Não quero que me diga nada sobre a sua missão. Não precisa de falar. Só preciso que confie em mim e que saiba que não quero fazer-lhe mal.

Franka tentou não o mostrar, mas a voz tremia-lhe. Fez um movimento na direção da cadeira mais próxima. Ele não se opôs, e ela sentou-se.

– A quem vai denunciar-me?

Ele levantou a mão enquanto tossia, tentando que a arma não tremesse.

– Não tenciono denunciá-lo a ninguém... a menos que deseje que eu o faça.

– Não há telefone aqui? Não há ninguém num raio de quilómetros?

– Estamos sozinhos. Pode matar-me agora, mas estaria a matar-se a si próprio. Está a nevar novamente. Podemos ter de ficar aqui durante semanas. Não poderá sair daqui e acabará por morrer. Tem de confiar em mim. Eu não quero fazer-lhe mal.

– Pode levar-me à cidade?

– Não. Não sobreviveria. Eu própria mal consegui, embora conheça muito bem estes trilhos. Conheço este sítio desde sempre. Tem de compreender que ficaremos os dois aqui retidos durante algum tempo. Precisamos de confiar um no outro. E devo dizer-lhe que estou a sentir dificuldade em confiar em si, com essa arma apontada.

– Antes de mais, não tinha o direito de me tirar as minhas armas.

– Foi uma simples precaução, nada mais. Não iria precisar delas.

– E porque devo acreditar nisso?

– Porque se o quisesse morto bastava tê-lo deixado ficar caído na neve. Quando o encontrei, restavam-lhe poucas horas.

Pela sua expressão, parecia-lhe que ele começava a ceder, talvez pela lógica, talvez por uma questão de necessidade.

O homem baixou ligeiramente a arma e fechou os olhos por um segundo.

– Como posso ter a certeza que me está a dizer a verdade acerca de tudo isto?

– Se eu fosse alguma espécie de agente aliada, como poderia ter sabido que iria aterrar na neve, no meio de nenhures, na Alemanha? Porque haveria de estar aqui, nas montanhas, à espera que caísse do céu? A sua teoria é a de que alguém o encontrou quando estava inconsciente e o veio depositar aqui, para ficar à guarda de uma mulher?

Ele fechou os olhos, mas não falou.

– Quem mais poderia estar aqui, se não a Gestapo? A Gestapo não prima pela subtileza. Não tenta persuadir as suas vítimas a darem-lhe informações. Se eu fosse da Gestapo, neste momento estaria a torturá-lo.

– E por que razão haveria eu de ter medo da Gestapo?

– Muito bem, então não será melhor eu dizer-lhes que está aqui?

O homem abriu os olhos e abriu a boca para falar, mas ela não o deixou.

– Eu posso ajudá-lo. Quero fazê-lo. Hoje, fiz todo o caminho até Friburgo por sua causa. Poderia ter ido até uma aldeia mais perto daqui, mas eles não teriam os comprimidos para as dores de que precisa. Pouse a arma e deixe-me ajudá-lo e depois, quando as estradas ficarem desimpedidas, poderei deixá-lo com as autoridades locais, e pode acabar a sua recuperação num hospital da Luftwaffe.

O homem olhou para o chão e pousou a arma no colo.

– Porque faz isto por mim? – a sua voz era fraca, sem vida.

– Porque sou enfermeira e porque vi que precisava de ajuda. – *Porque eu também precisava de voltar a sentir que tinha valor. Precisava de fazer algo útil, algo bom.*

– Não precisa de me entregar às autoridades. Sei tomar conta de mim.

– Como quiser, Herr Graf. Isso já não me interessa. Pense neste lugar como uma ala de recuperação num hospital. Estou aqui para fazer um trabalho e, quando o senhor se for embora, deixarei de ter qualquer responsabilidade. Parece-lhe bem assim?

– Sim. Está bem. Obrigado, Fräulein.

O seu corpo inclinou-se. A cor desaparecera-lhe do rosto.

– Não precisa de agradecer. Deve estar faminto. Comeu alguma coisa?

– Não consegui chegar à cozinha.

– Também não teria encontrado lá grande coisa.

Franka respirou fundo. Continuava sem saber quem ele era, mas essa conversa podia esperar. Por agora, precisava de voltar a ser uma enfermeira, e essa era uma boa sensação. Abriu a mochila e tirou um pequeno frasco de morfina. Ele não disse nada quando ela tirou uma seringa e a encheu com o líquido claro.

– Isto vai ajudá-lo com as dores mais fortes. Tenho suficiente para os próximos três dias, e depois poderá voltar para a aspirina. É possível que se sinta tonto, fraco ou sonolento. Vou deixar-lhe um balde, caso precise de vomitar, mas de qualquer forma vai passar os próximos dias na cama. Não precisa de sair de lá.

– Compreendo.

– Não é meu prisioneiro – disse Franka, enchendo a seringa. – Sou uma amiga. Verá isso a seu tempo. Assim que as estradas forem abertas, é livre de partir, ou pode ficar um pouco mais, se desejar continuar a sua recuperação aqui.

– Obrigado.

– Agora, vamos levá-lo de volta à cama?

– Rastejei até aqui. Posso rastejar de volta.

– E como pretende fazê-lo, exatamente? Não se vai conseguir içar.

– Eu arranjo-me.

– Tenho uma ideia melhor – Franka deu a volta por trás dele e inclinou a cadeira de baloiço, de forma que as pernas dele ficassem levantadas do chão. Ele tentou reprimir a dor mordendo o punho. Ela pousou-lhe uma mão no ombro. – Lamento. Preciso de metê-lo na cama primeiro e a seguir dou-lhe o remédio para as dores.

– É só um ligeiro desconforto. Estou bem.

Franka tirou a mão do ombro dele e empurrou a cadeira de baloiço. Ele mantinha a pistola no colo. Ela não tentou pegar-lhe nem lha pediu de volta. Empurrá-lo revelou-se mais difícil do que imaginara, e o progresso até ao quarto era lento. Felizmente, estava apenas a uns seis metros, e, após algumas tentativa goradas, chegaram. Ele tentou içar-se, com os braços fortes a lutarem com o seu peso, e ela agarrou-o por baixo dos braços, ajudando-o a levantar-se. O homem agarrou na pistola e enfiou-a por baixo da almofada. Era melhor deixá-lo ficar com ela, para lhe mostrar que confiava nele, que não era sua inimiga. Ele deitou-se para trás, com a dor que tentava esconder estampada no rosto. Estava a suar, ofegante, e ela foi buscar-lhe um copo de água, antes de lhe administrar as drogas.

– O remédio vai demorar cerca de vinte minutos até começar a fazer efeito, e amanhã de manhã coloco-lhe o gesso. Entretanto, vou arranjar-lhe alguma coisa para comer, antes que comece a sentir náuseas.

O homem acenou com a cabeça. Ela sorriu-lhe, antes de regressar à cozinha, voltando depois com um prato de pão fresco e queijo. Ele comeu tudo em segundos e voltou a deixar-se cair sobre a almofada.

Já passava das sete da tarde.

– Agora vou deixá-lo. Tente relaxar e dormir uma boa noite de sono. Falaremos amanhã. Nessa altura serei eu quem vai fazer as perguntas.

O homem fechou os olhos, com a euforia induzida pelas drogas a começar a fazer efeito. Um pequeno sorriso apareceu-lhe no rosto.

– Boa noite, Fräulein – murmurou.

Ela cobriu-o com uma espessa camada de cobertores, apagou a lamparina a óleo e fechou a porta atrás de si, ao sair. Ele já antes conseguira abrir a fechadura, por isso agora seria inútil fechar a porta à chave. Teria de confiar nele, pois sabia que não iria prescindir da arma do pai.

A fadiga que negara durante todo o dia atingiu-a com força, e arrastou-se até à cozinha, para comer algum pão e fiambre. Por muito que desejasse ir deitar-se, sabia que o fogo não duraria toda a noite, e a provisão de lenha estava assustadoramente reduzida. Terminou a parca refeição e, depois de restabelecer alguma energia, voltou a pôr o chapéu, o casaco e as luvas e aventurou-se até ao exterior. Felizmente, no alpendre das traseiras havia ainda lenha suficiente para manter a lareira acesa pelo resto da noite. No dia seguinte teria de arranjar mais. Precisava de tratar disso. Estava tudo nas suas mãos.

Assim que se deitou na cama, Daniel Berkel assombrou-lhe os pensamentos. Os seus olhos azuis gelados foram a última coisa que viu antes de, finalmente, sucumbir ao sono.

Quando acordou, a casa estava fria. O fogo nas lareiras tinha-se extinguido durante a noite, e o ar na cabana estava quase glacial. A espessa camada de cobertores sobre a sua cama era o único santuário que lhe restava, mas sabia que era temporário. A fome e a vontade de ir ver como estava o homem fizeram-na levantar-se. O seu casaco estava pendurado ao lado da cama, e vestiu-o por cima da camisa de noite, antes de sair do quarto. Sem qualquer sinal de vida vindo do outro quarto, preparou para si mesma um pequeno-almoço de salsicha de fígado, pão e queijo. Durante a noite, a neve voltara a cair com intensidade, e o carro estava agora praticamente invisível. As suas pegadas ficariam ocultas, e, com as estradas fechadas durante mais alguns dias, o oficial teria tempo para recuperar das dores mais intensas. As novas camadas de neve ofereceriam também alguma proteção contra quaisquer visitas indesejadas por parte de Berkel. Talvez quando a neve tivesse derretido e fosse possível voltar a passar pelas estradas ele presumisse que ela já teria regressado a Munique. Era esse o seu desejo. A Gestapo nunca presumia nada. Tinha de acabar aquele esconderijo por baixo das tábuas, logo que possível.

Dirigiu-se ao quarto do homem, empurrando a porta com dois dedos. Ainda estava a dormir, deitado de costas, a ressonar.

– Durma bem, seja quem for – sussurrou. – É o melhor para si – manteve-se junto à ombreira da porta durante mais um ou dois minutos, ouvindo a sua respiração, desejando ouvi-lo de novo dizer algumas palavras em inglês, para confirmar as suas convicções. Ele não disse uma palavra, nem em inglês, nem em alemão. Deixou-o. A necessidade de aquecer a cabana era mais urgente.

Atrás do alpendre das traseiras, a neve atingia uma altura de um metro. Pegou no trenó e arrastou-o até ao bosque, de machado na mão. O seu pai ensinara-lhe tudo aquilo quando ela era criança. Não a amara menos por ser rapariga, mas também não a mimara por isso. Ensinara-a a apanhar e a cortar lenha e a acender uma lareira. Ensinara-a a disparar, a montar armadilhas e a esfolar e preparar o animal apanhado. Também lhe dera a conhecer as obras de Goethe, Hesse e Mann, bem como o romance de Remarque, entretanto proibido, *A Oeste Nada de Novo*. Pensou no pai, durante as duas horas que demorou a apanhar lenha. Os aliados tinham-no matado, e agora um deles estava a dormir na sua cabana. Tentou separar, mentalmente, o estranho no quarto de hóspedes do homem que deixara cair aquelas bombas. Sabia que os nazis eram os agressores, mas haveria alguma justiça em bombardear civis? Dezenas de milhares de inocentes já tinham morrido, e os bombardeamentos eram cada vez mais intensos. Fosse como fosse, o inimigo do seu inimigo seu amigo era. Apesar do que tinham feito, os aliados tinham de ter alguma razão do seu lado, e ajudar aquele homem seria uma oportunidade de se vingar, de certa maneira, dos nazis.

Franka empilhou a madeira de forma entrecruzada junto à porta das traseiras, para garantir que a lenha secaria o mais rapidamente possível. Precisava mesmo de secar depressa, porque parecia que o tempo invernoso, tal como a própria guerra, ainda iria ficar pior, antes de melhorar.

Eram quase onze horas da manhã quando entrou no quarto dele. O oficial abriu os olhos. Tinham uma expressão turva, cheia de dor.

– Como se sente?

– Bem. Talvez agora possa tomar alguma coisa para as dores. Consegui dormir a noite toda, mas receio que agora o efeito esteja a passar.

– Claro – quando se dirigiu à cama dele, já tinha a seringa preparada. Ele tirou o braço de debaixo da camada de cobertores e estendeu-lho. Levou a injeção sem dizer palavra e sem qualquer hesitação, limitando-se a observar o seu gesto.

A seguir, Franka levou-lhe uma refeição ligeira e esperou que ele acabasse, para, então, falar.

– Agora vou colocar-lhe o gesso. Dar-lhe-á muito melhores hipóteses de recuperação e não será muito doloroso, enquanto estiver sob o efeito da morfina.

Ele acenou com a cabeça, de olhos semicerrados.

– Primeiro terei de lhe lavar as pernas. Depois, colocar-lhe-ei umas meias.

Ele acenou novamente, de olhos fechados.

Franka aqueceu água e deitou-a numa bacia velha que encontrou por baixo do lava-louça, preparando-a com sabão e muita espuma. Retirou-lhe as talas de madeira improvisadas e guardou-as, para as usar mais tarde na lareira. Lavou-lhe a metade inferior das pernas. Sabia que certamente ele precisaria de um banho de esponja completo, mas teria de ser ele a fazê-lo, noutra ocasião. Não parecia próprio ser ela a tratar desse assunto ali. Calçou-lhe as meias, que iam dos tornozelos aos joelhos, e a seguir envolveu-as com as tiras de gaze. Enquanto misturava o gesso de Paris, as palavras começaram a sair-lhe da boca, em parte para o fazer sentir-se mais confortável e em parte para ouvir uma voz, no silêncio frio do quarto.

– Trabalhei como enfermeira em Munique durante três anos, no hospital da universidade. Vi muitas pernas partidas. As lesões foram piorando, à medida que a guerra foi prosseguindo. Vi cada vez mais jovens, no início da vida, com o futuro à sua frente, sem pernas, ou braços, ou olhos. E depois deixaram de ser só soldados. Eram também mulheres e crianças, esmagadas nas suas camas ou queimadas com as bombas dos aliados. Milhares e milhares de vítimas. Na morgue, nem sequer havia espaço suficiente para os corpos. Tínhamos de os deixar num beco, empilhados uns sobre os outros.

Parou de falar durante uns minutos, enquanto mergulhava a gaze na mistura de gesso e a dobrava em volta de uma perna.

– Já trabalhou como enfermeira para estes lados?

– Não, parti para Munique logo depois de me licenciar. Logo que me foi possível, aproveitei a oportunidade de sair de Friburgo.

– Porque quis sair daqui?

O som da voz dele surpreendeu-a. Tinha os olhos abertos e observava-a.

– Era nova. Tinha acabado com o meu namorado. Queria recomeçar a minha vida. Esquivei-me às minhas responsabilidades para com a minha família e parti. Não sei porquê, achei que as pessoas em Munique poderiam ser diferentes.

– E eram?

– Algumas sim, mas muitas não.

Acabou a primeira perna, deixando o gesso colocado, e passou à outra.

– Parece que eu é que estou a responder a todas as perguntas, mas afinal fui eu que o encontrei caído na neve.

O homem não disse nada.

– Por que razão saltou do paraquedas sobre as montanhas e o que aconteceu ao avião? Não ouvi nada. Porque haveria de saltar neste sítio, a não ser que o avião estivesse com problemas?

Ele demorou alguns segundos a responder, e, quando o fez, a sua voz parecia alterada e hesitante.

– Lamento muito, Fräulein Gerber, mas não posso falar das razões por que estou aqui. Isso poderia comprometer a minha missão e colocar em perigo os bravos soldados na linha da frente.

Franka voltou a olhar para a perna do homem e mordeu o lábio.

– Então conte-me alguma coisa sobre si. De onde é?

– Sou de Karlshorst, em Berlim. Conhece a cidade?

– Não muito bem. Fui lá algumas vezes quando era miúda, com o meu grupo da Liga de Raparigas Alemãs. Fomos ver as vistas, Unter den Linden, o Reichstag, o Stadtschloss.

– Para uma menina, deve ter sido excitante estar assim no centro do Reich.

Ela acabou de aplicar a gaze e começou a molhar as ligaduras no gesso de Paris. A outra perna já estava a secar. Passou os dedos pela superfície do gesso. Estava perfeito.

– Confia em mim? – perguntou-lhe.

– Claro. É uma cidadã leal do Reich.

– Então porque é que na noite passada me apontou uma arma?

– Não sabia onde estava. Fui treinado para não confiar em ninguém. Há demasiada coisa em jogo. Agora percebo que estava errado. Vejo o género de pessoa que é. Admiro todos aqueles que têm a coragem de ir tão longe para salvar um membro das forças armadas do *führer*. Percebe-se que sabe reconhecer o valor de um soldado que luta para a vitória final.

Franka quase soltou uma gargalhada com aquela retórica, mas conseguiu controlar-se. O que estaria ele a pensar realmente?

– Porque não me pediu para contactar alguém, enquanto estive na cidade? Então e a sua mulher e filhas? Elas sabem que está vivo?

– Isso poderia comprometer a minha missão. Preciso de lhe pedir que não diga a ninguém que me viu e muito menos que estou aqui.

Franka dirigiu-se à janela, passando por cima do buraco nas tábuas de madeira. Afastou a cortina. A neve recomeçara a cair.

– Está de novo a nevar. As estradas vão ficar fechadas durante dias. Talvez até semanas. Não poderá ir a lado algum durante bastante tempo. Precisa de começar a confiar em mim. Talvez seja a única amiga que lhe resta.

Pegou na bacia, atirou lá para dentro os medicamentos e saiu rapidamente do quarto, fechando a porta atrás de si.

Passou um dia, e outro ainda. Durante a maior parte do tempo, o homem encontrava-se num estado de delírio induzido pela morfina e falava pouco. Ao terceiro dia, emergiu da letargia. As dores iam diminuindo, e nessa manhã ela dera-lhe a última injeção de morfina. Apesar de a porta do quarto estar fechada, ela calculava que ele conseguisse ouvir os programas de rádio que ela sintonizava – nenhum deles sancionado pelos nacionais-socialistas. Se era um sujeito tão leal, porque não objetava? O que ela estava a fazer era ilegal e suficiente para atirar com ela de novo para a prisão. Sentou-se na cadeira de baloiço, olhando distraidamente para o livro que segurava. Tentou convencer-se de que ele era quem dizia ser, mas não conseguia ultrapassar a questão do que dissera enquanto dormia, do que ela ouvira. Se fosse da Luftwaffe, mesmo que um espião, ter-lhe-ia pedido para entrar em contacto com alguém quando fora à cidade. Ainda que o que ele dissera fosse verdade – e ele ficara nervoso sobre a Gestapo descobrir algo sobre a sua missão –, deveria haver alguém a quem pudesse telefonar. Alguém deveria querer saber se estava vivo ou morto. Pousou o livro no colo e esfregou os olhos, frustrada. Colocou vários pedaços de lenha na lareira e ficou a contemplá-los durante vários segundos, enquanto as chamas os envolviam. Parecia só haver uma coisa a fazer.

Quando abriu a porta do quarto, ele estava acordado, a olhar para teto.

– Preciso de lhe dizer quem sou. Se é quem diz ser, vai provavelmente ficar a detestar-me, e as próximas semanas em que seremos forçados a permanecer juntos vão ser difíceis. Mas eu tenho de lhe dizer. Talvez então seja capaz de se abrir comigo.

– Fräulein, não precisamos desse tipo de conversa. Quanto menos soubermos um do outro, melhor. Estou-lhe muito grato por tudo o que tem feito por mim, mas não posso permitir que comprometa a minha missão.

– Qual missão? Que tipo de missão poderia um aviador da Luftwaffe ter nas montanhas da Floresta Negra, no inverno? Penso que veio aqui parar por engano. E também acho que está a planear tentar escapar, logo que fique bom. Isso é consigo, desde que não comprometa a minha segurança.

O homem pareceu chocado.

– Nunca faria nada para a prejudicar. Agora que sei que...

– Faz alguma ideia da razão por que eu estava a arrancar as tábuas do chão, quando acordou? – o homem não respondeu, mas continuou a olhá-la. – Estava a arrancá-las para que se pudesse esconder ali. Para que, quando a Gestapo chegar, o que acontecerá inevitavelmente, não o encontrem deitado nesta cama.

– Fräulein...

– A Gestapo acabará por vir – repetiu Franka. – Encontrei um antigo namorado, que é capitão da polícia secreta. Não lhe disse que o senhor estava aqui, mas ele acabará por vir, especialmente se já andarem à sua procura – inclinou-se sobre a cama, pousando ambas as mãos sobre o cobertor. – Vou dizer-lhe quem sou e se, no final da minha história, continuar a insistir que é um aviador da Luftwaffe, tratarei de si durante mais alguns dias e poderá ir-se embora, assim que o tempo melhorar. Ou então pode optar por confiar em mim e eu poderei ajudá-lo.

O homem não respondeu. Tinha o rosto pálido. Esticou o braço para pegar no copo de água que ela lhe deixara junto à cama e olhou para o buraco no chão. O silêncio enchia o ar.

– Estou a ouvir – disse.

Capítulo 6

A chegada de mais um novo chanceler não pareceu importante ou digna de nota. Tinha havido muitos, e pouco parecia ter melhorado. A vida continuava a ser difícil. A depressão mundial ia piorando, e a Alemanha parecia ter batido no fundo. Os jornais anunciavam que mais de quinze milhões de pessoas, 20 porcento da população da altura, viviam a um nível de mera subsistência. Este novo homem, este tal Hitler, era visto como um arrivista, uma piada de mau gosto. O seu partido nacional-socialista nunca conseguira mais do que 37 porcento dos votos, mas o presidente nomeara-o chanceler. De qualquer forma, o «pequeno cabo austríaco», como os seus adversários políticos costumavam referir-se-lhe, nunca iria durar muito. Ele e a sua gentalha de camisas castanhas deixariam de ter qualquer autoridade, assim que a república ultrapassasse as disputas internas que haviam dividido o poder político. Além disso, Hitler não poderia ter querido dizer realmente o que dissera nos seus discursos, relativamente à intenção de destruir a república e começar tudo de novo, à sua determinação em vingar a derrota da Alemanha na guerra mundial ou em relação aos judeus. Um comunicado divulgado à imprensa por um dos seus porta-vozes foi amplamente ignorado: «Têm de perceber que o que aconteceu na Alemanha não é uma mudança vulgar. Os tempos parlamentares e democráticos são coisa do passado. Começou uma nova era.»

Nessa mesma semana, Franka aprendera novas palavras, como «linfoma» e «metastizado» e viu o pai chorar pela primeira vez. Fredi não compreendera, e a mãe abraçara-o com força contra o peito, enquanto ele a olhava com o seu sorriso maravilhoso. Pediu-lhes que fossem corajosos. Já tinham passado por tanto. O futuro só lhes reservaria coisas boas. Ela iria vencer aquele cancro, e continuariam a sua vida juntos. Este foi apenas o princípio das suas vidas. Ainda nem sequer tinha quarenta anos. Nem importava o que os médicos diziam. A fé ajudá-la-ia a ultrapassar tudo aquilo, da mesma forma que o fizera antes, como quando Fredi nascera, e com tudo o que passara com ele, mais tarde.

O cancro espalhou-se.

Em semanas, Hitler consolidou o seu poder. As liberdades de expressão, de imprensa e de reunião foram abolidas, e assim terminou a experiência alemã com a liberdade e a democracia. O povo alemão cedeu o poder absoluto a Hitler e aos seus nazis sem qualquer queixume e não pareceu sentir-se oprimido sob o novo regime. Não tinha grande confiança num sistema democrático disfuncional e mal concebido. As crianças começaram a usar braçadeiras nazis quando iam para a escola, e a nova saudação de estender o braço e dizer «*Heil*, Hitler» tornou-se uma forma de demonstrar lealdade para com o partido.

O entusiasmo em relação a uma liderança que prometeu colocar a Alemanha de novo no seu pedestal, enquanto uma das grandes nações mundiais, foi contagioso. Franka sentiu-o, tal como quase todos os jovens que conhecia. Parecia que o povo alemão se aproximava de algo importante e incrível. O apoio ao novo sistema nacional-socialista vinha de todos os lados. Franka reparou até numa notícia no jornal, que informava que uma organização chamada Associação Nacional de Judeus Alemães manifestara o seu apoio ao regime nazi.

Franka notou a mudança quase de imediato. Por todas as cidades e vilas alemãs começara a nascer uma nova classe dominante, apostada em fazer sentir a sua presença. Fortalecido pelos emblemas do partido nas lapelas, pelos cartões de membros nos bolsos e pelas suásticas nas mangas, o grupo anteriormente obscuro e discreto começou a afirmar-se. Josef Donitz, um merceeiro local, começou a usar um uniforme militar para ir trabalhar. Em poucas semanas assumiu o governo local, sem os formalismos ou as dificuldades de uma eleição. O chefe dos bombeiros, um amigo de longa data do pai de Franka, foi corrido do seu lugar por um bombeiro júnior, que era um conhecido alcoólico, mas também membro do partido. Os empregados com credenciais do partido falavam bruscamente com os superiores hierárquicos, os quais, por sua vez, os ouviam respeitosamente. A todos os níveis da vida social e política, a revolução nacional-socialista manifestou-se como uma espécie de infiltração ascendente – a escumalha a trepar até ao topo.

A determinação da mãe de Franka permitiu-lhe ultrapassar o tempo de vida que os médicos haviam considerado possível. Para Sarah, «seis meses de vida» significavam «Vejo-vos no próximo ano, para vos fazer engolir as vossas palavras». Ela queria passar mais tempo no exterior, na natureza maravilhosa que parecia estender-se, sem limites, à volta de todos eles. Thomas, o pai de Franka, comprou ao seu tio Hermann a cabana nas montanhas, que a usara até então como cabana de caça, nas suas expedições para caçar veados e javalis. Franka e a mãe trataram da sua renovação, enquanto o pai trabalhava nela para a tornar habitável a tempo dos meses mais quentes. Passaram ali a maior parte desse verão de 1933, deleitando-se com o seu tempo em família. Franka cresceu a adorar a imagem da sua família sentada no exterior da cabana, sempre que ali chegava com as amigas, depois de uma caminhada pelas montanhas. Nessas noites quentes de verão, quando o Sol se punha por detrás da cabana, banhando o céu e as árvores de laranja e vermelho, com o cheiro da comida no fogão a misturar-se com o cheiro do fumo do cachimbo do pai, parecia que tinham encontrado o seu pequeno pedaço de paraíso. No final desse verão glorioso, quando Sarah declarou que no verão seguinte iria desfrutar do mesmo cenário, Fredi envolveu-a num abraço apaixonado. Franka e o pai permaneceram silenciosos. Só Fredi parecia acreditar ser possível, e o tempo provou que tinha razão.

A escola mudou. Os nazis estavam apostados em ser o partido da juventude. Comandar e controlar a lealdade da juventude alemã era um objetivo fundamental. Quando, depois desse verão, Franka regressou a Friburgo, a influência da revolução nacional-socialista era evidente. A bandeira nazi estava hasteada em todas as salas de aula e, de repente, retratos de Adolf Hitler, o semideus à cabeça da nação, surgiam nas paredes, no lugar dos crucifixos. A imagem de um homem que, um ano antes, ela não teria reconhecido estava agora em todas as salas. Os livros da biblioteca da escola que foram considerados subversivos foram recolhidos, empilhados e queimados no pátio. Franka perguntou ao bibliotecário o que tinham levado, e ele explicou-lhe que os membros locais do partido tinham removido todos os livros, baseados em factos reais ou ficção, que expressassem ideias liberais ou que sugerissem que as próprias pessoas, e não o *führer*, deveriam controlar o seu próprio destino. Pouco depois, novos livros sobre a forma como os nacionais-socialistas tinham salvado a Alemanha do abismo da República de Weimar ocupavam os espaços deixados nas prateleiras. Estes novos livros estavam escritos de forma básica e até infantil, mas nenhum dos professores se queixou. Todos eles se tornaram membros da Liga dos Professores Nacionais-Socialistas. Preocupados em manter os seus empregos e sob pressão do governo local, começaram a defender as novas ideias dos nazis. O professor favorito de Franka, Herr Stiegel, foi um dos poucos a protestar contra estas ideias, insistindo em que as suas lições permanecessem iguais ao que eram antes da chegada do novo governo ao poder. Permaneceu duas semanas, e, quando Franka e algumas outras alunas foram visitá-lo à sua antiga casa, nos arredores da cidade, encontraram-na vazia. Nunca mais o voltaram a ver. Nina Hess gabou-se mais tarde de ter dado informações sobre ele a um dos líderes nazis locais. Foi recompensada com uma faixa vermelha que significava lealdade para com o regime nacional-socialista, que ela passou a usar todos os dias, até ao fim do ano letivo.

Ninguém queria ficar para trás, e Franka viu-se arrastada pela onda de entusiasmo pelo novo alvorecer do povo ariano. Os nazis passaram a usar este termo, «ariano», para descrever as características dos alemães ideais. Franka era, sem dúvida alguma, um dos elementos da super-raça que descreviam. Havia algo de gratificante no facto de o governo reconhecer que um cabelo louro e uns olhos azuis eram perfeitos e que faziam de alguém o alemão ideal. Ela não conhecia quaisquer outras raças, mas os nacionais-socialistas insistiam que ela e as amigas provinham de uma raça superior a todas as outras. Sabia bem. Sentia-se parte de algo importante.

A decisão de se juntar à Liga das Raparigas Alemãs surgiu naturalmente. Já todas as suas amigas haviam aderido. Nessa altura, já tinha quase dezassete anos, um pouco velha de mais para ser membro, mas a promessa de, possivelmente, vir a ser líder de um grupo deixou-a entusiasmada. Não queria ficar de fora, e, além disso, não era boa altura para se deixar ficar à margem. Era um tempo para ações mais ousadas e, portanto, alinhou, apesar dos protestos dos pais, que pareciam desconfiar do Partido Nazi, em quase todos os aspetos. Franka Gerber era o modelo de uma jovem magnífica que Hitler profetizava um dia vir a ajudar a Alemanha a dominar o mundo, e ela não iria permitir que ideias antiquadas se interpusessem no seu caminho. Iria dar o seu contributo para a causa do povo alemão.

Adorava o seu uniforme, de blusa branca com uma gravata preta larga, apertada com o emblema de uma suástica, e uma saia azul-escura. Marchavam praticamente da mesma maneira que os rapazes da Juventude Hitleriana, que as tinham debaixo de olho. Treinavam, faziam exercícios calisténicos e grandes caminhadas, acampando muitas vezes sob as estrelas, onde cantavam canções a glorificar o *führer* e ansiavam pelo dia em que viriam a ter filhos fortes, para o futuro esforço de guerra. Desenvolveu-se uma irmandade entre aquelas raparigas. Os seus objetivos comuns e esforços concentrados mantinham-nas unidas. Era maravilhoso sentir-se aceite, valorizada e superior.

Daniel era líder da Juventude Hitleriana e conduzia o grupo nos exercícios, enquanto corriam pela cidade com *T-shirts* estampadas com a cruz suástica, cantando «o velho deve perecer, o fraco deve apodrecer». Eram realmente o que de melhor havia na juventude alemã, esguios e ágeis, tão rápidos como galgos e tão resistentes como o aço Krupp, como o próprio Hitler exigia. E Daniel era o melhor de todos eles e dirigia os jovens membros com uma postura rigorosa, mas justa. Todas as raparigas falavam dele, coradas, e sussurravam, tapando as bocas, quando ele passava. Ele e Franka atraíram-se como ímanes. Em conjunto, representavam o que havia de mais forte e belo na nova Alemanha. O pai dele, que estava desempregado antes da revolução nacional-socialista, era agora um dirigente do conselho local. Franka nunca o vira sem o seu emblema nazi ao peito ou sem a faixa nazi a adornar-lhe o braço. O filho era a realização dos seus sonhos, a promessa de uma vida nova e melhor para a raça ariana.

Daniel era severo com os seus recrutas, mas escondia uma ternura que só revelava a ela. Era ambicioso e virado para o futuro, sério e determinado. Era o namorado perfeito para os tempos excitantes que ela vivia, e Franka sentia-se cada vez mais atraída por ele. Convidou-o a ir a sua casa, para conhecer os pais, pela primeira vez, no final das aulas, mesmo antes da cerimónia de formatura. Ele era respeitador e educado. Vestiu o seu uniforme de líder da Juventude Hitleriana para o jantar e fez a saudação nazi, quando o pai de Franka lhe abriu a porta. A mãe aproximou-se, fazendo os possíveis por sorrir, enquanto ele a cumprimentava. Foram para a mesa, e Franka sentou-se ao seu lado. Fredi estava no seu lugar habitual, numa extremidade da mesa. Daniel cumprimentou-o com um aceno de cabeça. Não se mostrou tímido com os pais dela e falou dos seus planos de se juntar à recém-formada Gestapo, a força policial de elite, e da necessidade de proteger a revolução de espiões e de fingidores. Foi essa a primeira vez que Franka ouviu a expressão «inimigos do Estado». Os seus pais mantiveram um comportamento educado, mas ela reparou que durante a refeição se entreolharam, com os olhos semicerrados, e sentiu o seu julgamento. Sabia o que iriam dizer, assim que ele fosse embora.

O pai levou Fredi para a cama. A mãe esperou que ele voltasse a descer, antes de pedir a Franka que se sentasse. Colocou uma mão pálida sobre uma perna da filha. Nessa altura, parecia sempre cansada, com a beleza entorpecida pelo inimigo que se escondia dentro dela. Os seus olhos avermelhados tinham uma expressão sincera, mas calma.

– As coisas com o Daniel são sérias? Sei que se têm visto muito, nos últimos tempos.

– Amo-o, mãe. Quando conheceu o pai, também era pouco mais velha do que eu.

Thomas sentou-se, esfregando os olhos.

– Eu tinha vinte e dois anos, e a tua mãe dezanove. Tu tens apenas dezassete e ainda andas na escola. Perguntamo-nos se o Daniel não será uma distração para os teus estudos. Agora andas tão envolvida com esta coisa da Liga das Raparigas Alemãs. Parece que passas o tempo todo com elas.

– Adoro o meu grupo. Faço parte de alguma coisa. Vocês não sabem nada do que se passa neste país. Estão presos no velho mundo do *kaiser* e dos idiotas de Weimar, que deram cabo da Alemanha.

– O velho mundo? – perguntou Sarah. – Quem te ensinou essas coisas?

Franka lutou contra as emoções que lhe diziam para ser compreensiva e confortar a mãe. Isso não seria a atitude patriótica a tomar. Aquela era a oportunidade de convencer os pais de que todos os alemães tinham o dever de ajudar a revolução nacional-socialista.

– Estamos preocupados contigo – disse a mãe.

– Preocupados com o quê? Tenho a camaradagem das outras raparigas na liga. Até todos os meus professores destacam a glória do novo movimento. Todos o fazem, menos vocês.

– Então fala-me da tua gloriosa revolução – pediu Thomas, num tom de voz baixo.

– Basta olhar para as estatísticas nos jornais. Hitler está a acabar com a depressão. O desemprego está a descer para níveis com os quais nunca ninguém se atreveu a sonhar, antes de o *führer* subir ao poder. O trabalhador alemão voltou a ser produtivo. Certamente que isto é uma proeza que deve ser louvada, não?

– Sim – respondeu o pai –, mas pensa na forma como está a ser feita. Os motores da indústria estão a começar a funcionar novamente... mas é a indústria da guerra. Hitler está a conduzir-nos para um caminho de guerra. E essas estatísticas de que falas não incluem mulheres nem judeus: dois grupos que ficaram afastados da força de trabalho.

– Hitler está a fazer com que a Alemanha volte a ser forte.

– No interesse do povo ou dos próprios nazis? Isto vai acabar em guerra.

– O *führer* está a ser elogiado por todo o mundo. Inge, a líder do meu grupo, mostrou-nos um artigo no jornal em que David Lloyd George, o primeiro-ministro britânico durante a última guerra, disse que Hitler era um grande líder e que gostaria que os britânicos tivessem um estadista como ele.

– Deve ser louco – disse Sarah.

– Eu conheço os nazis melhor do que ele – argumentou o pai. – São como lobos, que vão devorar o povo alemão, e eu tenho medo, Franka. Tenho medo do efeito que exercem sobre ti. E ficar com um rapaz como o Daniel apenas irá exacerbar esse efeito.

– Encontrei o meu lugar dentro da revolução, pai. Os nacionais-socialistas estão a criar políticas para o bem de todos os alemães. Vocês incluídos.

– Então e as mulheres? – insistiu Sarah. – Foram impedidas de trabalhar em muitos sítios. E os judeus? Estão a ser escorraçados da sociedade alemã.

– Não sei nada sobre os judeus, mas eles acabarão por encontrar o seu lugar na nossa nova sociedade.

– Não ouviste os discursos de Hitler? Este homem que segues prega orgulhosamente o ódio contra os judeus. Então e o teu irmão? Que lugar haverá para ele, neste novo mundo ariano e perfeito?

– Não sei nada sobre isso – Franka levantou-se. – Acho que já falámos suficientemente de política para uma noite.

Deixou-os ficar, e a sua determinação em seguir o caminho do nacional-socialismo pareceu tornar-se ainda mais forte. Não ia deixar que as suas ideias antiquadas a detivessem. Este era o seu tempo, não o deles.

No dia seguinte, enquanto a envolvia com os seus braços fortes, Daniel perguntou-lhe como achava que tinha corrido o jantar.

– Correu bem – respondeu ela. – Os meus pais acharam-te um rapaz íntegro e o parceiro ideal para mim... um verdadeiro modelo de jovem ariano nacional-socialista.

Tal como todos os outros, Franka fora encorajada a denunciar as opiniões e pensamentos dos pais. Todas as ideias contrárias teriam de ser erradicadas logo na origem. Ela sabia que qualquer coisa que dissessem ao namorado poderia ser transmitida às autoridades locais. Daí em diante, passariam a jantar com os pais dele.

Sarah provou que, com exceção de Fredi, todos estavam errados, e conseguiu viver até ao verão de 1934. Apesar de muito ocupada com o seu grupo, Franka tentava ir à cabana para ver a família, sempre que podia. O corpo de Fredi ia crescendo, ainda que a sua mente permanecesse presa na infância, como sempre souberam que aconteceria. A doçura da sua natureza e a pureza da sua alma impressionavam todos os que o conheciam. Era perfeito, incólume a todo o mal que rodopiava à sua volta – por todo o lado. À medida que a saúde da mãe se ia deteriorando, ambos ficavam cada vez mais próximos. Todos continuavam ainda à espera do milagre que ela lhes prometera, mas, com o passar do tempo, essa possibilidade parecia cada vez mais remota. Franka sentia a falta daquele último e idílico verão passado com a família. Parecia haver sempre algo que fazer com o seu grupo e sempre tantas raparigas mais jovens a necessitarem de orientação por parte de alguém com mais experiência e empenho, como ela. Sabia que os pais compreendiam, apesar de manifestarem a sua desaprovação.

No final do verão, Franka foi nomeada líder do grupo. A mãe faltou à cerimónia em que ela recebeu a sua faixa, porque nesse dia estava demasiado doente. Contudo, Daniel estava lá, a liderar os aplausos, a brilhar ao Sol.

Esses últimos meses da vida da mãe foram agonizantes na sua beleza, infelizes no seu deslumbramento. Partia aos poucos, com uma graça natural. Desfrutaram de um último Natal juntos, e depois o ano novo chegou, com uma realidade implacável. Sarah queria estar em casa. As suas irmãs chegaram com os numerosos filhos, mas acabaram por regressar ao seu lar, em Munique. Sarah agarrara-se à vida, desafiando todas as expectativas, e foi uma verdadeira surpresa quando o fim chegou. De certa forma, Franka esperara – não, acreditara – que todos os médicos estivessem enganados e que os milagres pudessem acontecer.

Sarah estava com a família enquanto morria, naquela manhã gelada de janeiro. Franka recordava-se de o avô lhe ter explicado que era altura de ela se encarregar de Fredi e de que ele nunca iria compreender verdadeiramente, mas ela sabia que ele estava enganado. Fredi sentou-se junto à cama descansando a cabeça sobre o peito da mãe, sem chorar e sem se mexer. Ele sabia exatamente do que ela precisava, e os seus gestos eram altruístas. Mais ninguém sabia o que dizer, pensar ou fazer. Só Fredi compreendera realmente.

Sarah pediu para falar com Franka a sós, e todos saíram do quarto. A luz da manhã entrava, discreta, através da janela, e a sua brancura brilhava sobre a pele pálida da mãe. Agora tinha já o cabelo grisalho, e o fogo no seu olhar estava reduzido a cinzas. A sua mão estava fria quando a filha a segurou. Franka não chorava.

– Minha filha linda – disse, apertando-lhe a mão com uma força surpreendente. – Estou tão orgulhosa da jovem mulher que te tornaste, entusiasmada pela mulher e mãe forte e madura que tenho a certeza que virás a ser. Vais ser uma enfermeira extraordinária. Nunca permitas que alguém te diga quem tens de ser ou o que te vai na alma. Só tu poderás saber. Lembra-te de que és minha filha, a minha menina linda e inteligente, e que sempre o serás. Estarei sempre contigo. Nunca te vou deixar.

Franka teve de limpar as lágrimas para ver o rosto da mãe.

– Não deixes que as novas ideias dos nacionais-socialistas te mudem, nem que o ódio te deforme a alma. Lembra-te de quem és.

O funeral teve lugar cinco dias depois, e nele compareceram todos os membros do grupo de Franka e a maior parte dos da Juventude Hitleriana local. Franka vestia o seu uniforme da Liga das Raparigas Alemãs, e Daniel amparava-a enquanto ela chorava, no final, com as últimas palavras da mãe a ecoarem-lhe ainda na memória.

O resto do ano letivo passou de forma enevoada, e o verão foi vazio e sem alegria. A sua família tentou recriar os tempos passados na cabana em verões anteriores, mas Franka sentia mais conforto na camaradagem do grupo que agora liderava. Sem a mãe, o pai tinha agora de roubar algum tempo na fábrica para tomar conta de Fredi. Não podiam esperar que Franka abdicasse de todos os seus compromissos para se encarregar do irmão mais novo. Ajudava sempre que podia, mas, com a promessa da universidade a acenar-lhe, ela não queria abrir um precedente. Tinha a sua própria vida para viver, uma causa à qual dedicar-se. O pai sempre encorajara a sua independência e por isso permitiu-lhe que se esquivasse aos compromissos familiares, ao compromisso com o próprio irmão. Entrou na universidade em setembro de 1935. Começou os estudos, e Daniel acompanhava-a em cada etapa do caminho. Foi então que começou o seu treino na Gestapo.

Com a vida familiar fraturada, era-lhe doloroso passar tempo em casa. Queria afastar-se das recordações dolorosas da morte da mãe, que a perseguiam sempre que lá se encontrava. Percebeu que era a mãe quem dava as forças a Fredi e que, por muito que ela e o pai tentassem, nunca poderiam substituí-la. O irmão continuava o mesmo ser alegre, uma luz brilhante na escuridão, mas o corpo traía-o cada vez mais.

Em outubro de 1935, o pai encomendou a cadeira de rodas para o filho como medida temporária, muito embora ambos soubessem que provavelmente ele nunca mais voltaria a andar. O rapaz estava encantado com o seu novo meio de transporte e encarava-o como se fosse um jogo. Franka levava-o muitas vezes a passear pela cidade, e ele acenava a todos os que encontrava na rua. Quase todos lhe devolviam o sorriso, à exceção dos membros do partido, que se pavoneavam de peito inchado, exibindo as suas braçadeiras e emblemas nas lapelas. Pareciam aborrecidos com os seus modos alegres. Franka acabou por desprezar aqueles olhares.

Mais tarde, nesse outono, o pai foi ter com ela. Tinham acabado de jantar e de levantar os pratos. As refeições da noite já não eram as mesmas. O pai insistia em preparar as mesmas receitas da mãe, mas tinha de poupar e não tinha talento para a cozinha. Ela estava a ler para Fredi uma das histórias de fadas que ele tanto apreciava. O livro estava surrado e gasto, mas ele nunca se cansava de ouvir as mesmas histórias, vezes sem conta. O pai ligou o rádio e sintonizou uma das estações suíças, que pareciam relatar as notícias com alguma precisão. Sentou-se ao lado dos filhos.

– Agradeço-te por não me teres denunciado por ouvir estações estrangeiras.

Franka sentiu o rosto corar.

– Oh, pai, eu nunca faria uma coisa dessas.

– Sei que és muito pressionada para que lhes digas o que eu faço, e uma vez que o Daniel se está a preparar para trabalhar na Gestapo... Imagino a tensão em que vives.

Franka recordou as palavras de Daniel apenas uma semana antes.

«O povo alemão é a tua família. A tua lealdade deve ser para com ele.»

Franka percebia que ele queria que ela lhe contasse alguma coisa, que lhe desse algumas migalhas de informações com que alimentar os seus novos mentores, mas ela não disse uma palavra. Sabia que o pai poderia ser preso por ouvir estações de rádio estrangeiras, por ler os livros que insistia em conservar, apesar das novas leis, ou pelas observações que casualmente fazia em relação ao regime. Havia tantas coisas. Conhecia diversas raparigas que já tinham denunciado os pais. O pai de Gilda Schmidt passara semanas na prisão, por causa de um comentário depreciativo sobre os nazis, e agora era vigiado pela Gestapo. Gilda denunciara-o por ele ter dito que Hitler era um perigoso provocador de guerras.

– O *führer* está ansioso por que todos apoiem as suas intenções corajosas – disse Franka, ouvindo as palavras dos seus instrutores a saírem-lhe da boca. – Está empenhado em que os inimigos do Estado sejam identificados, para que possam ser educados quanto à forma correta de servir a nação alemã.

– Não pareces tu a falar – disse o pai.

– O que quer dizer?

– Pareces o Daniel ou um dos nazis que irrompem pela cidade a discursar. Lembra-te de quem és, Franka.

– Eu lembro-me, pai.

– Quero mostrar-te uma coisa. – Pousou o jornal do regime nazi, o *Völkischer Beobachter*, em cima da mesa, à frente dela. O cabeçalho referia as novas leis heroicas criadas para subjugar a ameaça dos judeus na Alemanha. – Os nazis disseram que os judeus não podem ser cidadãos alemães. Foi-lhes retirada a cidadania, e já não são autorizados a casar com alemães. É esta a corajosa revolução na qual estás tão empenhada.

Ela demorou alguns segundos a responder.

– Tenho a certeza que o *führer* sabe o que é melhor para a Alemanha. Ainda no outro dia o perguntei a alguns líderes locais da liga. Garantiram-me que era melhor focarmo-nos no panorama geral e deixar os pormenores para o *führer*.

– E essa resposta satisfez-te?

Franka não respondeu. Pegou noutro livro, para continuar a ler para o irmão.

O pai interrompeu-a, antes sequer de ter a oportunidade de começar a ler.

– Tenho outra coisa para te mostrar – agarrou noutro jornal. – Este jornal chama-se *Der Stürmer*. É controlado e publicado pelo Partido Nazi, tal como o *Völkischer Beobachter*, mas este é menos sub-reptício nas suas intenções.

Franka segurou no jornal. Já o vira nas bancas, mas nunca pegara nele. Na primeira página, um desenho a lápis caricaturava um judeu, com os seus longos canudinhos de cabelo sobre o fato escuro e fios de saliva a escorrerem-lhe dos dentes, afiados como lâminas. Segurava uma adaga curva, enquanto se inclinava sobre uma bela mulher de aspeto ariano, a dormir numa cama. No cabeçalho estava escrito «Os Judeus São a Nossa Desgraça». Franka sentiu os olhos encherem-se de lágrimas. Voltou-se para Fredi, mas ele estava a brincar com um comboio que encontrara.

– Isto é um jornaleco – exclamou. – Um jornaleco ridículo.

– Este jornal tem uma circulação de várias centenas de milhares. Hitler tem falado diversas vezes da sua integridade jornalística.

– Não sei o que dizer. O sistema não é perfeito, mas...

As palavras falharam-lhe. Não tinha nada a dizer.

– Não te criámos para virares a cara para o outro lado perante as injustiças. Sempre te ensinámos a...

– Lembrar-me de quem sou.

– Exatamente. Penso que a razão que te levou a aderir tão prontamente a este regime é a tua vontade de mudar o mundo, tal como muitas outras crianças da tua geração. Mas tens de perceber aquilo com que estás a concordar.

– Não concordo com as políticas em relação aos judeus, mas estou certa de que o *führer* tem um plano razoável para eles.

– Razoável? É o que pensas da negação da sua cidadania? Já ouviste falar de um lugar chamado Dachau, Franka?

Ela abanou a cabeça.

– Eu também ainda não tinha ouvido. É uma pequena cidade mercantil, a cerca de vinte e cinco quilómetros de Munique, não muito longe do sítio onde a tua mãe nasceu. Na semana passada tive uma reunião de negócios com um homem de lá, que me falou de um campo que os nazis lá estabeleceram.

– Que tipo de campo?

– Um lugar que é um crime contra o povo alemão. Em 1933, esse homem com quem me encontrei forneceu alguns dos materiais para os novos edifícios e tem lá voltado diversas vezes. Esse campo é a primeira frente na guerra que os nazis já estão a promover contra o seu próprio povo. Dachau é onde albergam os inimigos políticos do sistema. Socialistas e comunistas, líderes de sindicatos que os nazis ilegalizaram, pacifistas e alguns membros dissidentes do clérigo e padres. Já lá estão milhares, forçados a trabalhar e a morrer à fome, guardados por detrás de vedações de arame por homens das SS com a insígnia de uma caveira nos capacetes.

– Isso não pode ser. O *führer* sabe disso? – Franka sentia a repulsa a crescer dentro de si, mas ainda se perguntava o que Daniel e outros líderes de grupo saberiam disto.

– Como pode não saber? Herr Hitler toma todas as decisões sobre a administração do país. Pode abolir qualquer uma se assim quiser. Estou convencido de que muitos mais destes campos virão.

– Quem é esse homem que conheceu em Dachau? Por que razão anda a espalhar essas terríveis mentiras?

– Não são mentiras. Abre os olhos, Franka. Vê a quem estás a dedicar a tua lealdade.

Franka fechou os olhos. Sentia a cabeça prestes a explodir. Quando se levantou, lágrimas quentes corriam-lhe pelo rosto.

– Não posso acreditar que está a espalhar essas mentiras nojentas à frente do Fredi, que não é capaz de perceber que o são. Temos uma responsabilidade para com ele, pai. Temos de ser melhores do que isto.

Saiu impetuosamente da cozinha e foi para o quarto, com o veneno da dúvida a rodopiar dentro de si.

A faculdade era uma extensão do sistema de propaganda nazi que envolvera Franka e as amigas no liceu. Os intelectuais estavam no mesmo patamar que os judeus e mereciam o mesmo tratamento. Por todo o país, centenas de professores eram demitidos, por serem demasiado liberais ou por serem judeus. Entre eles estavam alguns dos maiores eruditos alemães e vários vencedores de prémios Nobel. «Cultura» tornou-se uma palavra pejorativa. As universidades foram transformadas em agentes do Ministério da Propaganda. Não havia atividades para estudantes, a não ser os comícios patrocinados pelos nazis e as «conversas estimulantes» que destacavam a grandeza do regime. Franka descobriu que no seu curso, centrado na fisiologia humana, poderia evitar o campo minado de aulas como Higiene Racial e Povo e Raça.

Deixou a Liga das Raparigas Alemãs. As outras líderes de grupo questionaram a sua decisão, mas ela convenceu-as de que já não tinha tempo, agora tinha de pensar mais na faculdade e no irmão. Era verdade que havia imenso trabalho, tanto na faculdade como em casa, mas não era esse o verdadeiro motivo. Não conseguia deixar de pensar na história do campo em Dachau. Isso explicava muita coisa. Para onde tinha ido Herr Rosenbaum, o vizinho que vivia ao fundo da rua? Onde estavam Herr Schwarz e a família e o seu antigo professor, Herr Stiegel? Haviam sido levados para serem interrogados pela Gestapo. Nunca mais tinham voltado, e ninguém parecia importar-se. Franka sabia que o simples mencionar dos seus nomes a poderia atirar para a cadeia e por isso guardava as perguntas e o turbilhão de dúvidas para si mesma. Só podia confiar no pai e em mais ninguém – e muito menos em Daniel.

A devoção do namorado à causa transformou-se em obsessão, sob a tutela dos seus professores, na Faculdade de Direito. A Gestapo era, acima de tudo e em primeiro lugar, uma força policial – com os mesmos percursos de entrada, escalas de remuneração e duração de serviço que sempre tinham existido –, que, tal como quase tudo então, se tornara totalmente irreconhecível. Daniel embrenhou-se totalmente nos ensinamentos nazis. Tornava-se cada vez mais difícil estar junto dele. Falava de inimigos por todo o lado, de comunistas e de judeus. Ninguém estava fora do alcance das suas suspeitas. O ódio que o movia despojava-o de qualquer alegria. Tornou-se impossível continuar a amá-lo, e o sentimento que tivera por ele começou a desvanecer-se e morreu. Estava-se em fevereiro de 1936, e fora jantar com ele. Daniel insistira em pagar – como fazia sempre, só que desta vez ela se sentia mais culpada por causa do que tinha de fazer.

– Esta noite estás muito calada – começou ele.

– Tenho muito em que pensar.

– O quê? A tua mãe? Ou novamente o teu irmão?

– Somos nós, Daniel – uma expressão de surpresa, que ela não estava habituada a ver, aflorou-lhe o rosto, mas ele não disse nada. – Penso que, à medida que crescemos, avançamos por caminhos diferentes. Temos percursos de vida diferentes.

– Do que estás a falar?

Pararam de andar. Ela estava ciente dos olhares dos estranhos que passavam por eles, mas sabia que tinha de prosseguir. Preparara-se para o que iria dizer a seguir, as palavras que há meses estavam latentes dentro dela.

– Acho que precisamos de nos separar por uns tempos. Não tenho certeza se quero...

– Estás a acabar comigo? O quê? Não podes fazer isso.

– Acho que és um homem determinado e corajoso, com muito para oferecer...

– Não sejas ridícula. Não vamos acabar. Casaremos daqui a uns anos, estabelecer-nos-emos aqui e criaremos uma família. Já tínhamos decidido isso.

– Já não é isso que eu quero.

– Está bem – rosnou. – Como queiras. Mas não penses que, quando, daqui a uns dias, voltares a rastejar, estarei à tua espera, grande cabra! – afastou-se, furioso.

Algumas semanas mais tarde, Daniel recebeu uma carta dos Serviços de Trabalho do Reich, pela qual era recrutado para ir trabalhar durante seis meses, sem salário, numa quinta na Baviera, ao serviço do Reich. As suas cartas começaram a chegar passadas algumas semanas. O pai de Franka, que se mostrara discreto na sua satisfação por ela ter rompido com Daniel, começou por as guardar, mas acabou por ceder e entregou-lhas. Ela era adulta e capaz de tomar as suas próprias decisões. Franka pegou nas cartas que o pai lhe escondera e foi para o quarto. Rasgou os envelopes e deixou-os cair para o chão, enquanto segurava nas cartas. Daniel dizia estar arrependido e que tinha ficado transtornado. Embora ela não tivesse respondido, as cartas dele continuaram a chegar. Contava-lhe que estava a trabalhar numa quinta enorme e alojado com dezenas de rapazes. Falava da sensação maravilhosa de servir o Reich e da camaradagem existente entre ele e os colegas de trabalho, todos com idades à volta dos dezanove anos. A curiosidade levou-a a ler cada uma das cartas, antes de as queimar. Percebeu pelo seu tom que, ao contrário dela, ele não considerava que tivessem acabado.

Os hábitos de leitura do pai não haviam mudado, desde os primeiros tempos do Estado nacional-socialista. Muitos dos livros empoeirados e gastos que atulhavam as estantes do seu escritório tinham, entretanto, sido banidos, e a sua posse teria como consequência interrogatórios por parte da Gestapo e até algumas noites na prisão. Quando ela o recordava da proibição de literatura subversiva, ele encolhia os ombros e prometia desfazer-se deles. Passaram-se semanas. Os livros permaneciam. Franka decidiu encarregar-se ela própria do assunto e estava a meio da limpeza das estantes quando o pai chegou a casa, vindo do trabalho.

– O que estás a fazer? – perguntou.

– Estou a fazer o que o pai já deveria ter feito há muito tempo – explicou. – Não nos podemos arriscar a que vá preso ou que perca o emprego. Por causa de alguns livros?

– Não são apenas alguns livros – arrancou-lhe da mão o livro que ela segurava. – Estás a ver isto? Heinrich Heine?

– Eu conheço Heine. Todos aqueles que sabem alguma coisa de literatura alemã o conhecem.

– Mas mesmo assim foi banido pelos nossos soberanos nacionais-socialistas. A sua lírica, incomparável, foi oficialmente declarada proibida e inexistente (em simultâneo). Lembro-me de ler contigo o *Buch der Lieder* quando eras menina, sentada nos meus joelhos.

Franka acenou com a cabeça. Recordava-se das frases a brilharem nas páginas, a dançarem dos lábios do pai para os seus ouvidos.

Ele folheou o livro.

– Estavas a pensar fazer uma fogueira, como os nazis? – encontrou a página que procurava e apontou para uma linha, enquanto olhava para a filha.

– Não, pai. Ia pô-los debaixo da sua cama.

– Não te parece absurdo que, de repente, um grande poeta deixe de o ser, porque pertencia à raça errada, porque era judeu? O homem morreu há quase oitenta anos.

– Claro que é absurdo, mas é com as suas perspetivas políticas que eles estão preocupados. Estou apenas a tentar protegê-lo, pai.

– Lê em voz alta a frase que estou a apontar. Lê.

Os olhos dela encontraram as palavras.

– «Aqueles que queimam livros acabarão um dia por queimar pessoas.»

– Talvez até já tenham começado – disse o pai. Entregou-lhe novamente o livro e saiu, sem dizer mais nada.

Mais tarde nessa noite, depois de Fredi ter ido dormir e quando ela já estava sentada na sua cama, o pai apareceu com outros livros.

– Agora estes livros são preciosos. És privilegiada por poderes ler estas palavras, que muitos estão impedidos de ler. E porquê? Porque os nazis sabem que o verdadeiro inimigo é o pensador livre, o verdadeiro patriota alemão que questiona os seus métodos e se manifesta contra as suas injustiças. Não estou a sugerir que andes por aí a apregoar os escritos de Heine, mas conserva no teu coração as ideias de que ele fala e usa-as. Analisa o que se está a passar e lembra-te de que ele nunca conheceu Hitler, nem os nacionais-socialistas. Ele compreendeu a natureza humana e a natureza do povo alemão, e é por isso que a sua escrita continua a ser importante. É disso que os nazis têm medo.

Duas semanas mais tarde, com flagrante desprezo pela lei internacional, Hitler enviava tropas para a Renânia, uma zona da Alemanha junto à fronteira francesa que fora desmilitarizada pelo Tratado de Versalhes. Nessa noite, Franka sentou-se na cama e leu o que Heine escrevera, quase cem anos antes. O poeta dizia que, assim que deixasse de haver moralidade no Estado de Direito na Alemanha, a selvajaria dos antigos guerreiros *berserkir*, cantada pelos bardos nórdicos, reacender-se-ia novamente. E esta nova fúria, este trovão de raiva alemã, seria algo que o mundo jamais presenciara.

Franka deixou-se cair na cama, percebendo que essa ocasião já chegara.

Desde então, Franka fez os possíveis por ignorar as intrusões dos nacionais-socialistas na sua vida. Deixou-se imergir no trabalho da faculdade, prestando pouca atenção às bandeiras omnipresentes e aos cartazes que cobriam as paredes dos corredores, proclamando a grandiosidade do regime. Havia coisas em que os nazis não podiam tocar: a música, a arte, os livros que agora tinha escondidos por baixo da cama e o maravilhoso espaço da floresta e das montanhas que a rodeavam. Todos os fins de semana fazia caminhadas com as amigas, afastando-se quando se referiam ao «atraente Adolf», com gargalhadas coquetes e faces coradas. Sabia-se que muitas mulheres desmaiavam na presença dele. Franka tinha dificuldade em perceber que tipo de atração poderia haver, fossem quais fossem as circunstâncias. Alguns dos rapazes da região deixaram crescer pequenos bigodes, em homenagem ao *führer*, mas mesmo os apoiantes mais fanáticos do regime olhavam para o espelho, de vez em quando. O culto dos pelos faciais, como tributo ao demagogo, não durou muito tempo.

A ideologia nazi e a paranoia permeavam todas as relações humanas, ao ponto de já não ser possível confiar nos amigos e de os familiares darem informações uns dos outros, pelo bem da causa. A antiga sociedade desmoronava-se, pedaço a pedaço. Até os apoiantes mais empenhados do regime estavam constantemente sob o microscópio dos nazis. Tal como em todas as cidades e vilas alemãs, também em Friburgo fora colocado um agente dos nacionais-socialistas em cada bloco de apartamentos e em cada rua. Eram conhecidos como *blockwarte*. O da rua de Franka era Herr Duken, um jardineiro que se juntara ao partido em 1920, quando este era constituído por pouco mais do que um magote de arruaceiros, que apoiavam a propaganda antissemita e ridicularizavam os «criminosos de novembro» que tinham assinado o armistício, no final da Grande Guerra.

Herr Duken era um vizinho intrometido credenciado, um espião pago e com um poder assustador, que adorava esse papel. Agora era um homem importante, respeitado e temido pelos vizinhos. A sua função era relatar qualquer mau comportamento que testemunhasse, ou qualquer rumor que lhe fosse transmitido. Denunciava os vizinhos que não hasteassem uma bandeira suástica nas ocasiões de gala ou que não contribuíssem, com o devido entusiasmo, para o partido. Consciente de que os seus pensamentos eram verdadeiros crimes contra o Estado, Franka sorria para Duken sempre que o via na rua. Dúzias de *blockwarte* operavam pela cidade e pelos campos circundantes. A cabana nas montanhas era o único sítio suficientemente isolado para conseguir escapar-lhes.

Daniel regressou do serviço prestado ao Estado mais empenhado do que nunca na causa da pátria e, aparentemente, em Franka. As suas tentativas desajeitadas de a tentar recuperar revelaram-se pouco mais do que um aborrecimento, mas agora ela também era cautelosa com os possíveis avanços de outros rapazes. Sabia o poder que Daniel tinha e não queria arranjar sarilhos a qualquer pobre jovem insuspeito, que apenas a quisesse levar a sair para ir tomar uma cerveja ou para jantar. Ele explicou-lhe certa vez, numa tentativa frustrada de a impressionar com os seus novos contactos, que a Gestapo era o verdadeiro poder na Alemanha. A sombra de milhares de agentes espalhados por todo o país, juntamente com os *blockwarte* que os informavam, pairava sobre cada cidadão alemão. Em breve Daniel teria o poder de arruinar vidas, apenas por mero capricho. Uma análise crítica do regime – até uma simples expressão de desacordo – era suficiente para justificar uma detenção, prisão, tortura ou até mesmo morte. Franka surpreendia-se consigo própria por já se ter sentido atraída por aquele homem e estava decidida a nunca mais o deixar tocar-lhe.

Perguntava-se onde poderia ele ter chegado, se os nazis não o tivessem corrompido. O que se teria tornado, se houvesse dedicado os seus talentos a uma causa justa? Era uma tragédia. Uma, entre os milhões que estavam a ocorrer por toda a Alemanha.

Passou grande parte do verão de 1938 na cabana com a sua família, e era aí que podiam falar livremente. Não havia mais nenhum lugar seguro. Aparentemente, Thomas Gerber era um cidadão leal e, embora não fosse, de forma alguma, um nazi dedicado, contribuía com a sua quota-parte, tanto em termos de dinheiro, como de respeito para com o partido. A resistência era inútil – acarretaria apenas um escrutínio mais cerrado e, possivelmente, algum tempo na prisão. A sua responsabilidade era para com a sua família, e uma demonstração fútil de rebelião apenas aumentaria os seus problemas. Alguns amigos da família expressavam os mesmos pontos de vista, em sussurros sub-reptícios. Nem todos concordavam com as ideias nazis, mas ninguém se atrevia a falar em voz alta. Tal como Thomas e Franka, também aqueles que não concordavam com os nacionais-socialistas tinham de seguir diariamente para os seus trabalhos. Tentavam viver independentemente de um regime que via a independência como algo perigoso. Sabiam que o castigo aguardava em cada palavra de censura. O próprio Hitler declarara: «Todos devem saber que, se erguerem a mão contra o Estado, o seu destino será a morte certa.» Não havia nada a fazer. Qualquer discordância tinha de ser escondida. Franka aprendeu a manter uma certa postura para o exterior, apesar de estar a gritar para dentro. Porém, toda aquela complacência estava a corroê-la. As palavras corajosas que ela e o pai diziam por trás das portas fechadas eram apenas isso mesmo: palavras. Quando lhe disse que deveriam tentar levar a cabo algum tipo de mudança, o pai riu-se na sua cara.

– Isso é impossível – exclamou. – Os nazis são, acima de tudo, meticulosos e, muito embora possam ser ignorantes e atrasados, a verdade é que têm um talento inato para a propaganda e a repressão. O sistema que criaram é perfeito na sua funcionalidade disfuncional. Todos são espiões. Neste momento, poderia contar pelos dedos de uma mão as pessoas em quem confio, em todo o mundo.

– Então, mas que utilidade poderemos nós ter? Certamente deve haver algo que possamos fazer, por muito insignificante que seja.

– Nada de bom pode vir com protestos. A ideia de liberdade de expressão está tão morta como o *kaiser*. Como podemos fazer o que quer que seja, quando o simples discordar publicamente de qualquer decisão do *führer* é visto como uma ofensa e uma traição? Na semana passada, um homem foi condenado a dois anos de prisão por ter discordado da ideia de expulsar todas as crianças judias da escola. Dois anos!

Ao ver a expressão abatida da filha, prosseguiu.

– Estou orgulhoso de ti por quereres lutar, Franka, mas o melhor que tens a fazer por agora é aguentar. Os nacionais-socialistas não vão durar para sempre. Eles estão a conduzir-nos para a guerra. É tão inevitável como o Sol nascer todas as manhãs ou como a escuridão da noite. Não vai ser nada fácil correr com eles, mas acabarão por ser derrotados. E nessa altura a nossa vitória será a nossa sobrevivência. Desde que nos mantenhamos fiéis a nós próprios e não os deixemos macular as nossas almas, teremos ganho.

– Mas a que custo, pai? – Franka abanou a cabeça. – Estou cansada de estar sempre com medo.

– Vamos conseguir aguentar, como uma família. A tua mãe olha por nós todos os dias.

Franka queria concordar com ele, mas a verdade é que já não sentia a presença da mãe na sua vida. As memórias escorregavam-lhe por entre os dedos.

A fachada de civismo dos nazis desmoronou-se na Noite de Cristal, quando soltaram os seus cães de ataque. Aproveitaram o homicídio de um diplomata alemão por um rapaz judeu de dezassete anos para libertarem a raiva reprimida dos seus assassinos. O Ministério da Propaganda organizou uma série de manifestações que alastraram por todo o país, como uma doença. Do telhado de casa, Franka observou com um horror crescente as multidões e as tropas a atacarem os negócios e lojas que eram propriedade de judeus. Quase todos os nazis da zona aproveitaram para atirar tijolos ou bombas incendiárias, com o intuito de intimidar ou até matar. E lá estava Daniel, de suástica no braço, a liderar a multidão para a padaria Greenberg. Herr Greenberg foi arrastado para a rua e espancado, até o seu corpo ficar inerte.

No dia seguinte, os jornais falavam de uma vingança justificada por parte de pessoas indignadas. Os jornalistas regozijavam-se porque, finalmente, os judeus estavam a receber o merecido castigo por anos de abusos não especificados contra o povo alemão. Os editoriais alertavam contra as opiniões de pessoas melindrosas, que reprovavam essas ações heroicas das multidões. Tais opiniões liberais foram, aliás, repudiadas por serem consideradas fracas e sentimentais. Os jornalistas advertiam ainda os leitores para que denunciassem às autoridades competentes quaisquer comportamentos perniciosos e lamentavam pelos cidadãos alemães que se mostravam incapazes de reconhecer os tempos gloriosos em que viviam.

Dois dias mais tarde, o governo impôs uma multa de mil milhões de marcos aos judeus alemães, pela destruição ocorrida na Noite de Cristal.

Dezenas de milhares de judeus foram enviados para campos de concentração – prisões misteriosas, conhecidas como KZ pelos alemães que, em sussurros, se atreviam a falar delas. O pai de Franka recordou-a das histórias que ouvira em relação ao primeiro campo, em Dachau, histórias cuja veracidade não deixava agora qualquer dúvida. Apesar de terem revelado a sua natureza cruel, os nazis não perderam apoio. A Juventude Hitleriana continuava a cantar as suas canções, enquanto corria pela cidade. As raparigas que pertenciam à Liga de Raparigas Alemãs continuavam a espalhar as bandeiras com a suástica e soltavam risinhos quando falavam do «atraente Adolf», o monstro-em-chefe. Os lacaios dos nacionais-socialistas continuavam a passear-se pela cidade de cabeça bem erguida e com os emblemas nazis a brilhar ao Sol. Por todo o país, milhões de pessoas continuavam a cumprimentar-se com a saudação ao *führer*. O povo alemão parecia manter-se arrebatado pelo controlo que os nazis faziam sobre ele.

A vida prosseguia, apesar das injustiças e horrores que eram agora habituais no dia a dia da Alemanha. Franka acabara a sua formação, e tinham-lhe oferecido um emprego em Munique. De qualquer maneira, as pessoas continuavam a formar-se nas faculdades, a procurar empregos e a considerar a possibilidade de se mudarem de umas cidades para as outras. Apesar de tudo o que o regime nazi lhes impusera, a família Gerber tentava que as coisas funcionassem dentro da normalidade, mas mesmo isso estava prestes a mudar.

Fredi ia piorando.

No final desse verão de 1939, falaram-lhe da hipótese do hospital – não podiam continuar a evitar o assunto. O Sol descia, irradiando uma luz etérea sobre o horizonte infinito e lançando uma cor dourada sobre as folhas das árvores, na floresta à sua volta. Fredi estava na sua cadeira de rodas. Já estava quase tão alto como Thomas, mas os seus membros eram finos e curvados, e as suas pernas, praticamente inúteis. Brincava com um comboio, passando-o sobre as coxas, de um lado para o outro. Imitava o seu som, que interrompia em poucos segundos com risinhos abafados.

– Fredi?

– Pai, o que se passa? Porque chora?

– Porque te amo muito, Fredi – virou-se, para olhar para Franka. – Ambos amamos.

– Mais do que tudo no mundo – concordou ela.

– E eu também vos amo – disse ele.

Franka abraçou-o, sentindo-lhe os braços magros a envolvê-la também e um beijo sobre a sua face. Tentou falar, mas não conseguia encontrar as palavras. Não podia acreditar que fossem entregar Fredi a uma instituição, para que tomassem conta dele. Não podia imaginar uma coisa destas se a mãe ainda fosse viva.

– Como te sentes? – perguntou Thomas.

– Ótimo – Fredi sorriu.

– Os braços... não te doem?

– Não, sinto-me bem.

Fredi estava sempre feliz. Era só isso que sentia. O mundo não podia azedar o seu espírito maravilhoso. O seu sorriso permanecia, apesar das dores, dos internamentos no hospital e de tudo aquilo que quase ninguém seria capaz de suportar. O seu sorriso nunca desapareceu. Todos o conheciam, por causa das suas visitas demasiado regulares ao hospital. As enfermeiras adoravam-no. Alguns dos médicos – os que usavam emblemas nazis nas lapelas – chegavam quase ao ponto de dizerem abertamente que não valia a pena tratá-lo, de expressarem a sua má vontade por terem de tratar alguém que o governo considerava um «idiota» e «indigno de viver».

Franka ajoelhou-se ao seu lado. Apesar de estar a escurecer, sentia-se ainda o calor do Sol. Ele parecia perceber que qualquer coisa se passava. A sua intuição era mais forte do que a do pai e da irmã. Ela ia falar, mas ele cortou-lhe a palavra.

– Franka, adoro-te. És tão bonita. És a melhor irmã do mundo.

– Precisamos de te falar de uma coisa – conseguiu dizer.

Thomas ajoelhou-se também, ao lado dela.

– Ultimamente, tens ficado cada vez mais doente – começou –, e o papá já não tem o tempo de que precisa para tratar de ti.

– Desculpa, papá.

– Oh, não, não peças desculpa, Fredi. Nunca. A culpa não é tua. Tu és o melhor rapaz do mundo... o melhor filho que um pai pode desejar. Temos muita sorte por ter-te, o nosso próprio anjo na terra.

– Gostas muito das enfermeiras, não gostas? – perguntou-lhe Franka.

– Oh, sim, são muito simpáticas.

– E sabes que eu também vou ser enfermeira, como elas?

– Sim.

– Ofereceram-me uma oportunidade fantástica. Um emprego num hospital em Munique. Munique, sabes, a terra da mamã?

– Sim, lembro-me dos chupa-chupas que comprámos lá.

Thomas riu-se.

– Pois foi, quando lá fomos, há dois anos. Comprámos chupa-chupas e comemo-los sentados no parque.

– Bem, eu vou trabalhar para lá.

– De comboio é longe.

– Sim, é verdade. É longe daqui. Tenho de arranjar um sítio para viver lá.

– Vais ser a melhor enfermeira do hospital. Vais ajudar muitas pessoas.

– Espero que sim – era difícil encontrar as palavras certas.

– As enfermeiras e os médicos do nosso hospital querem que tu vás viver com eles, numa casa especial, onde podem tratar melhor de ti – disse Thomas.

– O papá já não consegue ficar sozinho a tomar conta de ti.

– Vão visitar-me? – perguntou Fredi. – Não me vão deixar lá sozinho?

– Oh, não. Nunca. Eu irei todos os dias ver-te, e a Franka irá sempre que puder, sempre que vier a casa.

– Nada vai mudar – acrescentou Franka. – Continuamos a amar-te como sempre. Ainda haveremos de ficar juntos. Em breve viveremos todos outra vez e para sempre.

Depois de as ter proferido, Franka ainda pensou muitas vezes nessas palavras. Fredi aceitou-as, tal como aceitava tudo o que ela dizia, com um sorriso e de coração aberto. O tempo e as circunstâncias, porém, fizeram dela uma mentirosa, e essa era a última coisa que ela desejava ser, especialmente para ele. Na semana seguinte, o irmão mudou-se para a tal casa. Deixaram-no com as enfermeiras e partiram, vazios e sós. Franka foi para Munique no dia 3 de setembro, o dia em que a Grã-Bretanha e a França declararam guerra à Alemanha. Quando chegou à plataforma, em Munique, a profecia do pai tornara-se realidade, e a fúria louca dos antigos guerreiros *berserkir* abatera-se, uma vez mais, sobre a Europa.

Capítulo 7

O furacão de agonia reduzia-se agora a um vendaval. A primeira coisa que sentiu quando os seus olhos se abriram, com a chegada da manhã, foi quietude. Estendeu a mão e pegou no frasco de aspirinas, atirando para dentro da boca dois pequenos comprimidos brancos, que engoliu com água tão gelada que ficou surpreendido por não ter uma camada de gelo por cima. Pensou naquele frasco. Seria alguma espécie de soro da verdade dos nazis? Agora não tinha grande importância. A sua única opção era sujeitar-se àquela mulher. Precisava dela. Não havia outro caminho.

A neve pintara uma teia de gelo no vidro da janela. A porta encontrava-se aberta, mas da sala de estar não vinha qualquer barulho. Pensou em chamá-la, perguntar-lhe como estava ou tentar saber algo sobre a lareira, mas não o fez. Puxou os cobertores até ao rosto, deixando apenas os olhos de fora. Pensou na história que ela lhe contara na noite anterior e no seu olhar assustado. Se era realmente da Gestapo, tinha de ser uma excelente atriz. Levou uma mão ao rosto e esfregou os olhos, para afastar o sono. Em breve teria de decidir se lhe contava ou não a verdade. As suas pernas continuavam a obrigá-lo a manter-se imóvel. Ficaria ali preso enquanto a neve durasse, o que poderia demorar semanas. Que lhe restava fazer enquanto estivesse ali deitado na cama? Estava a quilómetros do seu alvo. Tornara-se inútil e, possivelmente, deveria preparar-se para a tortura e para uma morte terrível.

Meteu a mão por baixo da almofada e sentiu o metal frio da arma. Ela salvara-lhe a vida. Isso, pelo menos, era verdade. Matá-la equivaleria a um assassínio. Mas o que era um assassínio, em tempo de guerra? Ele matara homens, vira o terror estampado nos seus olhos, quando estavam prestes a dar o seu último suspiro. Era fácil desvalorizar o que tinha feito, deixar para trás a consciência de que pusera fim às suas vidas, encobrir as suas ações no nevoeiro da guerra, mas a verdade é que pensava muitas vezes nesses homens. Quase todos os dias. Eram inimigos. Tê-lo-iam matado. Só não o haviam feito porque ele fora mais rápido, mais forte, melhor. Lembrou-se do homem que matara quando a sua pistola ficara encravada, da sensação do sangue quente a escorrer-lhe pelos punhos, quando mergulhara a faca no peito dele. Lembrou-se do som quando puxara a faca para fora. Sabia que não haveria forma de escapar àquele horror. Nem agora, nem nunca.

Sons vindos da sala de estar fizeram-no regressar ao presente – lenha a ser colocada na lareira, o estalar da madeira verde a lutar para conseguir arder. E se ela fosse quem dizia ser? Mas, por outro lado, qual era a probabilidade de se ser encontrado por alguém imune à hipnose maciça de Hitler?

No seu treino não houvera permissão para variantes. Os nazis tinham de ser destruídos. A sua missão era crucial, e o que quer que se interpusesse no seu caminho teria de ser eliminado. Nada era mais importante. Nem ele, nem, muito menos, Franka Gerber. Pensou no rosto dela e na beleza sincera dos seus olhos. Não podia permitir que os seus encantos o fizessem hesitar. Tinha de se manter forte. Ouviu passos a aproximarem-se da porta.

– Bom dia – cumprimentou Franka. – Como se sente?

– Melhor, obrigado.

Ela parecia embaraçada por ter revelado demasiadas coisas na noite anterior.

– Quer tomar o pequeno-almoço?

– Sim, por favor.

Franka saiu do quarto, e ele ouviu-a andar de um lado para o outro na cozinha, até regressar, passados alguns minutos, com alguma carne e queijo, bem como uma caneca de café quente. Ela deixou-o ficar a comer, voltando apenas para recolher o prato, assim que ele terminou a refeição. Uma parte de si ansiava por que ela voltasse a sentar-se ali e lhe contasse o resto da sua história. Onde estaria Fredi agora? Seria uma pessoa real? Era cada vez mais difícil acreditar que se tratava apenas de um estratagema para ganhar a sua confiança. Ela saiu do quarto sem dizer uma palavra.

Passaram-se alguns segundos antes de ouvir de novo o som dos seus passos sobre o chão de madeira e ela entrar no quarto, com uma caixa de ferramentas na mão. Passou pela cama sem olhar para ele e sentou-se no chão, junto ao buraco que fizera. Observou-a, enquanto ela pegava no martelo e recomeçava a arrancar as tábuas junto à abertura.

– O que está a fazer, Fräulein?

– O que lhe parece? Estou a abrir o chão.

Nem sequer parou para olhar para ele. Ele esperou que ela arrancasse a tábua para voltar a falar. Sentia-se mal por vê-la a fazer todo aquele trabalho, enquanto ele permanecia deitado, inútil.

– Para que está a fazer isso?

Ela levantou-se, expirando com força, enquanto esticava as costas. Voltou a ajoelhar-se e espreitou para o buraco que tinha feito. Parecia estar a medi-lo. Devia ter cerca de noventa centímetros de largura, por um metro e oitenta de comprimento. Ergueu-se novamente e saiu do quarto, continuando a não olhar para ele. Minutos mais tarde, regressou com vários cobertores por baixo do braço. Ajoelhou-se ao lado do buraco e colocou os cobertores lá dentro, forrando o espaço por baixo do soalho de madeira. Ergueu-se de novo. Parecia que ia dizer qualquer coisa, mas em vez disso foi até ao pequeno canto entre a cama e a parede, onde ainda se encontravam a mochila dele e o seu uniforme. Dobrou-os e colocou-os igualmente dentro do buraco.

– Fräulein, tenho mesmo de lhe perguntar o que está a fazer. Esse é o meu uniforme.

– Ai sim? – atirou a mochila para cima do uniforme. Pegou numa das tábuas que deixara encostada à parede e voltou a colocá-la no respetivo lugar.

– Fräulein Gerber?

Pousou as outras duas tábuas no sítio. Ajoelhou-se uma vez mais e pressionou as tábuas do chão o mais para baixo que conseguiu, certificando-se de que não ficavam protuberantes, e depois levantou-se e examinou o seu trabalho, com uma mão no queixo. Os sinais de desgaste nas extremidades das tábuas revelavam uma história indesejada. Ela saiu, e ele ouviu-a remexer em armários durante alguns segundos, regressando a seguir com um frasco de verniz para madeira nas mãos. O soalho da velha cabana estava bem tratado. O verniz do chão estava liso e uniforme e, provavelmente, não teria mais de cinco anos. Franka pôs-se de joelhos e começou a aplicar o novo verniz nas extremidades das tábuas, para disfarçar a cor que tinha desaparecido. Cerca de dois minutos depois, era impossível perceber que aquelas tábuas tinham sido mexidas.

– É para quando a Gestapo vier. Se o encontrarem aqui, estamos ambos mortos, e eu não estou disposta a viver em negação, mesmo que o senhor o faça. Eles nada farão enquanto houver uma camada de neve assim espessa, mas, quando derreter, irão começar a procurá-lo. Alguém deve ter visto o seu paraquedas ou ouvido o avião de onde saltou. Quanto mais tempo persistir nessa charada ridícula, em maior risco ficarão as nossas vidas. Se não começar a confiar em mim, ambos iremos morrer.

Saiu do quarto.

Ele permaneceu sozinho, ao longo daquela tarde melancólica. A janela não deixava entrar muita luz, e a porta continuava fechada. De vez em quando ouvia sons, mas não a via. Não tinha respostas – apenas mais perguntas. Preso naquela cama, não havia nada que pudesse fazer. As dores nas pernas eram agora suportáveis, mas não conseguiria sair dali durante semanas. Poderia confiar naquela mulher? Ela repudiaria realmente a obediência irracional que os nazis tinham incutido em tantos alemães? Ou pessoas como ela seriam em maior número do que ele pensava? O que estaria disposta a fazer, se confiasse nela? Sentia uma pressão cada vez maior. Cada dia que passava, sozinho e inútil, naquela cama era um dia mais próximo do fracasso, e isso era algo que não conseguia aceitar. Amaldiçoou as pernas, amaldiçoou os nazis, tentou dormir para esquecer a possibilidade agonizante de vir a falhar na sua missão. Mordeu o punho com tanta força que quase fez sangue. O sono não chegava. Não havia como escapar.

O relógio de cuco tocou as sete vezes, e alguns segundos mais tarde a porta abriu-se. Ela entrou e esperou que ele se sentasse, para lhe colocar o tabuleiro no colo. Apesar de sentir que estava a morrer de fome, não tocou na comida.

– Fräulein? Franka?

Lá fora o vento uivava.

– Tem fotografias da sua família? Tem alguma do Fredi?

– Sim, algumas.

– Posso vê-las? Não vi nenhumas quando saí do quarto.

– Em tempos houve fotografias. Tirei-as há alguns dias, antes de o encontrar.

– Ainda as tem?

– Tenho.

Desapareceu e regressou um minuto mais tarde, com duas fotografias, já um pouco gastas, nas mãos. Segurava-as como se fosse um pássaro ferido que tivesse encontrado. Ele segurou-as entre dois dedos. A primeira fotografia era dos quatro membros da família a fazerem pose nas escadas do que ele supunha ser a sua casa. Franka era mais nova, talvez com cerca de dezasseis anos. Tinha caracóis louros curtos e envergava um vestido branco. Tinha o braço à volta da cintura do pai, um homem corpulento e bem-parecido, com uma barba castanha e olhos sorridentes. A mãe tinha o cabelo comprido louro, solto por cima dos ombros, um sorriso radiante e os olhos a brilhar, mesmo numa velha fotografia a preto e branco. Fredi estava aninhado nela, envolvido nos seus braços. Deveria ter oito anos. As suas pernas e braços magros e frágeis sobressaíam por baixo da blusa e dos calções. Olhava para a mãe cheio de amor. Virou a fotografia revelando a data: junho de 1933. Franka entregou-lhe a segunda fotografia, tirada no exterior da cabana num dia quente de verão, em 1935, quando já estavam apenas os três. Fredi continuava a sorrir, sentado ao colo do pai, mas parecia mais uma pose para a máquina. Thomas olhava para o filho com adoração. Franka estava sentada ao lado deles, com uma expressão séria, invulgar numa rapariga daquela idade. Ele devolveu-lhe as fotografias.

– Obrigado por mas ter mostrado.

Ela acenou com a cabeça e saiu, levando as fotografias consigo. Quando regressou, ele já praticamente acabara a carne e vegetais que lhe servira. Trazia uma cadeira consigo e sentou-se junto à cama, à espera de que ele acabasse de comer.

– Quero agradecer-lhe por ter partilhado a sua história comigo, na noite passada – disse, quando acabou. Bebeu um gole de água, enquanto esperava que ela respondesse.

– Há algum tempo que não falava sobre a minha família. Abriu algumas feridas que ainda mal tinham começado a sarar.

Controla-te. Deixa-a estar à vontade. Ela falará quando sentir que é a altura certa. Pousou o copo vazio sobre o tabuleiro, acenando com a cabeça. Ela pegou nele e saiu, sem dizer mais nada.

Horas mais tarde, sentou-se na cama a ouvir o vento bater nas vidraças da janela. Lá fora já estava escuro, e ela veio acender a lamparina a óleo que estava junto à cama. Sentou-se perto dele. Ele não falou, esperando que ela começasse.

– Quero contar-lhe o resto da minha história. Tenho andado a debater-me de um lado para o outro, questionando-me o que devo ou não dizer e se o senhor é realmente quem eu penso que é. E depois percebi. Compreendi que já não tenho nada a perder. Se não for quem eu penso que é, e o facto de lhe contar a minha história me custar a minha miserável vida, então que seja, mas não vou recuar. Já não. Não quero saber. Pode matar-me. O seu lado matou o meu pai. Os outros mataram quase todos aqueles que eu amava.

Era quase demasiado fácil esquecer a razão por que ali estava. Era melhor ficar calado e deixá-la revelar-se, se era isso que estava determinada a fazer. Ele tinha comida suficiente para durar uma semana ou até mais. Se ela quisesse ir-se embora, ele conseguiria sobreviver sozinho. Salvar esta mulher alemã dos demónios do passado não era tarefa sua. Simplesmente, não havia tempo para amizades ou sentimentalismos.

Ele deitou-se quando ela começou a falar. Lá fora o vento acalmava, e a escuridão instalava-se. O quarto estava envolto na luz dourada da lamparina a óleo, que ardia na mesa de cabeceira. Ela olhava para o vazio, como se o passado estivesse à sua volta e só tivesse de se esticar para lhe tocar.

Berlim era a capital e a cidade em que Hitler residia, mas da qual nunca gostara. A terra do seu coração era Munique. Falava muitas vezes do seu amor infinito pelo lugar aonde chegara como artista sem dinheiro, onde começara a desenhar cartões-postais para vender na rua. Fora aí que começara a revolução nacional-socialista, com o falhado *Putsch* da

Cervejaria*, em 1923 – onde os corpos dos homens que morreram nesse dia foram fechados em sarcófagos maciços de pedra e guardados por homens das SS, de uniformes pretos e expressões de granito. Foi em Munique que Hitler encontrou os seus primeiros apoiantes – soldados marginalizados, rejeitados e repudiados por uma sociedade marcada pela guerra. Por essa altura, marchavam a compasso, vestidos com casacos e blusões, sem capacidade para pagarem uniformes. Os seus seguidores foram-se multiplicando, até vir a ser conhecido como «o Rei de Munique», poucos anos após a sua chegada. Foi algo que Hitler nunca esqueceu. Munique era sua.

Em 1941, a tomada de poder pelos nazis parecia até ter atenuado a luminosidade e charme da cidade. Havia ainda menos escapatória das omnipresentes bandeiras nazis do que em Friburgo. Os rufiões nazis controlavam a cidade, como, aliás, o resto do país, e a falta de liberdade deixava a população apertada num torniquete. Ainda assim, os nazis não tinham conseguido eliminar toda a vida e beleza deste vibrante lugar. Franka encontrou refúgio nas artes e assistia regularmente a concertos. Encontrou o maior escape na música, que já era, em si própria, um protesto. A música dava vida a uma parte de si a que os nazis nunca poderiam aceder. Encontrava paz nesta subtil forma de protesto, já que revelar interesse pelas artes era ser antinazi, ainda que sem o declarar. Hitler desprezava o que era intelectual e a busca da estética. Mostrar amor por tais coisas era um sinal de fraqueza, não a vontade férrea que os nazis exigiam. A sala de concertos era como um santuário, e Franka sentia-se unida a todos os que estavam igualmente sentados nas cadeiras, enquanto a magia do som os envolvia.

O hospital onde trabalhava estava cheio de alegria e medo, horror e beleza. Os soldados da linha da frente enchiam as camas, com as suas feridas equivalentes a um vislumbre de um inferno que ela nunca poderia ter imaginado antes da guerra. Por todo o lado jaziam jovens com o futuro destroçado por balas e bombas, sem olhos ou sem pernas, de rostos

* O *Putsch* da Cervejaria ou *Putsch* de Munique foi uma tentativa falhada de golpe de Estado por parte de Adolf Hitler e do Partido Nazi contra o governo da região alemã da Baviera, ocorrido a 9 de novembro de 1923. A ação foi controlada pela polícia bávara e por Hitler, e vários dos seus correligionários – entre os quais Rudolf Hess – foram presos. [*N. da T.*]

queimados, o sangue a derramar-se sobre o chão de mármore. Tanto desperdício. Sentou-se com rapazes cujo único desejo era que lhes agarrasse as mãos e sorrisse. Mostravam-lhe fotografias das mulheres e das namoradas, que os vinham visitar com um ramo de flores e os olhos molhados. Andar de cama em cama, estar ali com eles, enchia-a de uma felicidade que ela julgava não ser possível. Esses soldados acenderam uma vela na escuridão do seu interior. Por vezes, falavam do Reich e das suas esperanças no futuro, quando chegasse a vitória final. Falavam da magnífica glória no campo de batalha, através dos dentes partidos e dos lábios rasgados. A sua lealdade ao regime que os destruíra permanecia inabalável. Poucos percebiam que tinham sido usados e deitados fora, ao serviço de uma mentira. Poucos pareciam capazes de reconhecer a ignomínia que os aguardava, quando a história fosse escrita. Permaneciam convencidos que estavam a fazer o que era certo, mesmo até ao fim. Ela não tinha coragem de lhes dizer que não era assim. Nada teria sido mais cruel.

Hans Scholl envergava o uniforme cinzento da Wehrmacht, mas possuía um carisma e uma jovialidade muito raros de encontrar naqueles tempos. Era um ano mais novo do que ela e ostentava um cabelo louro escuro e um rosto que teria embelezado os filmes de que ela gostava. As outras enfermeiras entreolhavam-se e olhavam-no sempre que ele passava. Era estudante de Medicina e tinha aulas na universidade. Não cumprimentava com a saudação nazi, limitando-se a um aperto de mão. Convidou-a para sair trinta segundos depois de a ter conhecido. Franka ficou impotente perante o seu encanto e aceitou quase de imediato. Foram a um concerto na noite seguinte. Ele deu-lhe a mão no auge da Quinta Sinfonia de Beethoven, e ela percebeu que ele era diferente, que era como ela. Nessa noite quente de verão, em que a Lua brilhava intensamente sobre a cidade, sentaram-se no parque, a seguir ao concerto. Era quase suficiente para esquecer. Hans fê-la rir, fê-la sentir-se bonita. Os olhos dele brilhavam sob a luz prateada. Naquele momento, a tirania e o terror foram esquecidos, as provações do passado desvaneceram-se, e ela soube que algo estava a começar.

Ele era de Ulm, uma pequena cidade que Franka se lembrava de ter visitado quando era criança, a cento e sessenta quilómetros de Munique. Falava muitas vezes da família. O pai era um político local e dono de um negócio, fervoroso crítico do Partido Nazi, que já fora preso pela Gestapo, por pensamentos sediciosos. Referia muitas vezes os irmãos, especialmente a mais nova, Sophie, que o seguiria na universidade, um ano mais tarde. Fora membro da Juventude Hitleriana. Deveria ter sido uma das luzes brilhantes do movimento – no entanto, não usava o emblema nazi e falava do governo de forma evasiva, sempre ansioso por mudar de assunto. Preferia contar as histórias que ouvira aos seus colegas soldados que tinham servido na Polónia. Falava sobre direitos civis e liberdade com uma paixão e veemência que não lhe deixava qualquer dúvida sobre as suas convicções. Quando estava com ele, sentia-se livre. Era uma pessoa com quem podia discutir arte e política e que concordava com ela na opinião de que as maquinações do regime nacional-socialista acabariam por conduzir à destruição da nação alemã. Algumas das outras enfermeiras deixaram de falar com ela a partir do momento em que se tornou público que estavam juntos.

No final do verão de 1941, Hans convidou-a para se reunirem com o seu grupo de amigos. Para todos os efeitos, disse, encontravam-se para discutir filosofia. Na realidade, era um encontro para desabafarem sobre as suas frustrações políticas. A reunião não teria lugar num bar, mas no escritório de uma casa particular. Viam-se inúmeras chávenas de café e copos de cerveja sobre uma mesa, juntamente com pilhas de papéis e livros. Hans apresentou Franka a Willi e Christoph, e ela sentou-se à mesa, onde já se encontravam outros. Eram todos estudantes e mais novos do que ela, com exceção do dono da casa, o Dr. Schmorell, que se encontrava sentado ao lado do filho, Alex. Após breves apresentações, Hans começou a falar.

– Já todos ouvimos histórias da frente. Todos os dias, no hospital, Franka e eu vemos vítimas alemãs desta guerra inútil – os homens olharam para Franka, antes de se concentrarem de novo em Hans. – Ouvi ontem da boca de um amigo de confiança, que o viu com os seus próprios olhos, polacos e russos a serem levados para campos de concentração na frente oriental, para serem executados ou para trabalharem até à morte como escravos.

A sensação de fuga foi arrebatadora, quase vertiginosa. Franka nunca ouvira mais ninguém falar assim, a não ser o pai. Nem mesmo Hans fora tão franco com ela anteriormente. Sentia um fogo instalar-se dentro de si.

– As raparigas são apanhadas – disse Willi – e enviadas para bordéis, para servirem os seus novos mestres SS, contra a sua vontade. É mais do que a simples subjugação das pessoas. É violação e assassínio, em grande escala. É um horror que a humanidade dificilmente terá conhecido em algum momento anterior e está a ser perpetrado em nome de todos nós.

Christoph levantou-se.

– O tratamento a que as pessoas estão a ser sujeitas nos territórios ocupados é uma abominação, ainda mais do que o que está a ser feito pelo regime aos seus próprios cidadãos. A pergunta é: devemos agir? Podemos sentar-nos recostados numa cadeira e ficar a assistir, enquanto isto acontece? Está tudo bem enquanto nos sentamos aqui à volta da mesa, expressando ideias que, se fossem conhecidas lá fora, nos atirariam para a cadeia – voltou-se para Franka, que sentiu os holofotes incidirem sobre ela. – Franka, o Hans contou-nos o que os nazis fizeram ao teu irmão. Já sofreste terrivelmente nas mãos deles.

Todos esperaram que ela falasse, mas as palavras ficaram-lhe presas na garganta. Apenas contara a Hans o que acontecera com Fredi com frases balbuciantes, sem revelar a profundidade da dor por detrás de tudo isso, e não se sentia preparada para a partilhar com estranhos, apesar de pensarem da mesma maneira que ela.

– Não estou pronta para falar disso aqui e agora. Basta dizer que os nazis destruíram, ou tentaram destruir, tudo o que foi em tempos virtuoso e verdadeiro neste nosso maravilhoso país. Ainda perguntam se devemos fazer alguma coisa? A minha resposta inequívoca é sim. É nosso dever moral.

– Mas o que podemos fazer? – perguntou Willi. – Se é nossa obrigação moral, enquanto alemães leais, fazermos alguma coisa, o que poderemos fazer? O escopo dos militares vai muito para além do nosso. Não somos assassinos nem agitadores. Não somos militares fortes nem arruaceiros, como os próprios nazis.

– Usaremos as nossas forças – disse Hans. – Colocaremos as nossas ideias no papel e espalharemos a verdade, tal como a vemos. Os nazis são rápidos a proclamar o seu poder e a garantir que o império que estão a construir irá durar mil anos, mas têm tanto medo do seu próprio povo que reprimem liminarmente qualquer censura. Há uma coisa que os deixa aterrados: a verdade. Se conseguirmos difundir a verdade – sobre os horrores que os nazis cometem em nome do povo alemão –, venceremos. Os judeus que restam nas cidades estão identificados com uma estrela dourada, mas onde estão os outros? Agora já sabemos. Nós sabemos, mas a maioria das pessoas não sabe ou finge que não sabe. Se conseguirmos forçar o povo alemão a enfrentar a verdade, temos uma possibilidade de mudança real e sustentada. Temos de ser a consciência da Alemanha. Temos de falar em nome dos judeus, dos homossexuais, do clero e de outros inimigos do Estado que desapareceram. Precisamos que o nosso povo e que o resto do mundo saibam que há alemães que estão aterrorizados com as ações dos nazis e que exigem o seu fim.

O discurso político continuou por mais algumas horas, até que, exausta, Franka regressou a casa. As palavras que ouviu na reunião permaneceram na sua cabeça durante dias, abafando a propaganda nazi que, se assim não fosse, acabaria por dominar a sua vida quotidiana.

Os passos para transformar estas palavras em ações exigiam tempo. Face às restrições decorrentes do regime nazi, era difícil arranjar os elementos necessários para levar a cabo a missão, tais como máquinas de escrever, papel e máquinas copiadoras, sem levantar suspeitas. Hans procurou um lugar para albergar todos os materiais que conseguiram arranjar, e começaram a trabalhar num esboço para os seus panfletos. Definiram os argumentos essenciais, que depois eram suavizados ou enfatizados nas reuniões regulares.

Autointitulavam-se Rosa Branca, e a primeira distribuição de panfletos nas caixas de correio foi programada para alguns meses mais tarde, para esse verão de 1942. Não havia regras definidas, nem regulamentos, para as reuniões ou para o estatuto de membro da Rosa Branca. Não existia uma lista formal de membros, e ninguém era obrigado a jurar sigilo ou forçado a colocar a mão sobre a Bíblia, para se juntar à organização. Estava subentendido que Hans era o mentor e, como tal, quem tomava as decisões sobre a direção a seguir. Os novos membros que se iam juntando eram sempre avaliados pelos preexistentes, mas sempre mais com base nas emoções do que em qualquer outro motivo. Se um agente da Gestapo se infiltrasse no Movimento, a consequência seria, para todos eles, prisão, ou até pior. O jugo do regime nazi pesava sobre eles, mas ainda assim conseguiam rir e divertir-se. Eram novos.

Nenhuma das atividades da Rosa Branca se realizava na universidade, onde quase todos estudavam. O grupo era como uma ilha num oceano de leais apoiantes nazis, e por isso os seus elementos recusavam-se a participar nas atividades que aí se realizavam, todas elas patrocinadas ou sancionadas pelos nacionais-socialistas.

Franka e Hans passavam juntos todo o tempo que tinham livre. A sua vida e o seu relacionamento iam muito além da política da Rosa Branca. Havia ainda tempo para se ser jovem e apaixonado, mesmo com a Alemanha a afundar-se, cada vez mais profundamente, no abismo.

Em abril de 1942, semanas antes da distribuição do primeiro panfleto, Franka e Hans passeavam de mãos dadas pelas margens do rio, cruzando-se com outros casais. Alguns eram adolescentes, outros, casais com filhos que corriam à sua frente, mas nenhuns deles muito diferentes de Hans e Franka. Passaram por um casal idoso, sentado num banco, que contemplava o pôr do Sol com uma expressão contente no rosto enrugado.

– Achas que vamos estar ali sentados juntos, daqui a cinquenta anos? – fez a pergunta num tom de piada, embora a questão subjacente fosse bastante deliberada.

– Claro – respondeu Hans. – Nunca me imaginaria com mais ninguém.

Franka preparava-se para dizer algo, mas ele prosseguiu.

– De certa forma, tenho inveja dos outros casais. Parecem tão alheados de todos os horrores à sua volta. Acho que até há uma certa felicidade em ser-se capaz de semelhante distanciamento.

– Tu nunca conseguirias fazê-lo, Hans. Não és assim. E é em parte por isso que te amo tanto.

– Por isso e pela minha extraordinária beleza, certo?

– Não queria falar disso. Não queria parecer muito fútil.

– Tarde de mais, agora já sei.

– Quando estamos sozinhos és diferente – comentou Franka. – De certa forma, pareces mais descontraído.

– Consegues ver o meu verdadeiro eu, Franka, a pessoa que quero ser sempre – olhou em volta, para se certificar de que ninguém os ouvia, antes de prosseguir. – Consegues ver a pessoa que serei para o resto da vida, quando o flagelo deste regime nacional-socialista tiver desaparecido de vez. É só isso que eu quero. Viver uma vida tranquila e simples, em que possa ser eu mesmo, contigo ao meu lado.

Acreditou nele. Em cada palavra.

O texto do panfleto continha cerca de oitocentas palavras. Franka leu-o exaustivamente, como uma pessoa esfomeada a devorar um prato de comida. O seu olhar prendia-se à terceira frase, que dizia: «Quem será capaz de imaginar a enorme vergonha que se abaterá sobre nós e os nossos filhos, quando o véu cair dos nossos rostos e os terríveis crimes que excedem infinitamente qualquer medida humana forem, finalmente, expostos à luz do dia?» Incitava todos aqueles que partilhavam a tradição cristã alemã a oferecerem uma «resistência passiva – resistência onde quer que estejam, prevenindo a continuação desta máquina de guerra ateísta, antes que seja demasiado tarde». A página terminava com um poema sobre a liberdade, seguido de indicações para passar o panfleto e fazer o maior número de cópias possível. Na parte superior, no cabeçalho, lia-se: «Comunicados da Rosa Branca.»

O trabalho de Franka era distribuir parte dos milhares impressos. Apanhou um comboio de volta para Friburgo, com os papéis sediciosos na mala de viagem. Era o suficiente para poderem executá-la. Os nervos tinham substituído a sua habitual alegria nas viagens de regresso a casa, mas a viagem decorreu sem incidentes. Uma vez em Friburgo, enviou os panfletos para a lista de endereços que levava consigo. Os correios de Munique também teriam servido, mas, se as cartas fossem enviadas de Friburgo, Berlim, Hamburgo, Colónia ou Viena, as autoridades não conseguiriam identificar onde se encontrava a Rosa Branca. Alguns dias mais tarde, Franka regressou triunfantemente. Ninguém fora apanhado. Seguiu-se mais um panfleto e, a seguir, mais dois. Seguiram o mesmo protocolo e tomaram as mesmas precauções. Por toda a Alemanha, iam-se espalhando milhares de panfletos da Rosa Branca. As autoridades não reconheceram o seu efeito, mas pouco depois Franka começou a ouvir sussurros pelo *campus* da universidade e não só. As pessoas falavam dos panfletos. As conversas pelas quais os seus membros ansiavam tinham começado. As folhas datilografadas iam circulando de mão em mão, deixando atrás de si um rasto de inquietação e entusiasmo, por onde quer que passassem. Os que as liam ficavam surpreendidos com o seu conteúdo. Alguns sentiam repulsa, outros espanto ou descrença. O seu efeito estendeu-se de Munique a todo o país. Mais de uma pessoa foi dar conta desta situação à Gestapo – afinal de contas, era sempre melhor denunciar este tipo de coisas de imediato. Não fazia sentido deixar outrem ficar com o crédito pela informação dada sobre tão perniciosas palavras. A Gestapo iniciou a busca pelos responsáveis pelos panfletos, mas os membros da Rosa Branca permaneceram desconhecidos. Hans estava determinado a que isto fosse apenas o início.

Franka conheceu a irmã mais nova de Hans, Sophie, quando ela entrou para a universidade, em maio de 1942, e foi viver com o irmão. A princípio, Franka sentiu-se pouco à vontade, já que se habituara a ter alguma intimidade, que agora, com a presença da rapariga, era muitas vezes interrompida. No entanto, Sophie era doce e amável – ainda que um pouco séria. Hans nunca falara na possibilidade de ela se vir a juntar ao grupo. Achara melhor esconder-lhe as suas atividades ilegais, mas não foi preciso muito tempo para que ela encontrasse alguns folhetos escondidos no apartamento que agora partilhavam. Exigiu que a deixassem entrar. Franka ajudou-a a convencer Hans. Sentia-se animada com a coragem de Sophie e com a sua determinação lúcida em defender aquilo que achava estar certo. Era contagiante.

Qualquer recusa seria em vão, e, após alguns dias de discussões, Hans acabou por ceder. Em poucas semanas, conquistara um papel equivalente ao do irmão na liderança do grupo. Assumiu totalmente essa função quando, no final desse verão, ele, Alex e Willi foram enviados para a frente russa com as suas unidades.

Franka continuou a trabalhar no hospital, com uma vida secreta de traidora insurreta, escondida de todos que não os seus confidentes mais próximos. A dúvida e a desconfiança assaltavam os seus relacionamentos com colegas e conhecidos. Examinava cada palavra que diziam, cada gesto que faziam. Não se podia confiar em ninguém, e este isolamento fazia-a sentir ainda mais a falta de Hans na sua vida. As cartas que lhe escrevia regularmente, codificadas e contidas, referiam-se ao seu trabalho com a Rosa Branca como «o projeto de construção». Tinha tanta coisa para lhe contar. A escrita e publicação dos panfletos sofreu uma interrupção, enquanto aguardavam o seu regresso, mas a sua atividade prosseguia discretamente. O movimento criara uma espécie de filial em Hamburgo, para ajudar a distribuir os panfletos. Terminava todas as cartas que lhe escrevia com um parágrafo em que falava apenas de si mesma, dos dois. Independentemente de tudo o mais, Franka queria que ele soubesse que pensava nele a cada hora e que contava os dias para que regressasse a casa são e salvo. Sabia que havia certas coisas que os nazis não censurariam nas cartas para os soldados que se encontravam na frente.

Nesse verão, o pai não regressou à cabana. O desgosto era demasiado intenso para ele. Foi a Munique no Natal, um pálido reflexo do homem que fora, antes de os nacionais-socialistas o terem aniquilado. O seu trabalho na fábrica fora dado a um nazi local com metade da sua idade. Fora despromovido, e estava a considerar a possibilidade de uma reforma antecipada. Pai e filha encontraram-se na plataforma da estação de comboios. Tinha a barba por fazer, a pele macilenta e cheirava a uísque. Foram jantar, mas falaram pouco, com medo do que o outro pudesse dizer. Deram grandes passeios pela cidade, passando pelos escombros de edifícios que haviam sido bombardeados – o que era cada vez mais frequente – e por abrigos antiaéreos que estavam a ser construídos por todo o lado. Falaram dos velhos tempos, das épocas douradas na cabana e da mãe. Foi tudo. Mal mencionaram o nome de Fredi. Era demasiado doloroso. Já tinham sofrido o suficiente. Não tinham mais nada para dar.

Deixou o pai na estação à noite, já tarde, nesse domingo de janeiro. Enquanto o abraçava, as lágrimas voltaram.

– Vai ficar bem? – perguntou, enquanto se separava.

– Claro que sim – respondeu, mas os seus olhos contavam uma história diferente.

– Vai pensar na hipótese de vir viver para cá?

– Não, obrigado. Vou ficar em Friburgo, onde está o meu trabalho, onde estão a tua mãe e o teu irmão. Continuo a visitar a campa dela quase todos os dias. Gostava que ele também tivesse um sítio onde eu pudesse ir visitá-lo. Nunca saberemos o que esses animais fizeram com o seu corpo.

O pai foi-se abaixo ali mesmo, na plataforma, com as lágrimas a escorrerem-lhe pelo rosto. Ofereceu-se para ficar com ele, para regressar a Friburgo por uns tempos, pediu-lhe para ser ele a ficar em Munique, mas recusou tudo. Sentaram-se num banco, abraçados, à espera. Quando, finalmente, o comboio chegou, despediram-se.

Ao regressar a casa vindo da frente russa, Hans estava mais determinado do que nunca em divulgar as ideias da Rosa Branca. No tempo em que servira como médico na frente pudera testemunhar que os soldados alemães tinham sido despojados de toda a honra, misericórdia ou humanidade. Os oficiais do exército de carreira, que em tempos tinham seguido um código de honra estrito, apoiavam agora totalmente o dogma racial nazi, que movia de igual maneira as Wehrmacht e as SS. A guerra na frente oriental era vendida como uma cruzada defensiva contra o comunismo, mas, como Hans lhe explicou, era na verdade um plano para conquistar o espaço vital que Hitler prometera ao povo alemão. A verdadeira cruzada era contra os judeus. Hans falara com dúzias de soldados que haviam testemunhado os assassínios em massa de milhares de civis judeus, alinhados ao longo das valas que viriam a tornar-se as suas sepulturas. O que vira fizera-o mudar. Franka abraçou-o, enquanto ele tremia, deitado na cama, na primeira noite após o seu regresso.

Os jornais estavam repletos de histórias de vitórias heroicas contra as hordas comunistas na frente oriental. Os russos eram caricaturados como tipos boçais, sub-humanos sem educação, que não mereciam viver. Só os judeus eram considerados uma forma de vida ainda mais inferior. Eram mais animalescos, piores do que os russos, a quem os impetuosos soldados arianos derrotariam com facilidade. A Batalha de Estalinegrado alterou a convicção de que os nazis eram invencíveis. Os membros da Rosa Branca estavam bem atentos. Hitler recusou-se a dar a ordem para que os seus homens recuassem, condenando-os assim à morte numa cidade gelada, a milhares de quilómetros de casa. O Sexto Exército Alemão foi aniquilado. Os relatórios oficiais asseguravam que as centenas de milhares de mortos eram heróis e que o seu sacrifício conduziria o Reich a novas e maiores vitórias. Os membros da Rosa Branca conheciam uma história diferente. Sabiam que a vitória nazi já não era inevitável e que, pela primeira vez, a Alemanha olhava para a derrota com os seus olhos frios e cinzentos. Hitler saboreara a sua primeira grande perda. A Rosa Branca não deixaria passar uma oportunidade dessas.

Os jornais estavam atulhados de histórias sobre a forma como o regime punha termo a qualquer desafio, por mais inconsequente que fosse. Um homem foi executado por ter dito que Hitler deveria ser assassinado, uma vez que permitira que tantos soldados alemães morressem.

A Gestapo decapitou um empregado de mesa por ter troçado do *führer* e eliminou um homem de negócios que se atreveu a dizer em voz alta que a guerra estava a correr mal à Alemanha. Em Berlim, cinquenta pessoas foram executadas por terem transmitido informação sensível aos russos, naquilo que se tornou conhecido como o caso Orquestra Vermelha. Os homens envolvidos não foram executados na guilhotina – o método oficial dos executores nazis –, mas pendurados num gancho de carne e deixados a morrer em grande agonia. As mulheres, que haviam sido condenadas a prisão perpétua pelo tribunal, foram afinal executadas na guilhotina, de acordo com ordens pessoais de Hitler.

Franka conhecia várias pessoas que haviam sido presas pela polícia política, por não terem tido cuidado com o que diziam ou por terem escrito algo que não deviam. Na Alemanha, a garra nazi apertava cada vez mais, mesmo quando já entrara na agonia da morte. A Rosa Branca foi sempre conseguindo escapar aos longos tentáculos da Gestapo, apesar da enorme pressão que sentia com o que estava a fazer. Agora, Franka sentia o medo da prisão em tudo o que fazia. Todos o sentiam, muito embora isso só os deixasse mais determinados a prosseguirem. Ninguém falava em recuar. Isso teria significado desistir.

Escreveram e imprimiram mais panfletos. Mais uma vez, Franka desempenhou o seu papel. Sentada na casa de banho do comboio para Colónia, para distribuir o último conjunto de panfletos, leu atentamente o texto mais recente.

«Não ficaremos em silêncio», diziam. «Somos a sua má consciência. Não iremos deixá-lo em paz!»

Foram expedidos milhares de exemplares por toda a Alemanha.

A excitação que antes sentia era agora usurpada pelo terror, perante o pensamento de uma possível captura. Seria, seguramente, uma questão de tempo. Era uma questão de saber quem capitularia primeiro, se a Rosa Branca ou o próprio regime. O curso da guerra estava a voltar-se contra os nazis – a derrota em Estalinegrado e as que se lhe seguiram eram prova disso mesmo –, mas a Gestapo continuava tão poderosa como sempre. Havia semanas que a ideia de deixar o grupo germinava na sua cabeça. Agora, a ideia começava a ganhar forma. Tomou a sua decisão no comboio de regresso a Munique. Iria fazer uma pausa, afastar-se durante uns tempos, e tentaria convencer Hans e Sophie a fazerem o mesmo. Eles agiam com um abandono que os conduziria à morte. Nada mais parecia lógico. Dizer-lhes seria a parte mais difícil. Hans e alguns dos outros tinham começado uma campanha de *graffiti* na universidade de Munique, escrevendo *slogans* anti-Hitler com alcatrão, nas paredes e ruas da velha universidade. Estavam a ir longe de mais.

Era o mês de fevereiro de 1943. Os bombardeiros aliados pareciam ter tirado uma noite de folga nos seus ataques implacáveis. Franka desceu discretamente a rua, no meio da escuridão, e dirigiu-se ao escritório onde imprimiam os panfletos proibidos. Bateu à porta com a pancada secreta. Willi foi abrir a porta e cumprimentou-a com um beijo na face. Sophie estava sentada a uma secretária, num canto, a escrever. Hans estava a usar a máquina de estêncil, de mangas arregaçadas, rosto corado e a suar.

– Posso falar contigo, Hans?

Ele acenou com a cabeça e fez sinal a Alex para que tomasse conta da máquina. Franka foi com ele até ao quarto das traseiras, onde se sentaram.

– Quero que pares com isto – disse ela.

– Do que estás a falar?

– A Gestapo está cada vez mais próxima, e tu sabes disso. Andam a fazer perguntas por toda a universidade. Sabem que é aqui que temos a nossa base. É só uma questão de tempo até nos encontrarem. Está na altura de parar, enquanto ainda estamos todos vivos. Se estivermos mortos, não serviremos de nada para a resistência.

– Não podemos parar. Não agora, que já captámos a atenção do país. Talvez a Gestapo esteja mais próxima, mas isso só vai aumentar o nosso empenho. Dispomos de uma plataforma que temos de usar enquanto podemos. Nunca ninguém teve a hipótese de fazer o que nós estamos a fazer. Não podemos desperdiçar esta oportunidade. É exatamente isso que os nazis querem.

– Todos admiram o que tens feito.

– O que todos temos feito. Todos tivemos o nosso papel, incluindo tu, Franka.

– Claro, obrigada. Sinto orgulho em ter participado nisto, ainda que com um pequeno contributo, mas o que poderemos conquistar se estivermos mortos ou na prisão?

– Achas que eu não conheço os riscos? Até uma criança sabe que quem quer que fale contra o regime está morto. Mas não é por isso mesmo que ainda precisam mais do nosso trabalho? Isso não aumenta ainda mais a importância daquilo que estamos a fazer? Somos os únicos a espalhar ideias de liberdade, num país que precisa delas mais do que qualquer outro. Estamos a alimentar as mentes esfomeadas das massas. Se desaparecermos, o mesmo acontecerá com o sonho de uma nação melhor.

– Achas mesmo que consegues aniquilar o regime mais poderoso da Europa apenas com alguns panfletos?

– Valorizas algo do que temos tentado fazer aqui?

– Claro que sim...

– Não penso que consigamos mudar alguma coisa sozinhos. Isso só será possível se toda a nação alemã se erguer contra os nazis. E é disto que se trata. Foi sempre disto que se tratou: espalhar a ideia de liberdade e plantar as sementes da verdade nas mentes das pessoas.

– Eu não quero que tu morras, Hans. Amo-te.

– Eu também te amo, Franka, mas isto é maior do que nós. Estamos a criar uma contestação que tem poder para desafiar o maior mal que já se abateu sobre o nosso país, ou mesmo sobre o mundo.

– E não podes parar apenas por uns tempos?

– Agora não. Talvez a Gestapo esteja cada vez mais perto e talvez eu morra em breve, mas a história não me julgará com benevolência se não aproveitar esta oportunidade que se nos depara. E, de qualquer forma, como poderia deixar a minha irmã fazer isto sozinha? Tu conhece-la. Ainda é mais apaixonada pela causa do que eu. Só há um caminho para mim e para a Rosa Branca, e esse caminho é em frente.

– Parece que nada do que eu diga te fará mudar de ideias.

Os seus olhos raiados de sangue permaneceram imóveis.

– Pelo menos, promete-me que vais ter cuidado.

Levantou-se para abraçá-la. Ela correspondeu ao abraço e beijou-o uma última vez. Acompanhou-a até à saída, enquanto os outros se despediam dela, desejando-lhe boa noite, e depois fechou a porta.

Hans e Sophie foram presos a 18 de fevereiro de 1943, na Universidade de Munique. Um faz-tudo a quem os nazis tinham dado poderes, e que nos tempos livres era um *Stosstruppen* de passo de ganso, viu-os a lançar panfletos da varanda, como se fossem *confetti*. A Gestapo encarregara-o de ficar atento a qualquer comportamento suspeito – ainda mais do que já lhe era habitual. Quando viu os dois estudantes a atirarem os panfletos proibidos, deve ter achado que era o melhor dia da sua vida. Ele próprio os prendeu, indubitavelmente excitado com a sua próxima promoção e com a recompensa em dinheiro que o esperava. Hans e Sophie foram levados do *campus* da universidade para o quartel-general da Gestapo, no Palácio Wittelsbach, o antigo palácio real dos monarcas bávaros, no centro da cidade. Foram acusados de alta traição, tentativa violenta de derrubar o governo, destruição do nacional-socialismo e derrota do seu próprio exército em tempo de guerra. Christoph foi preso algumas horas depois. A polícia secreta encontrou todas as provas de que precisava nos respetivos apartamentos, e qualquer julgamento seria uma farsa.

A notícia da prisão de Hans e Sophie espalhou-se por toda a universidade. Franka estava a trabalhar nessa noite, quando Willi lhe veio contar o sucedido. Chorou toda a noite. Não haveria misericórdia, tão-só retaliação. A Gestapo chegar até eles seria uma simples questão de tempo. No dia seguinte, os jornais davam notícia da prisão dos estudantes traidores. O editorial afirmava confiar que se seguiria uma justiça célere, e foi o que acontecera. Roland Freisler, o conhecido juiz supremo do Tribunal do Povo, que só se ocupava de casos de traição e subversão, foi trazido de Berlim. O julgamento começou quatro dias mais tarde, a 22 de fevereiro. Franka aguardou, juntamente com os outros membros, rezando por algum tipo de clemência. A audiência durou algumas horas. Hans, Sophie e Christoph foram considerados culpados e condenados à morte. Foram levados do tribunal para a cadeia e depois guilhotinados. A mulher de Christoph, que nessa altura estava doente e internada no hospital, só vários dias mais tarde soube que o marido tinha sido executado. Os pais de Hans e Sophie, que estiveram presentes no julgamento, regressaram a casa, em Ulm, depois de os filhos terem sido declarados culpados, planeando regressar para voltar a vê-los, alguns dias mais tarde. Não lhes disseram que eles iriam ser executados nesse mesmo dia.

Franka estava no seu apartamento quando a Gestapo foi buscá-la, algumas semanas mais tarde. O seu julgamento, juntamente com o de outros membros, foi marcado para abril. Aparentemente, o pânico que assaltara os nazis nas detenções iniciais atenuara-se. O interrogatório a que a Gestapo a submeteu foi mais ameno do que imaginara. Após alguns minutos, apercebeu-se de que eles achavam que ela era demasiado delicada, demasiado bonita e demasiado feminina para ter tido alguma coisa a ver com uma organização tão repreensível como a Rosa Branca. Parecia que os investigadores já tinham uma opinião formada em relação a ela e que lhe bastaria alinhar no jogo. Sabiam que Hans e Sophie tinham sido os motores por detrás do movimento e que Willi, Christoph e Alex eram os outros protagonistas. Os interrogadores queriam apenas que Franka corroborasse a história que eles já tinham elaborado sobre o grupo e o seu papel enquanto namorada relutante do líder, uma rapariga ariana leal, enganada pelos dissidentes traidores. O seu papel parecia vital na narrativa que os nacionais-socialistas tentavam tecer perante um público alemão simultaneamente fascinado e chocado. O advogado que o pai contratara para a defender mal conseguia acreditar na sua sorte.

– Acho que se não fosse tão bonita não seriam assim tão condescendentes consigo – disse.

– O importante é sair viva disto tudo – disse o pai. – Diz o que for preciso. Denuncia a organização. Salva a tua pele.

Franka queria falar pela causa, queria dizer ao tribunal que sentia orgulho no que tinham feito e que era Hitler o traidor e o assassino.

– Como posso denunciar os meus amigos? Isso significaria virar costas a tudo aquilo em que acredito. Como poderia continuar a viver comigo mesma?

– Não o faças por ti. Fá-lo por mim. Preciso de ti agora. Mais do que nunca. Não me deixes. Vive. Por mim.

E ela assim fez. Denunciou a Rosa Branca perante o tribunal, declarando que se deixara levar pelos maus caminhos pelo namorado, que viera a revelar-se um perigoso revolucionário. O seu coração estava dilacerado, e cada negação parecia rasgar-lhe mais um pedaço. O pai sorriu-lhe do outro lado da sala de audiências, fazendo-lhe um sinal com o polegar para cima, quando ela reafirmou a sua lealdade para com o Reich. Pensou em Hans e no seu inflamado discurso final em defesa da liberdade, feito naquela mesma sala. Mas, tal como o pai dissera, agora estava morto, tal como a Rosa Branca. Não tinha de morrer com eles. E, assim, alienou tudo aquilo em que acreditava por ele, para que não ficasse sozinho. Foi condenada a seis meses de prisão. O juiz declarou esperar que isso fosse uma pausa para refletir sobre a escolha das companhias que arranjava e que, quando saísse, cumprisse o seu dever de casar com um leal servidor do Reich, idealmente um soldado que servisse na frente e lhe desse muitos filhos para servir o *führer*. Franka chorava, enquanto o oficial de justiça a levava para fora da sala. Willi, Alex e o professor da universidade no qual se tinham inspirado, o Dr. Huber, foram igualmente executados. Eram os verdadeiros heróis.

Franka conseguiu evitar os temidos KZ, os campos de concentração, que se tinham tornado um horror inominável na Alemanha, a verdade que mesmo os defensores mais ferrenhos dos nazis não queriam admitir. Foi enviada para a prisão de Stadelheim, juntamente com vários antigos membros da Rosa Branca, o sítio onde Hans e os outros tinham sido executados. Afundou-se numa depressão profunda. Os fantasmas dos heróis mortos da Rosa Branca assombravam os seus sonhos. O tempo foi passando, e a depressão tornou-se cada vez mais profunda. O pai escrevia-lhe cartas com regularidade, e a promessa da próxima era a única coisa que a mantinha viva. As suas palavras de esperança e carinho eram o único sinal de amor ou beleza de um mundo que fora totalmente despojado deles. As cartas pararam em outubro. O pai foi morto por uma bomba perdida caída de um avião aliado. A sua libertação estava prevista para três semanas mais tarde. A sua família fora vítima de ambos os lados, naquela guerra inútil e repugnante. Haviam-lhe tirado tudo.

Depois de ser libertada, permaneceu em Munique durante uma ou duas semanas. Havia pouco a recordar desse tempo. Já não pertencia ali. Já não podia fingir fazer parte daquela sociedade. As bandeiras ainda oscilavam ao vento sobre os edifícios bombardeados, e a suástica continuava a enfeitar os incontáveis caixões que regressavam a casa, provenientes da frente oriental. Chegou uma carta do advogado do seu pai, em Friburgo. O seu testamento já estava disponível. Mais ninguém estaria presente. Foi nessa altura que decidiu pôr termo à vida. Não lhe restava nada. Parecia-lhe adequado regressar, fazê-lo na sua terra-natal, perto do local onde fora mais feliz.

Ouviu o advogado ler o testamento do pai, suportou o seu olhar reprovador, por baixo do retrato de Hitler, pendurado na parede atrás da secretária, e no dia seguinte foi visitar a campa dos pais. Repousavam um ao lado do outro, sobre uma colina com vista para a cidade em que tinham vivido. Imediatamente a seguir, retirou-se para a cabana.

As piores memórias chegavam à noite, e dormir sozinha representava uma tortura insuportável. A dor era maior do que conseguia tolerar. Nessa noite saiu sem destino em mente, nunca pensando andar tanto quanto andara, mas a verdade é que havia sempre mais uma colina para subir, uma linha de árvores para passar. Fora então que o encontrara.

Franka terminou a sua história. A vela, já quase queimada até ao fim, cintilava no quarto. Lá fora ainda era noite – uma noite absolutamente silenciosa.

– Franka, o que aconteceu a Fredi? Como é que morreu? O que lhe fizeram os nazis?

– Agora não posso falar sobre isso. Tenho de ir.

Fechou a porta atrás de si, deixando-o sozinho na meia-luz do quarto.

Capítulo 8

Passara-se uma semana desde que o havia encontrado. A dor nas pernas reduzira-se agora a um certo ardor, mas continuava preso àquela cama, naquela cabana. Lá fora, a luz começava a esmorecer, com o Sol a lançar laranjas e vermelhos brilhantes que atravessavam os vidros ainda sujos de neve da janela do seu quarto. Passou várias vezes em revista a história de Franka, em busca de inconsistências que não existiam. Não a via desde a última noite, desde que ela saíra do quarto, depois de lhe ter contado sobre o seu passado. Fora difícil não lhe ter contado, por sua vez, o que sabia das atividades da Rosa Branca. Voltou a recordar o seu treino, as técnicas de interrogatório que aprendera. Os olhos dela deixavam transparecer uma verdade profunda. Sabia que ela não estava a mentir, mas também sabia que havia algo que não estava a dizer. Ela contara-lhe grande parte da sua história, mas havia mais qualquer coisa, uma peça em falta. De qualquer forma, era quase impossível imaginar que ela fosse uma agente da Gestapo. Se ela soubesse que ele não era alemão e o tivesse denunciado, ele estaria numa sala sem janelas, a olhar para a luz de um holofote. Era uma traidora da causa, estivera presa por atividades contra o regime e escapara da guilhotina apenas por ter sido subestimada pelos homens que a haviam julgado. Será que descobrira quem ele era? Como? Pegou no copo de água que estava em cima da mesa de cabeceira e bebeu um gole de água fria. Se ela tivesse descoberto que ele não era alemão, o que mais poderia ter descoberto?

O tempo estava bom. Não era fácil perceber através da janela ainda com pedaços de gelo, mas não nevara. Provavelmente agora a cabana já estaria acessível. Já seria possível chegarem ao seu esconderijo. Olhou em volta. Na cabana não havia espaço para um posto de escuta, para um elemento clandestino da Gestapo a espiá-lo através de buracos na parede. Ele ouvia tudo o que se passava à sua volta, quando ela trazia lenha ou quando preparava uma chávena de café na cozinha. De manhã cedo ouvira-a tomar banho e sabia que ela estava agora sentada na cadeira de baloiço, a ler junto à lareira, na sala de estar, ao mesmo tempo que ouvia rádio. Agia de forma despreocupada à sua frente. Ouvia estações de rádio ilegais e muitas vezes falava do seu desdém em relação ao regime. Se ele fosse um oficial da Luftwaffe, como indicavam as suas credenciais, então bem poderia esperar por um tratamento severo por parte da Gestapo, caso ele denunciasse a sua atividade ilegal. Quando ela disse que sabia, estava a dizer a verdade. Não havia outra explicação. De alguma forma, ela sabia.

Um barulho vindo da sala de estar disse-lhe que ela se levantara e que estava agora na cozinha. Ouviu os seus passos até junto da porta do quarto e depois uma batida. A porta abriu-se. Tinha o rosto pálido e cansado. Era raro vê-la durante o dia, a menos que tivesse uma razão específica para ir ao seu quarto. Geralmente, ia apenas à hora das refeições, mas ainda faltava pelo menos uma hora até ao jantar.

– Está bem?

– Estou bastante confortável, Fräulein.

Era uma questão de disciplina, um comportamento aprendido, de lidar contra os seus instintos, não revelando nada de si. Toda a noite ouvira as molas da cama dela e notava os círculos por baixo dos seus olhos.

– Franka, não tem motivo para se sentir culpada.

– O quê?

– Não tem culpa de estar viva e eles não. E não tem de se sentir envergonhada por não querer morrer – as palavras saíram-lhe sem pensar, ou sem razão aparente. Ficou surpreendido consigo mesmo.

– Traí aquilo em que mais acreditava – voltara-se para ele, de olhos no chão e falando em surdina. – Não me resta nada na vida. Se ao menos eu tivesse falado...

– Estaria morta, e eu também. Que bem teria isso feito? A quem serviria isso? O Hans está morto, mas isso não significa que a Franka não possa continuar a viver.

– É ridículo... Nunca tinha contado tanta coisa a ninguém. Nem sequer o conheço.

– Hoje em dia é difícil encontrar alguém em quem confiar.

Poderia confiar nela? A sua história seria verdadeira? Quais eram as hipóteses de encontrar alguém assim? Queria acreditar nela, mas não conseguia, não enquanto soubesse que ela continuava a esconder qualquer coisa.

– Franka, posso tratá-la pelo nome?

– Claro.

– Quero agradecer-lhe por me ter contado a sua história.

– Vai denunciar-me? – perguntou.

– Por que razão?

– Por ouvir estações de rádio proibidas? Por fazer afirmações revoltadas contra o *führer*?

– Eu não sou nazi.

– Então quem é?

– Nem todos os alemães com um uniforme são nazis. Devia saber isso melhor do que a maioria.

– E nem todos com um uniforme nazi são alemães.

– Em tempo de guerra não há espaço para questionar o governo – disse ele, sentindo o vazio das suas palavras.

– A Rosa Branca achava precisamente o contrário.

– E considera-se uma verdadeira patriota, por falar contra o governo?

– Em tempos, sim. Agora não sou digna dessa palavra. Não depois do que fiz. Hans e Sophie, Willi e Alex. Foram eles os verdadeiros patriotas.

Sentia-se um silêncio pesado no quarto. Chegara a altura. A oportunidade estava mesmo à sua frente.

– Há algo que não me está a dizer.

– Do que está a falar? – perguntou Franka.

– Eu conheço as pessoas. Faz parte do meu trabalho. Fui treinado para conseguir reconhecer quando alguém está a esconder alguma coisa, e é isso que estou a ver em si.

– Então e o senhor, Herr Graf? – cuspiu aquele nome, como se fosse algo ácido. – O que está a esconder-me?

– Isto não é sobre mim.

– Ai não?

Ele estava consciente da arma sob a almofada e sabia o efeito que agarrar nela teria naquela conversa, em tudo aquilo.

– Há alguma coisa que ainda não me contou.

– E o senhor não me contou nada! – gritou ela.

– Não posso divulgar os pormenores da minha missão...

– Bem sei, pelo bem do Reich. Disse-lhe o que me ia na alma, e em troca só me pediu mais – levantou-se. – Diz que não é nazi, mas é exatamente como eles. Talvez seja o senhor quem está a esconder algo.

Dirigiu-se para a porta e bateu com ela, atrás de si, mas o trinco não se prendeu, e ficou entreaberta. Toda a cabana tremia, enquanto ela se dirigia, com passos fortes, para a cozinha. Ouviu-a puxar uma cadeira para junto da mesa e começar a chorar.

Ele lutou contra a fraqueza que sentia dentro de si.

Franka continuou a chorar sozinha.

O que podia ele fazer preso naquela cama, naquela cabana, naquelas montanhas? Poderia confiar nela? Era sempre a mesma pergunta, a rodopiar-lhe na cabeça, imutável. Poderia ela fazer o que ele agora não podia? Era verdade que ela revelara muito de si, mas ele tinha a certeza de que ainda havia algo escondido. Sentia-o. O que acontecera a Fredi, o irmão? Ao longo da sua história, passara por cima dele como se se tivesse desvanecido no ar. Por que razão não o visitava, se ele estava numa instituição ali perto? Era a última parte do enigma, a última peça do *puzzle*. Uma vez revelados, os segredos não poderiam ser desmentidos, e a pistola que ele conservava debaixo do travesseiro poderia vir a ser o seu único recurso. Tinha de ter a certeza. A vida dela dependia disso.

As horas foram passando. O jantar não chegou. O copo de água ficou vazio, e o seu bacio continuava ali. Conseguia ouvi-la lá fora, cada passo seu, mas manteve-se silencioso. Sabia que tinham chegado a um ponto de viragem, e teria de ser ela a dar o passo seguinte. Esperou. O relógio de cuco tocou as onze da noite. A impenetrável escuridão da noite transformara a janela num espelho, refletindo o brilho amarelo da lamparina a óleo.

Ouviu o som dos passos dela a aproximarem-se. Manteve-se à porta durante uns segundos, com a luz da lamparina a refletir-se nos seus olhos azuis. Ele não falou.

– Vou contar-lhe aquilo que quer saber, mas não por si. Por mim. – A sua voz parecia fraca e sem vida. – Trago isto comigo há demasiado tempo. Só o contei ao Hans, mas houve alguns pormenores que nem sequer com ele partilhei.

Olhou no vazio, e as palavras precipitaram-se da sua boca.

Fredi tinha quase catorze anos quando o levaram para uma instituição, em 1939. O seu tamanho começara a trabalhar contra ele. Já tinha mais de um metro e oitenta e, à medida que o corpo crescia, os seus membros pareciam encolher. A sua imagem a caminhar era já apenas uma memória, e todos os dias Thomas tinha de lutar para o sentar e levantar da cadeira de rodas. Franka ia para Munique, para começar a sua nova vida. O pai encorajara-a, ao ponto de quase a obrigar a aceitar o emprego. Insistiu que ela tinha a sua própria vida para viver e que Fredi iria exigir cada vez mais cuidados a cada um deles. Seria melhor se passassem a ser profissionais a olhar por ele. Franka aceitou a vontade do pai sem protestar, mas lá bem no fundo sabia que era o seu egoísmo que a estava a afastar, o seu desejo de viver uma vida separada e independente. Tinha vinte e dois anos. Daniel fora o único amor que tivera. Queria mais. Friburgo parecia-lhe envenenada. Munique, a grande cidade, dar-lhe-ia uma nova esperança.

Fredi era melhor do que qualquer outra pessoa que ela alguma vez tivesse conhecido. Não conhecia ódio, malícia, vingança ou rancor – as emoções que constituíam os alicerces do nazismo. Só sabia o que era o amor. Aqueles que o conheciam sentiam o brilho desse amor. Era impossível resistir-lhe. Recebeu a notícia de que iria mudar-se para outra casa, onde teria a oportunidade de fazer centenas de amigos novos, com o seu habitual otimismo e boa vontade. E assim foi. Quando Franka o foi visitar, em novembro de 1939, poucas semanas depois de ele se ter mudado, parecia que sempre ali vivera. Todos o conheciam. Todos o adoravam, e ele passou quase uma hora a apresentá-la aos seus novos amigos, desde as enfermeiras, que o cumprimentavam com grandes sorrisos, aos pacientes que não se podiam mover ou falar, mas o cumprimentavam com um aceno de cabeça ou uma mão erguida. Ninguém ficava imune ao seu espírito.

Franka ia visitá-lo sempre que podia. Regressava a Friburgo praticamente de três em três semanas e ia visitar Fredi com o pai, a quem o pessoal já tratava pelo nome. Fredi parecia feliz e no local adequado. O pai repetia-o tantas vezes que ela acabou por acreditar nisso, e a culpa que sentia por se ter mudado para Munique atenuou-se. A condição de Fredi estabilizara. Os médicos não davam esperança de cura, mas a degeneração nos seus membros abrandara. Fredi conseguia passear facilmente pela instituição na cadeira de rodas e tinha sempre algum sítio onde ir, alguém para animar.

Franka conhecia várias das enfermeiras dos tempos de escola e mantinha-se em contacto com elas para saber os progressos do irmão, no tempo entre visitas. Quanto mais tempo ia passando, mais tranquilos o pai e Franka iam ficando. A nova situação de Fredi era melhor do que nunca. O pai podia relaxar, pela primeira vez em muitos anos, e ela encontrar a paz de espírito que o bem-estar do irmão lhe trazia, permitindo-lhe lançar-se na sua nova vida com entusiasmo e paixão. O equilíbrio parecia possível.

As notícias chegaram sem aviso prévio. Estava-se em abril de 1941. Franka recebeu uma chamada telefónica no local de trabalho. Era uma das enfermeiras da instituição, a chorar enquanto falava.

As carrinhas pretas das SS chegaram inesperadamente, numa terça-feira à tarde. Estava um dia lindo, e todos os pacientes, mesmo aqueles que se encontravam num estado catatónico, foram levados para o exterior. Foi ordenado aos mais velhos, capazes de se manterem de pé, que ficassem alinhados. A enfermeira principal objetou, mas foi afastada e detida. Homens de bata branca, que não se identificaram como sendo médicos, examinaram a boca desses pacientes. Tranquilizaram o pessoal de serviço, assegurando-lhes que era um procedimento de rotina e que não demoraria muito. Os pacientes foram divididos em grupos, e alguns foram carimbados no peito com tinta, por um assistente. Um dos grupos teve permissão para regressar para dentro, enquanto o outro, bastante maior, foi levado para o sítio onde as carrinhas estavam estacionadas. Mandaram os pacientes entrar nos veículos, alguns em cadeiras de rodas, outros amparados com muletas, e outros ainda em macas. Uma das crianças perguntou ao comandante SS para onde iam, e ele respondeu-lhe que iam para o céu. Entraram nas carrinhas com sorrisos mais tranquilos no rosto.

Fredi estava nervoso. Era como se o seu instinto o avisasse de que lhes estavam a mentir. Lutou, agitando os braços na direção das enfermeiras, implorando-lhes que o deixassem ficar. As enfermeiras, que gritavam e tentavam ir em seu auxílio, foram impedidas de avançar, sob a ameaça de espingardas. A seguir, foram empurradas para o chão. Um homem sorridente das SS pousou uma mão sobre o ombro de Fredi e disse-lhe que voltariam em breve com histórias maravilhosas para contar e que iriam receber gelados. Fredi começou a acalmar-se com aquelas mentiras. O mesmo soldado das SS segurou nas pegas da cadeira de rodas de Fredi e empurrou-o até à carrinha preta, para ocupar o seu lugar junto dos amigos. Os SS incitaram as crianças a cantar, como se estivessem a enviá-los para uma viagem a um parque de diversões. Fredi acenou quando a porta se fechou atrás dele, e o som das crianças a cantarem permaneceu no ar, enquanto os veículos se afastavam.

Frenético, o pai de Franka exigia saber o paradeiro do filho e deparava sempre com uma parede de ignorância e negação fingidas. Passaram-se alguns dias agonizantes, até que foi informado, por carta, de que Fredi morrera de ataque cardíaco e de que o seu corpo fora cremado. A carta ia acompanhada da certidão de óbito, e, no final do documento, podia ver-se a saudação oficial de *Heil Hitler*.

A decisão fora do próprio Hitler. O *führer* era ineficiente, preguiçoso e propenso a dar ordens vagas, que esperava fossem cumpridas de forma rápida. Já anteriormente se referira aos «comedores inúteis» que permaneciam em casa e que desperdiçavam recursos, enquanto a flor da juventude alemã era sacrificada nos campos de batalha. As pessoas que «não mereciam viver» deveriam deixar as camas dos hospitais, de forma a libertar espaço para os que regressavam da frente, feridos, ou para as mães grávidas cujos filhos pudessem vir a compensar os soldados perdidos nas batalhas. Que utilidade poderiam ter os doentes incuráveis, os deficientes físicos ou mentais e os indivíduos senis nestes tempos de guerra? «Privá-los dos seus direitos» asseguraria uma nação mais saudável e vigorosa e permitir-lhes-ia avançar, garantindo o futuro da raça ariana. Hitler nomeou um painel de médicos que teriam de decidir quem deveria viver e quem deveria morrer. Incontáveis milhares foram selecionados para morrer.

Thomas Gerber ficou arrasado. A morte do filho sugou-lhe as últimas réstias de vida, amor ou alegria que ainda pudesse ter dentro de si. A vitalidade e alegria que em tempos o haviam caracterizado desapareceram. Franka nunca mais o ouviu rir. Era como se tivesse deixado de saber fazê-lo. Perdeu o emprego pouco depois e logo a seguir deixou-se cair num entorpecimento ébrio. Quanto a Franka, a profundidade da agonia ia muito além do que alguma vez pudesse ter sentido. Chorou durante dias a morte do irmão, incapaz de comer e de dormir, com o ódio pelos nazis a queimá-la por dentro. Os assassinos de Fredi foram glorificados como heróis, e o principal responsável era divinizado. Não havia fuga possível – os seus assassinos estavam por todo o lado. Eram todos aqueles que usavam a braçadeira nazi ou o respetivo emblema. Cada um dos elementos das SS, cada ariano leal. Eram os membros da Juventude Hitleriana e todos aqueles que, de olhos arregalados, gritavam histericamente a saudação nazi em inúmeros comícios. Quem sabia quantos milhares haviam sido trucidados, no âmbito do programa de eutanásia dos nacionais-socialistas, ou subjugados por serem judeus, ciganos, comunistas, líderes sindicais, dissidentes políticos ou apenas cidadãos apanhados a dizer a coisa errada. Franka apercebeu-se de que na sociedade alemã fora estabelecida uma linha entre os perpetradores e as vítimas. Milhares de pessoas partilhavam a culpa coletiva sobre a qual Hans escrevera, mas o número de vítimas do regime era ainda maior – todas aquelas cujas famílias haviam sido enviadas para campos de concentração ou assassinadas por serem «indignas de viver». As suas vidas eram vividas na prisão aberta que era a Alemanha nazi, dominadas por aqueles que cometiam crimes hediondos contra elas.

Não tinham corpo para enterrar, e nunca ninguém viria a ser condenado pela morte de Fredi. Franka foi visitar a instituição, esperando obter mais algumas informações. Quando a viram, as enfermeiras foram-se abaixo. A amiga de Franka, a que lhe telefonara, caiu nos seus braços, pedindo perdão por algo que não poderia ter tido a possibilidade de impedir. Franka não ficou muito tempo. Agora, aquele lugar parecia assombrado, e todo o pessoal reconhecia que seria apenas uma questão de tempo as SS virem buscar os restantes pacientes. Regressou a Munique, tentando embrenhar-se na música, no trabalho, em qualquer coisa que a distraísse da dor sempre presente que a atormentava, algo que a impedisse de recordar.

Conheceu Hans. Ele compreendeu-a, e sentiram-se unidos na mesma indignação, dispostos a morrer ao serviço do povo alemão.

Fredi nunca a deixava. Todos os dias via o seu rosto e ouvia as suas gargalhadas, onde quer que fosse. Ele fora demasiado bom, demasiado puro para aquela cloaca de preconceito e ódio em que o país se tornara. Já não era um lugar para anjos. Agora, já só os desvirtuados pelo ódio e pelo medo poderiam prosperar nele.

O vento fazia estremecer as janelas. Depois acalmou. Haviam-se passado dois minutos silenciosos desde que Franka terminara a sua história, e apenas o som do seu choro enchia o ar.

– Já falei de mais – disse. – Vou deixá-lo dormir. Não há nada a ganhar em...

– Franka?

Deteve-se junto à porta, com o som da voz do homem.

– Chamo-me John Lynch – disse. – Sou de Filadélfia, na Pensilvânia, e preciso da sua ajuda.

Capítulo 9

Ilha de Guadalcanal, novembro de 1942

O vento aliviara um pouco o calor implacável, e John tirou o capacete e limpou a testa do suor que parecia encharcar-lhe todo o corpo. Os homens à sua volta libertaram-se das mochilas e das espingardas, e muitos deles usaram os próprios capacetes para se sentarem. No monte por cima deles, a erva alta assobiava e dançava sob a brisa. John agarrou no cantil que levava junto à anca. As suas mãos estavam secas, cortadas e tremiam-lhe, enquanto bebia alguma água. Bebeu apenas o suficiente para acalmar a sede e voltou a fechar o cantil. Havia dias que não eram reabastecidos, e começavam a ficar sem água, o que não parecia ser uma prioridade para os oficiais seus superiores. Milhares de pequenas dores minavam-lhe todo o corpo, e a simples possibilidade de se acocorar lhe parecia um luxo, depois da marcha daquele dia. Encostou a espingarda a um dos lados da cumeada, onde o seu pelotão se sentara. Alguns dos homens tiravam as tampas das suas rações enlatadas e enfiavam lá dentro os dedos sujos. O cheiro do fumo dos cigarros pairava no ar. Os homens suspiravam. Sabiam o que os esperava. Sabiam que aquela era apenas uma curta pausa. Tinham de tomar aquele monte ao inimigo.

Albert King, um agricultor do Kansas, ofereceu-lhe um cigarro. John abanou a cabeça.

– És demasiado bom para os meus cigarros, hein? – perguntou King. – E estou a ver que tens uma colher de prata enfiada no rabo e que não te deixa sentares-te.

– Estou só à espera do criado. Hoje em dia é tão difícil encontrar bons empregados.

Ouviram a voz do major, ainda antes de o verem percorrer a linha de soldados exaustos, olhando para um de cada vez. Parou onde John e King estavam sentados.

– Preciso de voluntários – disse o major Bennett. – Preciso de cinco homens para subirem e darem uma vista de olhos no que está por trás daquele monte – deu alguns passos, fixando cada um dos homens. – Aqui, estamos completamente expostos. Se o inimigo estiver armado do outro lado, o que eu penso ser o caso, vai dar cabo de nós em três tempos. Necessitamos de cinco homens para descobrirem o que se passa ali. Hoje a artilharia chegou mais cedo, por isso é bastante provável que a única coisa que encontrem seja um monte de corpos amarelos. Quem aceita o trabalho?

Várias mãos cansadas e relutantes ergueram-se, entre as quais a de John. Os cinco homens rodearam o major.

– O Lynch vai liderar-vos. Se houver alguma arma por ali, eliminem-na. Mantenham-me informado.

Os homens seguiram John, enquanto este espreitava por cima da cumeeira. As ervas ondulavam ao vento, nos noventa metros que os separavam do cume do monte. Com o ocaso, o céu tornara-se laranja e dourado, como que pintado por um artista divino. A luz parecia tornar-se mais espessa, quase como se fosse possível tocá-la e senti-la. John limpou as palmas das mãos suadas ao uniforme de combate desbotado e fez sinal aos outros, para que o seguissem. Agachou-se, com os olhos pouco acima da fiada de ervas espessas que assobiavam à sua volta. Os homens espalharam-se, King e Carpenter à sua esquerda, Smith e Munizza do seu lado direito. Moviam-se em silêncio através da vegetação baixa. Agora, pouco menos de noventa metros os separavam do resto da companhia. Fez sinal para que os homens parassem. Agacharam-se em simultâneo, ficando de imediato invisíveis. Tirou os binóculos do cinto. Nada. O cimo do monte ficava logo ali, escondido pelas elevações do terreno.

John fez sinal para que os outros o seguissem, enquanto se erguia sobre os quadris e avançava lentamente. Os homens avançavam ao mesmo nível, mas espalhados a vinte e cinco metros de cada um dos lados. A sua companhia tornara-se invisível, escondida pelo declive do monte. John, com a respiração entrecortada e irregular, sentiu o coração bater mais depressa. Cada passo era mais doloroso que o anterior. Tinha os pés com bolhas e em carne viva e as meias coladas ao sangue. Não havia nada ali. Podiam fazer sinal aos outros para que subissem. Tinha apenas de olhar por cima da cumeeira à sua frente. Estava quase à vista. Virou-se para olhar para os homens que o acompanhavam, e, nessa fração de segundo, eles alcançaram o cimo antes dele. Ouviu-se o som da metralhadora a rasgar o ar e, do peito de Munizza, brotou um líquido carmim, como uma fonte. Tiros de espingarda fizeram a cabeça de Smith espirrar sangue, enquanto o seu corpo caía para trás. John atirou-se para o chão. À sua frente, as balas cravavam-se no terreno seco, e ele rolou para o lado, para onde King estava deitado, a dez metros de distância. Rastejou até ele, com o barulho da metralhadora a encher-lhe os ouvidos.

– Vou morrer aqui – disse King. Estava deitado de costas, com o uniforme manchado de vermelho no peito.

John segurou-lhe a mão.

– Não vais morrer, Al. Vou tirar-te daqui.

Levantou de novo a cabeça, apenas o suficiente para conseguir ver o *bunker*, a cem metros de distância. Ao colocar os binóculos à frente dos olhos, conseguiu ver a arma a cuspir fogo. O chão à sua frente explodiu uma vez mais com novos disparos, e ele mergulhou o rosto sobre a terra. Passaram-se alguns segundos, antes de se atrever a levantar de novo a cabeça. Os outros estavam mortos. O corpo de Carpenter jazia vinte e cinco metros à esquerda, com Munizza ao seu lado. Smith rebolara pela colina, e o seu corpo perfurado escorria sangue carmesim. Enquanto abria o uniforme de King, uma gota de suor escorria-lhe pelo rosto. A ferida situava-se do lado direito do peito, por baixo do pulmão. Se conseguisse que ele fosse assistido, não era uma sentença de morte. Como iria levá-lo pelo monte abaixo? A metralhadora abriria fogo sobre eles, assim que esboçassem o mínimo movimento. Conseguiria rolar por ali abaixo sozinho, mas o que aconteceria a King e a todos os que fossem apanhados mais tarde por aquela mesma arma? Tinham de tomar o monte. Não havia volta a dar-lhe.

Segurou de novo na mão de King.

– Tenho de subir e espreitar. Já volto. Vou fazê-los pagar pelo que te fizeram a ti e aos outros.

O aperto da mão de King cedeu, e John rastejou abaixo da linha da cumeeira, passando pelo cadáver de Smith. Esticou a cabeça, viu o *bunker*, mas dessa vez não houve tiros. A metralhadora disparou algumas rajadas, indiscriminadamente, para o sítio onde King estava deitado, e alguns tiros de espingarda atingiram o chão no lugar em que John estivera. No entanto, nenhum veio na sua direção. Trepou pela cumeeira e avançou a rastejar, usando o meio metro de altura da vegetação como cobertura. As mãos tremiam-lhe, e tinha a garganta tão seca que ansiava voltar para junto do corpo de Smith para usar o cantil dele, já que o seu ficara com a mochila, junto à companhia. Ignorou o seu instinto, que lhe gritava que corresse pela colina abaixo. Cada movimento em frente parecia antinatural, insano, mas ainda assim prosseguiu.

Moveu-se na direção do que esperava que fosse uma clareira, à direita. Pelo que imaginava, deveria estar ali um batalhão de japoneses e, portanto, esses eram os últimos segundos de que dispunha. Pensou em Penelope, recordou-se da forma como o Sol lhe iluminava a pele naquele quarto de hotel, em Honolulu, antes de ele embarcar. Quase conseguia sentir novamente o seu toque e ouvir a sua voz. Pensou no pai, mãe, irmão e irmã e lutou contra a amargura que ainda o atingia. Não queria sentir-se assim. Não numa altura daquelas. Lembrou-se do outono na Pensilvânia, de como as folhas vermelhas atapetavam o jardim das traseiras da casa dos pais e de como ele e Norman, ainda crianças, brincavam com elas.

A chuva de balas não veio. Arrastou-se para a frente, apoiando-se nos cotovelos, de espingarda na mão. O *bunker* apareceu à vista, a menos de cem metros de distância, do lado esquerdo, e, junto dele, um morteiro em posição. Estavam à espera. Iriam destruir totalmente a companhia. Três soldados japoneses estavam sentados e preparados junto ao morteiro, olhando para o sítio onde King e os outros se encontravam. O *bunker* estava assente no solo, e de uma janela escura saía uma metralhadora pesada. Os japoneses moviam a arma de um lado para o outro, em busca do menor movimento. John rolou de costas e segurou a espingarda por cima do peito. Pensou em King. Deveria regressar para o seu lado e tentar levá-lo para junto do que restava da companhia? Os japoneses não tinham dado por ele. Estava na posição perfeita para os flanquear. No ângulo em que se encontrava, a metralhadora não conseguiria apanhá-lo. Era mais provável ser apanhado se tentasse voltar para trás. Os japoneses iriam garantir que ele não teria a oportunidade de denunciar as suas posições.

Continuou a rastejar, e agora encontrava-se apenas a cerca de quarenta e cinco metros do morteiro. Os soldados japoneses continuavam a olhar para a zona abaixo da cumeeira, alheios à sua presença. Estava suficientemente perto para ouvir os homens falar. Um deles ria-se. John saltou, encostou a espingarda ao ombro e disparou. Correu na direção deles, voltando a apertar o gatilho. Um dos soldados caiu, atingido no pescoço. Os outros dois agarraram nas espingardas, enquanto o rugido da metralhadora recomeçava, disparando ao acaso. John viu as suas balas atingirem um dos homens no peito. O último soldado levantou a espingarda, mas John já o tinha na mira e descarregou nele os dois últimos tiros, que o atingiram na cabeça. John continuava a correr, com a respiração quente e acelerada. Agarrou numa granada que tinha no cinto e parou junto ao morteiro, lançando-a na direção da entrada do *bunker*. Esta explodiu precisamente quando dois soldados japoneses iam a sair, fazendo-os desaparecer numa chuva de lama e sangue. Correu para o *bunker*, retirou o pino de outra granada e arremessou-a para a abertura, a pouco mais de metro e meio de distância. Caiu por terra com o impacto, que fez abanar o terreno à sua volta e quase levantou a cobertura do *bunker*. Um grito ecoou quando a figura de um homem saiu a cambalear, com uma espada de samurai no ar e os olhos enlouquecidos destacando-se no rosto enegrecido. John pegou na espingarda, puxou o gatilho, mas... nada. Vazio. O soldado ensanguentado e queimado avançou na sua direção, mas o golpe acertou no chão, já que John rolara para longe e pegara na sua faca. Metade do rosto do homem desaparecera e tinha pele pendurada, como pequenas tiras de tecido. Voltou a balançar a espada na direção de John, mas os seus movimentos eram fracos e lentos. John agarrou-lhe no braço, puxou-o para cima e enterrou-lhe a faca no estômago. O sangue quente jorrou, e os olhos do soldado arregalaram-se, enquanto a vida se esvaía do seu corpo. Estava tudo silencioso.

John empurrou-o. Pôs-se de joelhos, coberto com o sangue do homem. O assobiar do vento na vegetação voltou a ouvir-se, enquanto uma noite profunda tombava e as silhuetas dos restantes soldados da companhia avançavam pelo monte acima, quase invisíveis contra o céu noturno, com o intuito de lhe darem apoio.

Washington, D.C., fevereiro de 1943

Tinham-lhe engomado a camisa.

– Para de puxar o colarinho – disse Penelope, radiante no seu vestido de lantejoulas vermelhas. – Vais dar cabo disso, meu parvo – parecia lívida.

– Está tudo bem, Penny. Que importância tem?

– Tem, porque as pessoas estão a olhar.

Segurou-lhe a mão e conduziu-o até ao salão de baile. Sentiu-se deslocado, como se estivesse fora dali. Os homens do seu pelotão estavam sempre no seu pensamento. As memórias pareciam puxá-lo para trás. A parte de si que realmente importava ainda lá estava, estaria sempre lá.

Olhou para a mulher. Era tão bonita como a imaginara nos seus sonhos. Embora agora estivessem juntos, de mãos dadas, permanecia sempre inacessível. Havia algo por detrás do seu sorriso, por detrás das palavras gentis que lhe dirigira depois de se encontrar com ele na estação de comboios. A sua obsessão com o que os outros pensavam e sentiam parecia-lhe mais estranha do que nunca. Já seria assim quando se conheceram pela primeira vez, na faculdade? Veio-lhe à memória esse fim de tarde de outono, em Princeton. Fora um encontro de duas grandes famílias – a «fusão» final. A princípio pareceu forçado – um baile na mansão dos pais, ali próxima, organizado praticamente de propósito para que eles se conhecessem. O seu primeiro impulso foi rejeitar todo aquele esquema, mas a beleza dela e a insistência dos pais acabaram por convencê-lo. Amara-a durante algum tempo – até se aperceber de que o homem que ela queria não era o homem que ele desejava ser. Sentiu a mão que o agarrava com força soltar-se um pouco, enquanto passavam por entre as mesas em direção ao lugar onde os seus pais os esperavam.

O pai era amigo de senadores e congressistas e já estivera uma vez com o presidente, em 1938, quando este fizera uma visita às fábricas, em Filadélfia. A fotografia ainda estava pendurada por cima da secretária, no escritório dele. Usara os seus contactos para trazer John para casa, para descansar um mês, apesar de ele não o ter pedido.

John ainda conservava as marcas desse tempo passado na selva, mas as cicatrizes estavam a desaparecer. Precisou de dias para ficar limpo, conseguir remover a sujidade das unhas e ficar apresentável. As pessoas observavam. O pai cumprimentou-o com um aperto de mão. Abraçou a irmã, Pearl, e sacudiu a mão do seu irmão Norman, embora não conseguisse olhá-lo bem nos olhos. Era a primeira vez que era visto com eles em público, desde que voltara. Esta era a oportunidade para o exibirem, à frente dos seus pares. Penelope beijou os cunhados e esperou que John lhe puxasse a cadeira para se sentar. Pearl sentou-se ao lado dele, e Penelope do outro lado. O marido de Pearl era da Força Aérea e encontrava-se estacionado em Inglaterra. Tinham começado os bombardeamentos na Europa. Os olhos dela traíam uma preocupação que se esforçava por ocultar.

Chegou o momento dos discursos, com cada um dos oradores a proclamar a necessidade urgente de comprar títulos de guerra. Quando foi a vez do pai de John ir ao pódio, virou-se para o filho e pediu-lhe que se levantasse. Ele cumpriu o seu dever, exibindo a Estrela de Prata que ganhara em Guadalcanal, por ter destruído o abrigo da metralhadora e salvado a vida do rei. Toda a sala, com mais de duzentas pessoas, se levantou em sintonia, para o aplaudir. John sentiu a mão de Pearl sobre o seu ombro e viu Penelope recuar um pouco, a aplaudir juntamente com todos os outros. Sentou-se logo que o aplauso terminou, com uma sensação de alívio.

O jantar terminou, e um fluxo constante de amigos da família e de simpatizantes, alguns dos quais ele conhecia, vieram cumprimentá-lo e dizer-lhe como admiravam o trabalho que ele realizara lá fora e como gostariam de ter estado ao seu lado, se não fossem tão velhos. Já lhe doía o punho de tantos apertos de mão, e o rosto estava dorido de tanto sorrir. Penelope exercia o seu encanto sobre todos eles, e os idosos preparavam os livros de cheques.

A música começou quando o pai de John o chamou para junto de si. Estava ao lado de um homem dos seus sessenta anos, de cabelo grisalho e um pouco atarracado, que vestia um *smoking*.

– John, gostava de te apresentar uma pessoa. Este é o William Donovan. Bill, este é o meu filho John.

– Prazer em conhecê-lo – cumprimentou Donovan, oferecendo-lhe um cumprimento de quebrar os ossos.

– O John quer mais do que aquilo que lhe posso dar.

– De que está a falar, pai? – John conseguia imaginar o rumo da conversa. Algo de que falavam muitas vezes e que o fazia sentir-se sempre culpado.

– Eu tinha planeado que ele assumisse a direção do meu negócio – explicou o pai de John –, mas ele não quis, o que me partiu o coração. Felizmente, Norman, o meu outro filho, está a fazer um excelente trabalho.

– Por que razão não quis continuar o trabalho do seu pai, meu jovem? – perguntou Donovan.

– Não era indicado para mim.

– Foi realmente uma pena, mas o John nunca quis tornar-se o capitão da indústria que eu o preparei para vir a ser. Quer seguir o seu próprio caminho.

– Podemos falar disto mais tarde? – pediu John.

– Sim, talvez seja preferível. Vou deixar-vos falar os dois.

Donovan esperou que o pai de John se afastasse.

– Antes de mais, quero agradecer-lhe pelo serviço prestado.

– Obrigado.

– Sabe quem sou, John? – o seu tom não lhe deixou dúvidas de que se tratava de um militar, apesar de estar vestido à civil.

– Não sei, senhor. Prefiro não fazer suposições. O meu pai parecia estar ansioso por que nos conhecêssemos.

– Há uma razão para isso. Eu e ele somos velhos amigos. Servimos juntos na Grande Guerra, quando o John era apenas um bebé.

– Porque não nos encontrámos antes, senhor?

– Eu e o seu pai perdemos o contacto durante uns tempos. Estivemos anos sem nos vermos, até nos voltarmos a encontrar num jantar como este, mesmo antes do Natal do ano passado. – Donovan pegou na sua cigarreira e ofereceu um cigarro a John. Quando este declinou a oferta, Donovan voltou a guardar a cigarreira no bolso, sem acender um cigarro para si próprio. – O seu pai falou-me de si e das suas extraordinárias façanhas ao serviço do nosso país. Disse-me que era um verdadeiro patriota.

– E sou realmente, senhor.

– E também fala alemão, não é verdade, devido ao tempo que lá passou?

– Nos anos vinte, vivemos em Berlim durante uns tempos, antes de as coisas enlouquecerem. O meu pai instalou umas fábricas por lá.

– Que tal está o seu alemão agora?

– Talvez esteja um pouco enferrujado, mas continuo a ser fluente. Durante os primeiros anos que lá passámos, servi de tradutor para a minha família. A Pearl e o Norman são mais velhos do que eu. Ficaram por cá no colégio interno e só iam lá passar o verão.

– Então porquê o Pacífico, quando tem tantos contactos com a Europa?

– Eu apenas queria servir, senhor. Sabia que era de esperar que alguém com a minha experiência se juntasse à elite dos oficiais. Sabia-o, mas queria...

– Queria provar que também era capaz de sujar as mãos, que poderia prestar serviço juntamente com os soldados rasos.

– Creio que se pode pôr a questão dessa forma, senhor.

– Já ouviu falar do Gabinete de Serviços Estratégicos*, o OSS?

– Um pouco – respondeu, compreendendo então a verdadeira razão de ter sido chamado para regressar a casa. – Ouvi rumores sobre uma agência criada para espiões.

– É mais do que isso, ainda que espiar faça parte do nosso trabalho. Criei o OSS no ano passado, para reunir os vários departamentos de inteligência do exército, da marinha e da força aérea. O nosso trabalho é coordenar, atrás das linhas inimigas, as atividades de espionagem de todos os ramos das forças armadas. Já temos mais de dez mil homens e mulheres a trabalharem para nós.

– O que havia antes do OSS?

– Umas poucas senhoras de idade, que tratavam do arquivo no Departamento de Guerra.

John sabia mais do que revelara. Ouvira falar do «Wild Bill» e do seu projeto de estimação. Ainda demorou algum tempo a perceber com

* No original, Office of Strategic Services, OSS, o serviço de inteligência dos Estados Unidos, criado durante a Segunda Guerra Mundial e considerado o precursor da CIA. [*N. da T.*]

quem estava a falar. O OSS era um lugar onde os bem-relacionados podiam brincar às guerras. Donovan usava os seus contactos de juventude para recrutar pessoal para a agência, vindo das universidades da Ivy League, de sociedades de advogados de prestígio e de grandes bancos. Mais parecia um clube para a casta privilegiada de que John tentava escapar.

– Neste momento, estamos envolvidos em ambos os conflitos. Temos agentes no Pacífico e por detrás das linhas inimigas, na Europa. Estes homens e mulheres voluntariaram-se para andar no meio dos predadores, sem receções de boas-vindas e muitas vezes sem abrigos ou amigos, nos territórios mais hostis que se possa imaginar. São os melhores e mais corajosos homens e mulheres das forças armadas, que diariamente nos proporcionam informações vitais.

Uma mulher de cabelo grisalho e vestido preto bateu no ombro de Donovan, e este cumprimentou-a com um beijo no rosto. Disse-lhe que iria ter com ela dentro de alguns minutos e esperou que ela se afastasse, para continuar a falar.

– Trata-se de um novo tipo de guerra. Os velhos tempos em que o ajuste de contas era organizado em campo aberto já passaram há muito. Esta guerra vai ser ganha pelo lado que souber mais sobre o que o outro está a pensar e que souber o que estará prestes a fazer, ainda antes de isso acontecer.

– Porque está a dizer-me tudo isto, senhor?

– Nestes últimos meses tenho falado muito com o seu pai. Os seus olhos brilhavam, de cada vez que dizia o seu nome. Contou-me que gostaria de entregar-lhe as rédeas do negócio da família, mas que o John queria outra coisa. Contou-me também que o senhor e o seu irmão têm discutido, desde que ele assumiu as funções.

John perguntou a si mesmo quanto saberia este homem sobre ele. Só poderia haver uma razão para estar tão curioso.

– O meu pai contou-lhe que eu não aprovava o que o meu irmão estava a fazer com o negócio?

– Entre outras coisas. Falámos longamente sobre si. Disse que o John não se sentia tão confortável neste meio como o seu irmão – Donovan abarcou a sala com um gesto. – Sei que se juntou aos fuzileiros porque, lá bem no fundo, queria provar que podia fazer as coisas à sua maneira.

Sei-o, porque me revejo em si. Antes da última guerra eu era advogado, mas queria mais. Queria servir, mas não apenas o meu país. Queria provar algo a mim mesmo.

O magnetismo deste homem era inegável. Apesar de suave, a sua voz tinha, sem dúvida alguma, autoridade.

– Acha que poderia estar interessado em juntar-se ao OSS?

– Que tipo de homem procura, senhor?

– Procuro um ladrão ágil e com consciência. Um homem que consiga trabalhar com a inteligência antes do coração. Alguém que seja honesto mas enganador, discreto mas ousado. Alguém que tenha sangue quente e frio, tudo ao mesmo tempo.

»Com as suas capacidades e aquilo que já provou no terreno, sei que se enquadraria perfeitamente na nossa organização.

– Suponho que já terá passado os olhos pelo meu registo de serviços?

– Somos meticulosos, John. Temos de o ser. O nosso papel nesta guerra é demasiado importante para ser deixado ao acaso.

John virou-se. O pai estava a cerca de doze metros de distância, no bar, com uma bebida na mão. Donovan tinha razão... parecia orgulhoso.

A carta de Penelope chegou três meses mais tarde, quando John estava totalmente envolvido num treino do OSS, num parque situado na zona rural da Virgínia, que pretendia simular o Reich. Os instrutores ensinavam a John e aos outros recrutas como sobreviver atrás das linhas inimigas. Sem instalações próprias para os treinos, a jovem organização ocupara partes do Parque Prince William Forest, transformando antigos acampamentos de verão em locais para treinos secretos. John estava de regresso, após várias noites mal dormidas no terreno. Um duche quente e uma cama pareciam um luxo desmedido. Foi feita a chamada para entrega de correio, e ele recebeu uma carta. O carimbo tinha a data de duas semanas atrás. Sentou-se no seu beliche para a abrir. Já não a via há quase seis semanas e praticamente não sentia a sua falta. Antes mesmo de abrir a carta, já sabia o que aí vinha. Na posição dela, faria a mesma coisa. Leu as duas primeiras palavras e quase se riu. Era o maior *cliché* dos tempos de guerra e desta vez estava a acontecer-lhe a ele.

Querido John,

Conheci um homem, um capitão da força aérea. Quero casar com ele.

Peço-te o divórcio, como o último ato de amor entre nós. Já não te amo.

Não és o homem com quem casei. Amo outra pessoa. Por favor, ajuda-me a deixar-te. Fá-lo pelo amor que antes partilhámos. Sei que seremos sempre amigos. Um amor tão forte como o que tivemos nunca morre realmente. O nosso tempo chegou ao fim. Agora tens outra vida, separada da minha. As nossas almas já não estão juntas, já não são indivisíveis como foram em tempos.

Lamento muito. Por favor, perdoa-me e concede-me o divórcio de que preciso para te deixar com a minha alma intacta.

Sinceramente,

Penelope

Há muitos anos que não chorava. Nem sequer sabia que ainda era capaz de o fazer. As suas emoções pareciam desajustadas num sítio daqueles, e olhou em volta, para se certificar de que ninguém estava a observar. Conservava a carta bem presa na mão. Não conseguia largá-la. Não fazia ideia de que ainda a amava. Sabia que guardara os sentimentos por ela até chegar a altura certa de os mostrar de novo. Talvez quando a guerra acabasse – talvez nessa altura tivesse havido tempo para voltar a amá-la. Mas agora era demasiado tarde. Pegou no lápis que mantinha junto da cama e escreveu umas palavras num pedaço de papel. Nunca poderia odiá-la, sobretudo porque a culpa era sua. Leu e releu a carta e, finalmente, respondeu-lhe: *Dou-te o divórcio*. Enviou-lhe a carta no dia seguinte.

Dezembro de 1943, sobre o Sudoeste da Alemanha

O barulho dos motores tornava qualquer outro barulho quase insignificante. John conseguia sentir cada vibração através do seu corpo. Estava tenso como um fio metálico, e o coração parecia querer saltar-lhe do peito. Pensou nas palavras do seu oficial superior, que lhe dissera sem rodeios que não estavam muito seguros quanto à credibilidade dos falsos documentos que ele levaria consigo, nem quanto à história que tinham inventado para ele. Não havia grandes precedentes para avaliar as atuais circunstâncias. O OSS nunca antes lançara um agente de paraquedas sobre a Alemanha, muito menos sozinho e sem qualquer ajuda. Conhecia os riscos. Era voluntário e suplantara muitos outros agentes na honra de levar a cabo esta missão.

O tripulante colocou as mãos em concha em volta da boca e falou por cima do barulho dos motores: «Estamos a aproximar-nos do alvo. Deveremos lá chegar em trinta minutos.»

John acenou com a cabeça, e o homem desapareceu no *cockpit*. Aproximou-se da janela, a alguns centímetros do lugar onde estivera sentado. Na noite escura, as nuvens passavam a rodopiar, e apenas umas poucas luzes pontuavam o vasto manto negro do solo, lá em baixo. Passou as mãos sobre o uniforme da Luftwaffe que vestia e recapitulou a história na sua cabeça, pelo que parecia ser já a milésima vez. Agora, parecia-lhe que Werner Graf se apoderara da sua alma, que *era* realmente ele. Parecia que John Lynch era apenas um disfarce ou, na melhor das hipóteses, uma memória de uma vida anterior. Recordá-la poderia comprometer a missão e custar-lhe a vida. Um dia voltaria a ser ele próprio, quando Werner Graf já tivesse cumprido o seu propósito.

O avião agitou-se quando atingiu um ponto de turbulência, e ele foi atirado para a frente, ainda que o cinto o tivesse mantido preso no seu lugar. Um dos instrutores avisara-o de que a Gestapo poderia procurar marcas de correias no peito e nas coxas. Pôs esses pensamentos de lado assim que chegou. Não valia a pena preocupar-se. Não adiantaria nada.

Ouviu-se um estrondo por cima do barulho dos motores. John levantou a cabeça. Um novo estrondo e depois mais outro. Sabia que já estavam sobre a Alemanha. Nunca contara com a possibilidade de a artilharia poder abater o avião antes de chegar ao local onde deveria fazer-se a descida. Pensara exaustivamente em todos os outros cenários. Analisou todas as perguntas que poderiam fazer-lhe, praticou o seu sotaque e repetiu a sua história vezes sem conta, mas não se preparara para o caso de o avião ser abatido. O chefe da tripulação espreitou novamente do *cockpit,* para lhe dizer que estavam a ser atacados de ambos os lados. John fez-lhe sinal com os polegares para cima, e o homem voltou a desaparecer. Acabara de fechar a porta do *cockpit*, quando uma enorme explosão cortou o ar. A força produzida abriu um rombo num dos lados do avião, a pouca distância do sítio em que John estava sentado, e o ar frio do exterior entrou. Segurou a mochila com força, ficando com os nós dos dedos brancos. A asa rasgara-se como papel. O motor soltava fumo, engasgando-se como um idoso a limpar a garganta. John tocou no paraquedas, calculando que a zona de largada estaria a cerca de cento e sessenta quilómetros de distância. O avião estremeceu e perdeu altitude, enquanto continuavam a sentir-se ataques de ambos os lados. As explosões tornaram-se cada vez mais fortes, e o avião estremecia a cada embate, atirando Jack para trás e para a frente, sobre o assento. Um novo solavanco sacudiu o avião, desta vez do outro lado, mas ainda assim prosseguiu. Os ataques continuaram.

O chefe da tripulação voltou a abrir a porta do *cockpit*, examinando os danos provocados na aeronave, enquanto ela continuava a descer. Os tiros acalmaram, e as explosões passaram a ser esporádicas. John voltou a espreitar pela janela. Um dos motores soltava um fumo espesso preto. Crepitou e acabou por parar. O homem enfiou a cabeça pela porta entreaberta do *cockpit*, e John quase conseguia imaginar a gritaria. O chefe avançou na sua direção.

– Não vamos conseguir chegar ao ponto de largada! – gritou. John já percebera. – Estamos com problemas. O motor de estibordo foi-se. Não vamos conseguir voltar. Temos de dar a volta e tentar chegar à Suíça. Se quer saltar, terá de ser agora.

John acenou com a cabeça e soltou o cinto de segurança. Estariam a uma altura suficiente? O avião parecia perder altitude a cada segundo. Estavam a quilómetros do alvo, mas seria capaz de lá chegar, se conseguisse aterrar inteiro. Se continuasse no avião, o melhor que tinha a esperar era poder passar a informação de que falhara – se conseguissem aguentar-se por tempo suficiente. Por agora, a artilharia antiaérea cessara fogo. Já tinham passado pela cidade que estava a ser defendida, e agora, por baixo dele, apenas se via um manto escuro.

O chefe da tripulação apertou a mão de John. Os seus votos de boa sorte perderam-se com o rugido do vento, enquanto a abertura para saltar surgia à sua frente. Aproximou-se dela e sentiu a forte corrente de ar. O controlador verificou a linha estática do paraquedas e fez-lhe o sinal de polegar para cima. A luz verde acendeu-se quando o avião chocalhou e estremeceu. John forçou-se a concentrar-se na tarefa que tinha pela frente, lembrando-se de saltar a direito, com as pernas juntas, e de colar o queixo ao peito. Sentiu o avião abrandar e o controlador de voo bater-lhe no ombro. Saltou. Sentiu o choque do ar frio, como a água de uma cascata. De seguida, sentiu um puxão nas coxas e axilas, quando o paraquedas se abriu. O avião desapareceu na escuridão. A noite estava tranquila e ele estava sozinho. O rugido dos motores dissipou-se, deixando-lhe apenas o som da sua própria respiração e do ar, que passava a toda a velocidade. O paraquedas agitava-se, enquanto ele se precipitava na direção do chão negro, logo abaixo. Não havia forma de saber onde ia aterrar, mas a escuridão total disse-lhe que estava em algum local remoto, onde talvez não houvesse gente, o que lhe daria uma oportunidade. Apercebeu-se de que estava demasiado baixo, mas não havia nada a fazer. Pensou em rezar, mas os seus lábios dormentes atrapalharam-se com as palavras, enquanto o chão corria na sua direção a toda a velocidade, como um comboio expresso, silencioso e invisível. Quando o seu corpo bateu no chão coberto de neve, sentiu uma dor lancinante nas pernas. Abriu os olhos, apercebeu-se da neve à sua volta e sentiu o corpo a ficar sem forças, à medida que tudo se desvanecia.

Capítulo 10

Franka sentou-se, gelada, na cadeira. Na sala de estar, o fogo já se extinguira, e a temperatura na cabana estava bastante mais baixa. Ele estava imóvel à sua frente, impotente. Agora já sabia a verdade. Tinha razão. Não estava a ficar maluca. As suas suspeitas estavam certas. Este homem que estava na cabana do seu pai, que ela resgatara do meio da neve, era um norte-americano. Um espião. Percebera que ele era americano ou inglês, já o sabia há alguns dias, mas ouvi-lo dizê-lo não deixou de ser uma revelação. Pensou em Daniel e na Gestapo. Desta vez não haveria clemência. Dar abrigo a um espião significava guilhotina, mas apenas após torturas que fariam a morte parecer um gesto de misericórdia. Ainda assim, de certa forma sentia-se livre. Pela primeira vez desde que distribuíra os panfletos e vira o entusiasmo e orgulho nos olhos de Hans, sentia-se a viver novamente. Uma vida a sério. Não apenas a comer, a dormir e a respirar. Não apenas a matar tempo – a viver uma vida com sentido.

– Preciso de ir tratar da lareira – disse, saindo do quarto.

Vários pensamentos lhe cruzavam a mente. Agora sabia tudo, exceto a razão por que ele estava ali. Porquê? Qual era a sua missão? Qual era a ajuda que queria dela? Os troncos crepitaram na lareira, quando os colocou por cima das brasas incandescentes. Levantou-se e deixou-se ali ficar por uns segundos, aquecendo as mãos antes de ir para a cozinha. Tinha fome. Restava pouca comida. Esticar as suas rações para duas pessoas era difícil, e agora que a reserva de comida enlatada acabara seria pior ainda. Pensou em sair no dia seguinte. Não precisava de fazer o caminho todo até Friburgo. Parou e descansou, encostada à mesa da cozinha, com os braços cruzados sobre o peito. Fechou os olhos e regressou ao quarto.

– Portanto agora já sabe tudo – disse ele.

A sua pronúncia não se alterara, mas agora conseguia aperceber-se de algumas falhas. Perguntou-se como ele se aguentaria num interrogatório. Indivíduos treinados para detetar os mínimos detalhes reparariam mais depressa do que ela?

– O seu alemão é excelente, não está nada enferrujado.

– Isso foi um pouco antes do meu treino. Voltei a recordar-me rapidamente. Essa foi a parte fácil.

– E qual foi a parte difícil?

– Aprender a resistir a técnicas de interrogatório. A uma simulação de tortura.

– Eu fui interrogada pela Gestapo.

– Claro.

– Não precisaram de me torturar. Eles já sabiam tudo. – Parou por uns segundos e foi até à janela. – Ainda pensa na sua família, na sua casa na América?

– Tentei não o fazer. Tentei ser Werner Graf, mas por vezes o John Lynch insistia em levantar a sua cabeça feia.

– Foi extremamente convincente.

– Como suspeitou?

– Quando o encontrei, ouvi-o falar durante o sono. Estava a delirar em inglês.

– Nunca imaginei poder conhecer alguém como a Franka. Não sabia que existiam pessoas assim.

Franka já ouvira falar de como os americanos podiam ser sérios e sinceros. Era uma experiência diferente.

– Tenho uma pergunta para si. Por que razão assumiu o negócio do seu pai, contra o seu irmão, quando era algo em que não estava interessado?

– Não gostei do que Norman estava a fazer. Ia acabar por destruir o negócio. Era o trabalho de uma vida, do meu pai, que estava em perigo.

– Se isso era tão importante para si, porque não assumiu as rédeas do negócio logo de início? Quando abandonou o seu pai, perdeu o direito de criticar as decisões de Norman.

– Não deixa passar nada, pois não?

– Não respondeu à minha pergunta.

– Eu não queria seguir por um caminho cuja única preocupação fosse fazer dinheiro. Queria mais. Quem sabe o que teria acontecido, se não fosse esta guerra? Provavelmente agora estaria em casa, a trabalhar com o Norman.

– Em vez de lutar contra ele.

– Eu estava a tentar ajudar.

Franka sentiu que já puxara demasiado por ele.

– Deve estar com fome. Não comeu nada durante todo o dia.

– Estou esfomeado.

– Temos pouca comida. Amanhã preciso de ir à cidade.

Foi até à cozinha, aqueceu o resto de estufado e partiu um pouco do pão que fizera para acompanhar. Ele levou menos de dois minutos a comer tudo. Esperou que ele terminasse, antes de fazer a pergunta.

– Por que razão está aqui?

John pegou no guardanapo que ela colocara na ponta do tabuleiro e limpou os cantos da boca.

– Merece saber – disse, pousando o guardanapo. – Eu não deveria estar aqui. O meu objetivo era aterrar a poucos quilómetros de Estugarda. Fizemos um mapa do caminho mais seguro para chegar lá, evitando as maiores cidades, onde sabíamos que a artilharia terra-ar estava concentrada. Suponho que não deveriam ter tido conhecimento do que estava instalado em volta de Friburgo. Devia ser algo recente.

– Foi instalada após o ataque aéreo que matou o meu pai. Antes disso, a cidade não tinha sofrido muito. No entanto, foi só uma questão de tempo, até Friburgo se juntar às outras cidades alemãs destruídas pelos aliados.

– Lamento o que aconteceu ao seu pai. A guerra costuma vitimar inocentes.

– Ele estava na cama, quando os bombardeiros chegaram. Nem deve ter percebido o que aconteceu. Nunca soube quem o assassinou.

– A morte do seu pai foi uma infelicidade – disse John, lamentando, de imediato, a sua escolha de palavras.

– Uma infelicidade? Ele era a última pessoa que eu tinha neste mundo, e vocês tiraram-mo. E agora está a pedir a minha ajuda?

– Os seus inimigos são os nazis, não os aliados. Os bombardeiros que vieram a Friburgo nessa noite não faziam ideia...

– Vai dizer-me que eles não faziam ideia de que estavam a bombardear civis? Então e os ataques aéreos em Hamburgo, Colónia ou Mainz? Milhares de inocentes morreram nos bombardeamentos.

– Tal como milhares morreram em Londres, Birmingham e por todos os territórios ocupados.

– Está a insinuar que os aliados tinham uma causa justa? Como é possível justificar o assassínio de centenas de milhares de civis alemães?

– A guerra é uma criatura abominável. Para dizer a verdade, não me parece que as vidas dos civis alemães tivessem grande importância para os generais que enviaram aqueles bombardeiros, exatamente da mesma forma que as vidas de civis britânicos ou soviéticos não tiveram importância para os alemães.

– E para si?

– O que quer dizer?

– Têm importância para si? Em tempos viveu cá.

– Franka, eu vi nos jornais cinematográficos os cidadãos alemães a gritarem a sua lealdade a Hitler. Todos nós os vimos. Os bombardeamentos por parte dos aliados tinham por objetivo quebrar a vontade de lutar do povo alemão.

– Não percebe que a vontade do povo alemão não interessa? Os nazis subjugaram a vontade do povo alemão há anos. Essa frase já não faz qualquer sentido.

– Talvez, mas a verdade é que os nazis é que começaram. Bombardearam indiscriminadamente Varsóvia e Londres, antes de os Estados Unidos entrarem na guerra. É lamentável que os nazis estejam a usar o povo alemão como escudo, mas isso não irá impedir que os aliados se esforcem para vencer.

– Ajudar-me-ia, se bombardeiros alemães tivessem matado o seu pai?

– Não vejo como isso teria sido possível.

– Mas se fosse? E se a sua lealdade estivesse dividida entre o governo e o povo? Iria contra a vontade do seu governo, pelo bem do povo que ele deveria servir?

– Isso nunca poderia acontecer.

– Nunca ninguém pensou que pudesse acontecer na Alemanha, uma nação industrial moderna. Um bastião da ciência e das artes.

– Se me está a perguntar se eu era capaz de agir contra o meu governo, da mesma forma que a Franka o fez, correndo o risco de ser condenado à morte, a resposta é não sei.

– Ajudaria um agente estrangeiro, contra a aparente vontade do seu próprio povo?

– Se todos aqueles que eu amava tivessem morrido por causa dele e esse povo tivesse pervertido tudo aquilo que faz dos Estados Unidos um país grande, nobre e justo, sim, sim, fá-lo-ia.

– Robespierre disse: «Ninguém gosta de missionários armados.»

– Eu não sou seu inimigo, Franka. Não me teria salvado a vida nem mantido aqui nestes últimos dias se achasse que eu era. Há uma razão para me ter recolhido. Talvez um dia a Alemanha venha a apreciar os esforços desenvolvidos pelos aliados.

– Se ainda restar uma nação alemã para refletir sobre o passado.

– Pode parecer irónico, mas os aliados são a única esperança da Alemanha. Use-me, Franka. Dê-me a oportunidade de ajudar este país a libertar-se dos nazis.

Franka tirou-lhe o tabuleiro do colo. Um garfo caiu no chão, e ela teve de se baixar para o apanhar.

– Odeio os nazis. Não queria sentir isto, mas é um sentimento que me acompanha diariamente. Estou sempre a pensar no que fizeram...

John interrompeu-a, com um tom de voz cortante.

– Deixe o ódio para trás. Faça antes alguma coisa pelo futuro do povo alemão, pelo seu pai, por Fredi.

– Não sei. O que quer que eu faça?

– Uma coisa simples. Algo que praticamente qualquer adulto pode fazer.

– Preciso de algum tempo.

Dirigiu-se à cozinha e colocou o tabuleiro em cima da mesa. O seu coração parecia de pedra. Mergulhou as mãos na água, dentro do lava--louça, e refrescou o rosto. Pensou em todas as pessoas que conhecera e que tinham sido influenciadas e seduzidas pelos nacionais-socialistas e pelas suas mentiras. Ela não era como eles. Era uma criminosa, uma inimiga do Estado, condenada, e agora acolhera outro inimigo. Não podia ser menos nazi. Era impossível. Denunciá-lo não era uma opção... Preferiria morrer. Então, o que devia fazer? Podia deixá-lo seguir o seu caminho, mantendo-se em silêncio enquanto ele se infiltrava secretamente no interior do Reich, mas, nesse caso, o que faria *ela*? O quê? Regressaria à floresta para acabar o que começara na noite em que o encontrara? Ou deveria apenas fazer os possíveis por sobreviver à guerra? Este homem oferecia-lhe mais do que isso.

– Continue a sua história – disse-lhe, quando regressou. – Diga-me por que razão está aqui. Se quer a minha ajuda, preciso de saber tudo.

– A artilharia antiaérea atingiu o avião em que eu vinha, e tive de saltar de paraquedas por cima das montanhas. Foi então que me encontrou – calou-se por uns segundos, antes de continuar. – A minha missão é contactar um homem – disse. A tensão parecia evaporar-se a cada nova palavra. – O seu nome é Rudolf Hahn. É cientista, uma das mentes mais brilhantes do mundo. Tem um trabalho pioneiro no novo campo da física, o que pode alterar o rumo da guerra a favor da Alemanha. Um dos nossos agentes alemães infiltrou-se no seu laboratório e estabeleceu contacto com ele. Hahn concordou em desertar para os Estados Unidos, e eu estou aqui para o ajudar a sair.

– E porque não pode ser o agente que o contactou a fazê-lo?

– É um diplomata e não tem perfil para os aspetos mais perigosos da missão. A Gestapo parecia desconfiar dele, e, por isso, teve de desaparecer nos bastidores. Hahn continua no seu posto. Ainda não o prenderam.

– E qual é o seu plano para o fazer sair do país?

– Vamos abrandar por um bocadinho.

– Precisa da minha ajuda, não precisa?

– Sim, mas...

– Não pode fazer nada, porque ele está a quase duzentos quilómetros daqui, e você está preso nessa cama, com as duas pernas partidas.

John alcançou o copo de água, na mesinha de cabeceira ao lado da cama, e bebeu um gole.

– Então quer a minha ajuda, mas ainda não confia o suficiente em mim para me contar tudo – disse.

– Será que vai conseguir aprender a confiar em mim e a concordar com aquilo que defendo?

A sua pergunta foi recebida com silêncio.

– Estávamos a planear atravessar os Alpes, a sul de Munique, e chegar à Suíça, porque os desfiladeiros das montanhas oferecem a forma mais segura e discreta de atravessar a fronteira. Muito embora chegar lá também não fosse tarefa fácil. Tínhamos um guia, e o OSS deu-me um treino de alpinismo, que agora não me vai servir de grande coisa – olhou para as pernas e percorreu com as mãos o gesso que as prendia.

– Como é que este cientista vai mudar o curso da guerra para a Alemanha? Em que está ele a trabalhar?

– Eu não posso encontrar-me com ele – disse John, ignorando a sua pergunta.

– Em que é que ele está a trabalhar?

– Vai obrigar-me a dizer-lhe, não vai?

– Se vou arriscar a vida por si e pela sua causa, quero saber porquê. Quero saber o que está em jogo.

– O Professor Hahn e os colegas têm estado a trabalhar numa nova tecnologia chamada fissão nuclear. Em 1939, publicaram um trabalho sobre este novo processo, e os aliados têm tentado monitorizar o seu progresso desde então.

– E o que há de especial nessa *fissão nuclear*? – pronunciou o nome com alguma hesitação.

– Não lho diria, mesmo que mo tivessem explicado, mas acredito que é algo muito importante e que pode alterar o curso da guerra. Sem Hahn, o projeto vai morrer. Ele é o cérebro por detrás de tudo isso. Os nazis nem se apercebem de que estão na iminência de algo grande. O projeto foi subfinanciado e quase ignorado pelas hierarquias. Hitler está obcecado com os motores de propulsão a jato. Estão mais focados nesse objetivo.

– E porque é que esse Hahn decidiu voltar-se para o outro lado?

– Não está satisfeito com a forma como o regime nazi está a tratar a população. Antes da guerra, muitos dos seus amigos e colegas eram judeus, e os nazis excluíram todos os judeus do trabalho, por uma questão racial. Muitos deles foram mortos ou estão no exílio. Nós já acolhemos alguns. Também é frustrante por causa da falta de financiamento. Os Estados Unidos sabem como este trabalho é importante, e, quando conseguirmos levá-lo para lá, ele terá todo o financiamento e apoio de que precisar.

– E, assim, serão os americanos a desenvolver esta nova tecnologia?

– Precisamos de a desenvolver antes que os nazis, ou mesmo os soviéticos, lhe ponham as mãos em cima. É uma corrida que poderá determinar o resultado da guerra. Se os nazis perceberem o potencial que têm em mãos, tudo pode mudar. Isso não acontecerá se Hahn desaparecer. Precisamos dos seus conhecimentos e experiência. Se já fizeram alguma descoberta, precisamos de saber.

– E onde é que eu entro?

– O que estava previsto era eu estabelecer contacto com Hahn, ganhar a sua confiança e depois levá-lo rapidamente até à fronteira da Suíça.

– Quer que eu o leve para atravessar a fronteira? – perguntou Franka, de olhos arregalados.

– Não, preciso apenas que se encontre com ele, que lhe explique o que me aconteceu e depois... – era difícil compreender ao ponto a que as coisas tinham chegado.

– O quê?

– Que o traga para aqui, para que, assim que eu esteja recuperado, o possa levar eu mesmo a atravessar a fronteira.

– Não vai poder andar pelo menos durante mais um mês e de certeza que, mesmo nessa altura, não poderá andar a trepar montanhas.

– Deixe-me ser eu a preocupar-me com os pormenores.

– Eu diria que isso é mais do que um pormenor. Quer que eu vá a Estugarda para me encontrar com este homem, não é verdade?

– Não estou a ver outra saída.

– Não tenho qualquer experiência em espionagem. Nunca fiz nada deste género antes.

– É apenas uma questão de se encontrar com alguém, ouvir essa pessoa e depois entregar a mensagem.

– E se ele não falar comigo ou se eu for apanhada?

– Não sei como poderia isso acontecer, a menos que se denunciasse a si própria, e eu irei dar-lhe as palavras de código que o obrigarão a ouvi-la. É capaz de fazer isto? Vai ajudar-me?

– Não sei... parece muito...

– É bastante mais simples do que parece. Vai conseguir fazê-lo. E pode fazer a diferença.

– Está bem – aceitou, fechando os olhos.

– Obrigado – disse ele, segurando-lhe o cotovelo. Era a primeira vez que se tocavam sem qualquer razão, e ela sentiu um arrepio. Era ridículo.

– O combinado era encontrar-me com ele num parque público. Ele deveria estar sentado num banco a ler o jornal.

– Com este tempo?

– Seria por um curto período, entre as cinco e cinquenta e as seis da tarde, e apenas num dia por semana: às segundas-feiras. Hoje deve ter estado lá à minha espera.

– Ele vai lá estar na próxima semana? Devo ir nessa altura?

– Com o Natal no sábado? Não me parece. É mais provável que regresse a casa, a Berlim, para o Natal. Acho que será melhor ir na semana seguinte, a 3 de janeiro. Terei mais alguns dias para me curar e, pelo seu lado, poderá preparar-se melhor. Não vai precisar de fazer nada de muito especial, a não ser conhecer o homem e contar-lhe o que me aconteceu.

– E como é que ele irá saber que não sou da Gestapo?

– Pelas palavras de código. Assim que as ouvir, perceberá que está comigo. Só precisa de estabelecer contacto com ele e talvez dar-lhe a opção de vir para aqui, logo que eu esteja melhor, mas podemos decidir isso mais tarde. Temos muito tempo.

– Duas semanas – disse Franka. – Preciso de lhe arranjar umas muletas. Não é necessário mantê-lo confinado a essa cama, até porque irá começar a ficar com feridas. Agora, o melhor para si é levantar-se e começar a mexer-se. Amanhã preciso de ir à cidade arranjar comida e também tratarei disso.

– Será que têm muletas na loja, com este racionamento?

– Penso que não, mas tenho alguns contactos num centro médico ali perto. Vou conseguir arranjá-las.

Como sempre, a manhã chegou como uma foice gelada, mas, mesmo assim, esta era diferente. Desta vez, fora uma longa noite de sono. Havia ainda muitas perguntas por responder, mas agora não havia necessidade de bombardear John com elas. Tinham outras ondas para navegar. Primeiro, precisavam de comida. Pegou nos cupões de racionamento que John lhe dera. Sabia que eram falsos, mas será que o empregado da loja iria reparar? Sem eles, restar-lhes-iam os seus, insuficientes para os dois. Passariam fome. Colocou os cupões contra a luz, examinando cada uma das letras neles impressas. Pareciam suficientemente convincentes, ainda que, num exame mais minucioso, a letra parecesse trémula e insegura em algumas partes. Iria tentar. A única outra opção seria comprar comida no mercado negro. Os melhores produtos estavam sempre disponíveis para quem estivesse disposto a pagar por eles, mas isso poderia atrair a atenção da polícia. Era demasiado arriscado.

Quando lhe levou o pequeno-almoço, John já estava acordado.

– Bom dia, Fräulein.

– Espero que tenha dormido bem.

– E dormi. Há muito tempo que não dormia tão bem. Como se sente em relação àquilo que discutimos?

– Nervosa. Confusa. Sinto que é uma enorme responsabilidade.

– Não lhe teria falado disto se não achasse que era capaz de realizar esta missão. Sei que tomei a decisão certa.

Franka sentou-se ao seu lado, enquanto ele tomava o pequeno-almoço de queijo e restos do guisado de duas noites atrás. Não lhe disse que não havia comida suficiente para os dois. Falaram do tempo, da viagem que ela teria de fazer nesse dia e da saúde dele. Parecia não haver mais nada a dizer sobre quem ele era ou sobre a sua missão. Na noite anterior, Franka prometera a si mesma que não iria pressioná-lo.

Dirigiu-se à porta da frente e abriu-a bem, antes de sair para o exterior. Havia dois dias que não caía neve, mas nevara tanto nas semanas anteriores que o seu carro continuava enterrado, e a estrada intransitável. A sua respiração formou um bafo de vapor à frente do rosto. O Sol, frio, brilhava, ainda que refletindo apenas o branco da neve, e ela colocou os óculos escuros.

A sombra de Daniel Berkel pairava sobre Friburgo. A sua cidade natal era demasiado perigosa. Mesmo que não o encontrasse, havia muitas pessoas que poderiam reconhecê-la, muitas pessoas que ficariam felizes por poderem ajudar a Gestapo. Não havia necessidade de ir à farmácia na cidade, como fizera da última vez. Sankt Peter ficava a poucos quilómetros. Era uma aldeia pequena, mas com uma mercearia e um centro médico. Desta vez, seria o suficiente para as suas necessidades. Colocou os esquis e saiu. Pensou em John Lynch e em como deveria ser Filadélfia. Pensou igualmente em Rudolf Hahn e no que iria dizer-lhe.

Não viu ninguém até chegar à fila no exterior da mercearia. Foi para o último lugar e encostou os esquis à parede. Não havia rostos familiares a olharem para ela. A maior parte das pessoas que conhecia dali estavam na guerra ou já tinham morrido. Foi um alívio poder manter-se anónima. Misturou os seus cupões de racionamento com os que John lhe dera, para que os falsos passassem despercebidos. Resultou. O empregado da loja nem reparou. Escondeu a sua satisfação ao sair da loja, com a mochila tão cheia quanto lhe permitiam os cartões de racionamento.

As ruas estreitas da pequena aldeia de Sankt Peter estavam mortalmente tranquilas. Enquanto seguia pelo passeio, em direção ao centro médico, Franka manteve sempre a cabeça baixa. Um rapaz com o braço ao peito olhou para ela, quando abriu a porta. Ao lado dele estavam sentados dois homens novos, sem olhos e sem braços, um numa cadeira de rodas o outro junto a umas muletas. A guerra penetrara em cada centímetro da sociedade alemã. Ninguém estava imune. Uma mulher idosa, de rosto acinzentado, estava sentada por detrás de uma pesada secretária de madeira cheia de papéis. Franka avançou na sua direção e esperou pela sua vez, atrás de uma mãe com um bebé ao colo. Quando chegou a sua altura, a mulher olhou-a de olhos cansados.

– Vim ver a Martina Kruger. É enfermeira aqui.

– Para que quer ver a enfermeira Kruger?

– Somos velhas amigas... é um assunto pessoal.

– A enfermeira Kruger está ocupada, porque é que não...

– São só uns minutos – insistiu Franka.

A mulher resmungou baixinho.

– Talvez ela precise de uma pausa.

– Dê-me um minuto – a mulher desapareceu através de uma porta atrás de si.

Passaram-se dois minutos até que a porta se voltou a abrir, e Martina apareceu a sorrir, lançando os braços em volta de Franka. Conheciam-se desde crianças, tinham andado juntas no jardim de infância e na escola. Martina também estivera no seu grupo, na Liga das Raparigas Alemãs. Franka não a via desde que partira para Munique, em 1939. Ela estava praticamente igual, bonita, com o cabelo castanho comprido e os olhos verdes brilhantes. A mulher observou Martina, que franziu as sobrancelhas antes de acompanhar Franka até ao exterior. Acendeu um cigarro e ofereceu outro a Franka, que abanou a cabeça. Falaram da família de Martina durante alguns minutos. Tinha duas filhas, e o seu marido estava destacado em França. Franka confiava nela, não o suficiente para lhe pedir morfina ou qualquer outra coisa que a pudesse meter em sarilhos, mas decerto que ninguém daria pela falta de um par de muletas velhas.

– O que estás aqui a fazer? – perguntou-lhe Martina.

Franka questionou-se sobre o que saberia ela. Provavelmente tudo.

– Voltei por causa da leitura do testamento do meu pai.

– Fiquei muito triste quando soube que ele tinha morrido. Vi o seu nome no jornal. Nem queria acreditar.

– Obrigada. Pareceu puro acaso, ainda para mais numa cidade que praticamente escapara aos bombardeamentos.

– As bombas vêm aí. É só uma questão de tempo até que os aliados nos tentem matar a todos.

Franka ignorou o comentário, apesar de ter sentido uma picada de raiva percorrê-la.

– Lamento já não te ver há tanto tempo e vir pedir-te um favor, mas preciso de uma coisa.

Marina acendeu outro cigarro.

– Claro, de que precisas?

– Estou na antiga cabana dos meus pais, nas montanhas. Lembras-te dela, não lembras?

– Claro que lembro.

– Estou lá com o meu namorado.

Os olhos de Martina cintilaram.

– Nunca me disseste que andavas com alguém. É sério?

– Acho que sim. Ele é médico, mas veio agora da frente. Estamos a aproveitar para passarmos algum tempo juntos enquanto podemos, mas surgiu um problema. Partiu uma perna a esquiar e estamos isolados pela neve.

– Oh, não.

– Não tem sido fácil. De qualquer forma, consegui colocar-lhe gesso nas pernas.

– Não foi só uma perna?

– Não, foram as duas. Quis dizer as duas.

Franka sentia o coração a querer saltar-lhe do peito. A expressão de Martina mudou e ficou muito séria.

– Ele está bem, e tem o gesso, mas não consegue andar. Preciso de umas muletas. Lembrei-me se terias algumas por aí que me pudesses emprestar durante umas semanas, até que a neve derreta.

– Ele precisa de um médico? Não será melhor eu pedir...

– Não, não é preciso. Só necessita de umas muletas. Consegui alinhar-lhe os ossos e parece estar a sarar na perfeição.

Franka parou de falar. Martina acabou o cigarro e esmagou-o com o pé. Olhou em volta, para ver se alguém estava a ouvir.

– Quando é que precisas delas?

– Se fosse possível, agora.

– Dá-me alguns minutos, vou ver o que posso fazer.

Franka esperou lá fora ao frio durante quinze minutos, até que começou a perguntar-se se a amiga voltaria, quando Martina regressou com um par de muletas velhas debaixo do braço.

– Estas já conheceram melhores dias, mas devem servir. E também acho que ninguém dará pela sua falta.

– Muito obrigada – agradeceu, quando Martina lhas estendeu. – O Tommy vai ficar muito feliz.

Martina ficou ainda alguns minutos com Franka, até que o dever chamou, e tiveram de se despedir. Franka prendeu as muletas à mochila e saiu da aldeia, explicando ao guarda que a mandou parar que eram para o seu namorado veterano da guerra. Depois disso, ele não fez mais perguntas e devolveu-lhe os seus documentos.

Chegou à cabana brandindo as muletas, como se se tratasse de um troféu. John encaixou-as por baixo dos braços e endireitou-se. Os movimentos ainda eram difíceis, e tinha praticamente de arrastar as pernas, mas esta nova situação era de longe melhor do que ficar preso na cama. A sua primeira viagem foi até à cozinha. Sentaram-se juntos à mesa, enquanto Franka preparava uma refeição de sopa, pão e queijo, que comeram como se fosse a última.

Nesse dia, mais tarde, Martina Kruger não conseguia deixar de pensar no encontro que tivera com a sua velha amiga. Por que razão Franka não quisera que o namorado fosse visto por um médico? Ainda que os ossos estivessem a sarar devidamente, não seria melhor certificarem-se disso?

Essa sua estranheza manteve-se durante o Natal e até mesmo no início do novo ano, de 1944. Não conseguia tirar da cabeça a maneira como Franka olhara para ela e como o seu pedido era invulgar. Com algum pesar, dirigiu-se ao gabinete local da Gestapo para denunciar a amiga. Provavelmente não era nada, pensou, e decerto Franka não estaria a esconder alguma coisa, mas o melhor seria deixar os profissionais lidarem com o assunto. Reprimiu quaisquer sentimentos que ainda pudesse ter em relação à lealdade para com os amigos, uma vez que, em tempos de guerra como aqueles, o mais importante era colocar o *führer* em primeiro lugar. Afinal de contas, Franka Gerber era uma criminosa, e Martina não podia correr o risco de se envolver. Tinha de pensar na sua família. O agente da Gestapo concordou com ela – tomara a atitude certa.

O Natal chegou. Passaram-no juntos, conversando horas a fio. Ela falou de cada uma das ideias que a Rosa Branca defendia, e ele contou-lhe que ouvira falar do manifesto dos estudantes de Munique, que fora maciçamente distribuído por toda a Alemanha. Aquilo foi o seu presente de Natal – a satisfação tranquila de que o que tinham feito não fora em vão. Falou-lhe da sua infância nas montanhas. Falaram de todos os verões que ela lá passara, de todas as memórias que guardava. Ele ensinou-lhe algumas frases em inglês – essencialmente, linguagem militar. Falou-lhe de Filadélfia, da casa dos pais e dos dias de Sol na praia, durante o verão. Contou-lhe do negócio do pai e de como se sentia desconfortável por ter tido o privilégio de crescer naquele meio. No entanto, agora falava sobre isso de uma forma diferente. Já não sentia qualquer rancor. Havia coisas bastante mais importantes pelas quais viver ou morrer.

Explicou-lhe que conhecera a mulher em Princeton e que os seus primeiros anos juntos tinham sido felizes. Uma semana após o seu divórcio estar consumado, ela casou-se com o seu aviador, um mês antes de ele ir para a Europa. Nunca contara a ninguém tão detalhadamente a sua história – a ex-mulher, a infância e o sítio onde crescera. Nunca tivera tempo para o fazer. Deu-lhe todos os pormenores de que se lembrou sobre Rudolf Hahn e disse-lhe tudo o que sabia sobre o trabalho do cientista, o que não era grande coisa. Havia partes da missão que nem a ele tinham sido reveladas. Ele não precisava de saber tudo.

Falaram da forma de fazer chegar Hahn à cabana. Seria melhor esperarem até que as pernas de John estivessem bem... O que contavam que aconteceria no final de janeiro. Só então poderiam partir em direção à fronteira. Com tudo aquilo de que falaram, em todas as horas que passaram juntos, nunca fizeram qualquer referência ao futuro. Nunca falaram sobre o que Franka faria quando John partisse para a Suíça com Hahn. Só a missão importava. Ele repetia estas frases constantemente na sua cabeça, até se tornarem um mantra, as palavras a que teria de se agarrar.

Franka empurrou a cama dele para cima do lugar de onde arrancara as tábuas. Desenvolveram um plano: o que fazer se a Gestapo fosse à sua procura. Reviram-no dezenas de vezes. O único aviso que teriam seria o som de um carro a chegar. Nesse caso, John deveria ir imediatamente para o quarto, enfiar-se no buraco que ela tentara tornar o mais confortável possível e fazer deslizar as tábuas para o devido lugar, por cima da sua cabeça. A cama taparia essa zona. Caso a Gestapo realizasse uma busca profunda, não haveria esconderijo que resistisse, mas que razão teriam para fazerem uma coisa dessas? Os jornais locais não falavam de nenhum aviador aliado desaparecido, nem de espiões. Pareciam não fazer ideia de que ele estava nessa zona, escondido na cabana do pai de Franka.

O novo ano chegou. Desde a sua última viagem à aldeia, duas semanas antes, em que apenas falara com Martina, com o soldado que lhe pedira os documentos e com os empregados das várias lojas que visitara, Franka não vira mais ninguém a não ser ele. Agora, John passava mais tempo fora do quarto. Quando ela regressava do seu passeio diário, encontrava-o muitas vezes sentado na cadeira de baloiço, junto à lareira, a ler literatura banida. Queria apenas ler os livros que poderiam levar os nazis a prendê-la. Quanto mais dura a sentença por possuí-los, mais vontade ele tinha de os ler. *A Montanha Mágica*, de Thomas Mann, estava pousado sobre a mesa, onde o deixara, com um marcador a espreitar por entre as páginas. Na liberdade do seu isolamento, apenas ouviam estações de rádio estrangeiras, ilegais. Franka ficou fascinada quando ele lhe contou sobre o que se estava a passar noutros países envolvidos na guerra, as batalhas na Rússia e em Itália, o combate no Pacífico.

Na maior parte das noites, ela fazia um guisado, e ele ajudava-a a cortar e a preparar os vegetais tão finamente que quase se derretiam na boca. Tinham começado a comer juntos no dia de Natal, e depressa isso se tornou um hábito.

Nessa noite de janeiro, enquanto comiam, mantinham-se silenciosos. Os modos dele à mesa eram requintados. Tentou imaginá-lo sentado com os seus colegas soldados, a comer as rações C*, que lhe descrevera tão detalhadamente. Era difícil imaginar.

Ele pegou no guardanapo e limpou levemente as migalhas de pão de cada lado da boca, antes de prosseguir a refeição.

– Vejo que está a olhar para mim com aquele sorriso – disse John. – Em que está a pensar?

– Estou apenas a tentar imaginá-lo com os seus colegas soldados, os «broncos», como lhes chamou – sentia-se orgulhosa por usar o calão inglês que ele lhe ensinara.

– Alguns demoraram a aceitar-me naquele treino básico. Quando perceberam que estávamos todos do mesmo lado e que o preconceito em relação a algum de nós poderia custar-lhes a própria vida... Gosto de pensar que ganhei o respeito deles.

Pousou o garfo, com a refeição ainda por terminar.

– Sei que está nervosa por causa de amanhã – disse. – Vai correr tudo bem. Só precisa de falar com ele durante uns minutos. Ninguém suspeitará de nada. Tanto quanto sei, nenhuma suspeita recai sobre ele.

– Tanto quanto sabe...

– Claro que há coisas que não sabemos. Mas não poderia confiar este trabalho a qualquer um.

– Também não tem grande escolha.

– Claro que tenho. Podia esperar. Hahn podia mudar de ideias, ou acabar o trabalho, ou ser apanhado, ou qualquer outra coisa poderia acontecer entretanto. Mas não posso esperar e também não posso ir lá eu. – Esticou o braço e pegou-lhe na mão. – Quando vai compreender o seu valor nesta missão? Nem posso acreditar que a encontrei. Sem si, já estaria morto.

Franka retirou a mão e pegou na caneca de café à sua frente.

---

* Durante a Segunda Guerra Mundial, a ração C era o «prato confecionado» mais comum para os soldados e era composta, entre outras coisas, por bife grelhado em lata, batatas assadas, salada de repolho e pimenta verde, além de café. [*N. da T.*]

– Como tem tanta certeza de que sou capaz de o fazer?

– Percebo a força que há em si. Quem mais poderia ter passado pelo que passou e, mesmo assim, continuar?

– É preciso ir tratar da lareira.

– Não se preocupe com isso agora. A lareira pode esperar. – Voltou a pegar-lhe na mão. As mãos dele eram quentes, fortes. – Vai conseguir. Tem todas as qualidades necessárias para o fazer. É corajosa e...

– Não sou corajosa. Sou uma cobarde – sentiu as lágrimas começarem a correr-lhe pelo rosto e envergonhou-se por estar a chorar à sua frente. – Traí-os para salvar a minha própria pele. Fingi não saber o que se estava a passar, nem o que Hans e os outros faziam – afastou-se dele, indo buscar a lenha empilhada a um canto. A madeira por baixo do fogão estalou quando ela lhe acrescentou mais alguns troncos. – Eles foram os verdadeiros heróis e estavam dispostos a dar a vida por aquilo em que acreditavam.

– Não são mais heróis do que a Franka, pelo facto de estarem mortos. Não acha que, se tivessem podido escolher, teriam escolhido a vida? Que bem teria vindo ao mundo se a Franka tivesse morrido? O que poderia mais uma morte trazer de bom?

– Devia ter contado o que fiz realmente e aquilo que sabia. Fiz o papel de «estúpida», de «rapariga idiota».

– Fez o que tinha de ser feito para sobreviver. No seu lugar, teria feito exatamente o mesmo. Foi corajosa, inteligente e agora está viva. E, por causa de si, eu também estou. É mulher e é bonita, mas, de todas as pessoas que conheci, é a que está mais longe de ser estúpida ou cobarde.

As suas palavras gentis não conseguiram deter-lhe as lágrimas, que ainda caíam mais depressa e com mais intensidade, pingando-lhe do queixo. John usou as muletas para conseguir levantar-se da mesa e aproximar-se dela.

– Deve ser a pessoa mais corajosa que já conheci, Franka Gerber.

– Eu abandonei-o.

– O quê? – perguntou John.

As palavras dela eram tão frágeis como cinzas ao vento.

– Ele morreu por minha culpa. Eu deixei-o. O meu pai não podia tomar conta dele sozinho.

– Oh, não, isso não é verdade – John conseguia sentir o calor dela na sua pele.

– Nunca devia ter-me ido embora. O Fredi morreu por minha culpa. Se eu tivesse ficado em Friburgo, poderíamos ter tomado conta dele juntos. Nunca teria ido para aquela instituição, e eles nunca lhe teriam posto as garras em cima. Ainda estaria vivo.

– Não é culpa sua que o Fredi tenha morrido. Os nazis assassinaram-no.

– Porque tive de ir para Munique? Porque é que o deixei?

– Queria começar de novo. Tinha vinte e dois anos.

– Diz isso, mas...

– A morte do Fredi não é culpa sua. Quem lhe diz que eles não teriam ido buscá-lo a vossa casa? Não poderia ter feito nada em relação a isso. Nunca poderia imaginar uma coisa daquelas.

– Ele nunca teria morrido.

– Tem agora a oportunidade de retaliar, atingindo o âmago do regime que assassinou o seu irmão e o seu namorado. Eles ainda não perceberam como este programa nuclear é importante. Temos de os impedir, antes que descubram. Segundo Hahn, já estão à nossa frente. Se deixarmos os nazis desenvolverem o seu programa primeiro, poderão nunca vir a pagar por terem assassinado o Fredi e tantos outros.

– É demasiado tarde. O mal está feito.

– Nunca é demasiado tarde. Não enquanto tiver ar nos pulmões e vida dentro de si. Os nazis já deixaram um rasto de milhões de vítimas por toda a Europa. A Franka tem a oportunidade de lutar pela justiça, em seu nome.

– E de me vingar?

– Ambas – disse ele. – Há muitas e variadas razões para aquilo que estamos a fazer. Vingança é uma delas. Preciso de saber se está nisto a cem porcento, Franka. Se assim não for, está a pôr a nossa vida em perigo. Está comigo?

– Estou. A cem porcento.

Capítulo 11

Franka já estava acordada antes do nascer do Sol e viu a escuridão da noite dar lugar ao cinzento abraço de uma manhã enevoada. Esperou uma hora para sair da cama, tremendo quando o frio da cabana lhe atingiu o rosto. De Friburgo a Estugarda seriam duas horas de comboio. As estradas continuavam intransitáveis, e o seu carro apenas uma memória de como ali tinha chegado e de como poderia partir. O café acabado de fazer aqueceu-a. Verificou as reservas alimentares para John, muito embora soubesse exatamente a comida que tinham. Confirmou tudo, uma vez mais. Ouviu a voz dele através da porta e, com uma caneca fumegante de café na mão, foi ter com ele. Estava sentado na cama.

– Vai conseguir. Vai apenas encontrar-se com uma pessoa em Estugarda.

Falaram da viagem durante alguns minutos, antes de ela ir tomar banho. Quando saiu da casa de banho, com o ar frio a picar-lhe o couro cabeludo, ele estava na cozinha. Sentaram-se e tomaram o pequeno-almoço juntos. John passou em revista todos os procedimentos, muito embora ela já tivesse tudo memorizado. Quinze minutos depois estava pronta, e ele foi até à porta, para lhe apertar a mão e se despedirem.

– Vemo-nos amanhã – disse ela.

Tentou mostrar-se animada, esconder a ansiedade que parecia corroê-la, mas viu a inquietação nos olhos dele.

Quando o comboio chegou à estação de Stuttgart Hauptbahnhof, Franka não se mexeu. Sentia a mente vazia, tão desprovida de cor quanto a neve que caía nas montanhas. O soldado sentado à sua frente ofereceu--se para a ajudar com a mala. Ela apertou-a com força e declinou a oferta, com um agradecimento educado. O rapaz fez um cumprimento com o chapéu e levantou-se para sair do comboio. Franka forçou-se a sair do seu lugar, consciente de como devia estar pálida. Desde que entrara no comboio, não comera nem se mexera. As mãos tremiam-lhe. Enfiou-as nos bolsos do casaco e levantou-se. Misturou-se com o resto dos passageiros que desciam do comboio para a plataforma. O comboio chegara a horas. O relógio de parede marcava 15h15. Tinha tempo mais do que suficiente para encontrar um hotel, antes de se ir encontrar com Hahn. Diversos homens da Gestapo, de uniforme, mandavam parar vários elementos da multidão, para verificarem os seus documentos. Não a incomodaram. Pareciam mais interessados nos homens em idade de cumprirem o serviço militar. Andavam à procura de desertores.

Quando saiu da estação, o ar estava frio. O dia estava enevoado, sombrio. Viu uma extensa fila de bandeiras nazis, presas em postes de quinze metros de altura, que oscilavam ao vento, pouco visíveis sob aquela névoa. Na entrada da estação, a três metros de altura, estava colocado um enorme retrato de Hitler. Franka esticou o braço para chamar um táxi.

Forçou-se a comer alguma coisa depois de fazer o *check-in* no hotel e depois seguiu o seu caminho em direção à Schlossplatz, a enorme praça no centro da cidade, onde Hahn se encontraria durante uns preciosos dez minutos. Caminhou pelos jardins barrocos da praça, até à estátua da deusa romana Concórdia, que se destacava no centro, com quase trinta metros de altura. Os bombardeamentos tinham deixado marcas nos edifícios em volta, que agora se confundiam, com tão fraca visibilidade. Alguns estavam a ser reconstruídos, mas outros não. Uma enorme bandeira nazi agitava-se no ar, enquanto vários soldados fora de serviço passavam lentamente por ela. Todo o seu corpo ficou rígido perante os seus olhares. Parecia haver inimigos por todo o lado, e ela sentia os olhos de cada transeunte fixados nela, como sanguessugas coladas à pele. Sentou-se num banco do parque com vista para toda a praça, desejando fumar – para, pelo menos, conseguir acalmar os nervos. Resistiu à vontade de olhar para o relógio de pulso. Um homem parou do outro lado do parque, pareceu olhar para ela e depois continuou. Os segundos arrastavam-se como horas.

E então viu-o. Um homem dos seus cinquenta anos, com uma gabardina creme, atravessou a praça e sentou-se num banco do parque, a pouco mais de uns vinte e cinco metros. Usava um chapéu e tinha um bigode grisalho, tal como John o descrevera. Abriu um jornal mesmo em frente do rosto, como John disse que faria. Deveria ir ter com ele? Olhou por cima de cada um dos ombros, tentando dar a entender que estava à espera de alguém. Um homem que estava na casa dos trinta sentou-se ao seu lado, olhando-a de relance.

– Bonito sítio, não é? – perguntou, enquanto o coração de Franka parecia ter ficado congelado.

– Sim – respondeu, mal conseguindo pronunciar a palavra.

Nem sequer levantou os olhos para ele, embora tivesse percebido que ele a fixava. Olhou para o pulso e depois para o homem da gabardina creme. Daí a oito minutos, Hahn ir-se-ia embora. Quem era este homem que se sentara ao seu lado? O aroma adocicado do fumo do cigarro chegou-lhe às narinas.

– Quer um? – perguntou o homem.

Segurava o maço de cigarros junto dela. Franka abanou a cabeça. O sorriso dele revelou uns dentes da frente tortos, e tinha uma cicatriz profunda numa das faces. Os seus olhos cinzentos eram indecifráveis.

– Não fumo – respondeu.

– É um péssimo hábito. O próprio *führer* já se manifestou contra isso – inspirou profundamente.

– Nem nunca experimentei. Agora, se me dá licença.

Levantou-se e partiu, sem mais palavras. O homem da gabardina creme continuava a ler o jornal e não reagiu quando ela se sentou ao seu lado. O homem que lhe oferecera o cigarro observava-os.

– O tempo está bom, para esta época do ano – disse. – É uma festa para as crianças.

Quando ouviu estas palavras, Hahn virou a cabeça. Precisou de alguns segundos para recuperar a compostura. Tinha um guarda-chuva ao seu lado, como John avisara que teria.

– Um tempo bom para esquiar no gelo, mas não para os agricultores tentarem alimentar os nossos bravos soldados na frente.

As suas palavras tinham sido praticadas, eram intencionais. Eram as palavras de código. Ele voltou a página, conservando o jornal à sua frente.

Sabia que teria de falar a seguir, mas deu uma vista de olhos ao homem que estava a fumar. Ele observava-os, mas desviou o olhar quando percebeu que ela estava a olhar para ele. Um soldado com um uniforme das SS passou por eles.

– É seguro falarmos aqui? – perguntou Franka ao homem ao seu lado.

– Talvez não – respondeu, mas não se mexeu. – Não é a pessoa que eu esperava.

– Surgiu um problema com a pessoa que devia estar aqui. Não pôde vir. – Hahn virou-se para ela, e Franka prosseguiu – Ele está vivo e de boa saúde, mas teve uns problemas que o impedem de viajar durante algumas semanas.

Olhava em frente enquanto falava, consciente de que ele estava voltado para ela, apesar de ter o jornal à frente do rosto.

– Vou levantar-me – disse ele. – Espero por si na esquina da rua, daquele lado. Venha daqui a cinco minutos, e caminharemos juntos.

Dobrou o jornal e enfiou-o debaixo do braço, enquanto se levantava. Ela esforçou-se por não olhar para o relógio mais do que um par de vezes. O homem que lhe oferecera um cigarro estava agora a falar com outra pessoa sentada no banco, aparentemente distraído. Assim que passaram os cinco minutos foi ter com Hahn, que a cumprimentou com um aperto de mão.

– Sabe quem eu sou, mas eu não sei quem é. Como devo chamar-lhe?

– Franka. Sou alemã.

– Fala em nome dos nossos amigos aliados? Pode fazer promessas por eles?

– Sim, posso – John garantira-lhe que poderia.

– Disse que o seu homem não pode viajar. Qual é, exatamente, o problema?

– Tem as duas pernas partidas. Está a recuperar numa cabana perto de Friburgo.

Hahn esperou, até ultrapassarem um soldado e a namorada, que passeavam de braço dado.

– Isso pode ser um problema. Houve uma mudança de planos.

– Que mudança de planos é essa?

– Quero que a minha mulher saia comigo.

– Pensei que era divorciado, com uma filha a viver no exílio, na Suíça.

– A Heidi está em Zurique, sim, mas não me sentiria bem com a minha consciência se deixasse ficar a minha mulher. Nas últimas semanas os bombardeamentos têm aumentado. Parece que agora os aliados têm um controlo absoluto sobre os céus da Alemanha. Há milhares de pessoas a serem abatidas, e Deus nos ajude a todos se os russos aqui entrarem. Não a posso deixar aqui a enfrentar sozinha tal destino.

– Verei o que se pode fazer.

Hahn parou.

– Se ela não puder ir, eu também não irei.

Franka tentou imaginar John, a andar com dificuldade, ainda com as pernas mal saradas, e a conduzir um casal na casa dos cinquenta anos através da floresta gelada até à Suíça. Não parecia razoável.

– Falarei com o nosso amigo sobre isso. Também tenho uma série de perguntas para si.

Franka olhou em volta. Não havia ninguém por perto que os pudesse ouvir. Continuaram a andar.

– Espero que tenham arranjado a casa que pedi. Quero uma casa na praia e dois carros, um alemão e outro americano – Hahn sorriu para si mesmo. – Quero ser o chefe da equipa com quem irei trabalhar e quero controlar o estudo.

– Está tudo a ser tratado – disse Franka. – Como está a correr o seu trabalho?

– Estamos a aproximar-nos de uma importante descoberta.

– E a liderança nazi? Já começaram a prestar atenção?

– Na semana passada recebi uma carta de Himmler, a elogiar-me pelo progresso que temos feito. Corre o rumor de que quer fazer de nós o seu projeto de estimação. Vai usar as nossas descobertas para agradar a Hitler. Está em vias de organizar uma visita. Se Himmler obtiver a aprovação de Hitler, teremos todo o financiamento de que precisamos e poderemos desenvolver a nossa arma.

A palavra «arma» arrepiou-a, e as perguntas multiplicaram-se na sua cabeça, mas manteve-se firme na sua missão, recordando-se das palavras de John.

– Não há nenhuma forma de travar esse progresso?

– Eu faço parte de uma equipa. Se eu cometesse um erro deliberadamente, o resto da equipa iria reparar. Poderia ser afastado do projeto, e nesse caso os seus deixariam de poder contar com um elemento no interior. Não poderia fazer uma coisa dessas. Prejudicaria a minha reputação, e, além disso, os seus chefes querem que eu avance o máximo possível, para depois o roubarem para eles próprios. Não acreditam que os líderes nazis nos apoiem até ao ponto necessário para terminarmos o trabalho. Acham que, quando já tivermos algo que possa realmente ser usado, a guerra estará terminada.

– E têm razão?

– Talvez sim, ou talvez não. É difícil dizer. Estão a fazer um jogo perigoso.

– O trabalho pode continuar sem si?

– Sim, mas eu sou o ponta-de-lança e a força motriz por trás de tudo. E sou também a sua imagem pública. Sem mim, pessoas como Himmler perderão o interesse, e o projeto será negligenciado, a favor do desenvolvimento do motor a jato, que Hitler acredita poder mudar o curso da guerra. O nosso projeto é um dos muitos que reivindicam poder salvar a Alemanha. Só que eu conheço o verdadeiro potencial do que estamos a fazer. E não será nada fácil conseguir que outros o concretizem. Este encontro com Himmler pode fazer avançar ou destruir o nosso projeto.

Era difícil perceber se ele era antinazi ou não. Franka começava a ficar com a impressão de que, se não o levassem dali, ele acabaria por levar o projeto até ao fim na Alemanha, e os nazis poderiam fazer uso de todo o potencial desta arma que referira. Talvez apenas estivesse interessado em aproveitar as instalações e os financiamentos superiores dos americanos. Ou talvez para ele apenas o próprio projeto contasse, só a descoberta científica lhe interessasse e não aquilo que a ciência acabasse por vir a fazer com ela. Um homem sem quaisquer outras lealdades que não em relação ao seu trabalho era um homem perigoso.

Caminharam em silêncio durante alguns minutos, passando pela Schlossplatz em direção às ruas por detrás desta. Imponentes edifícios em pedra cercavam-nos, e a noite começava a instalar-se. As luzes das ruas tremeluziram, mas nem todas se acenderam.

– Então qual é o vosso plano daqui para a frente?

– Queremos que se mantenha sossegado durante duas semanas e que depois siga para Friburgo.

– E depois levar-me-ão a mim e à minha mulher para os Estados Unidos, para que aí possa continuar o meu trabalho?

– Qual é a idade da sua mulher, Dr. Hahn?

– Cinquenta e três.

– Levar mais uma pessoa, especialmente uma mulher, na casa dos cinquenta, vai tornar bastante mais difícil a travessia da fronteira para a Suíça. Tenho a certeza de que um homem brilhante como o senhor compreende isso.

– Só irei nessa condição.

Franka tentou imaginar o que John diria. Talvez ele conseguisse fazê-los passar, um de cada vez, a mulher primeiro e Hahn depois. Não seria nada simples, mas era possível.

– Tem alguma forma de levar o trabalho consigo?

– Fiz um microfilme dos desenhos técnicos e dos planos. Levá-los comigo não deverá representar qualquer problema.

– E onde está esse microfilme?

– Escondido em segurança.

Estava prestes a pedir-lhe para explicar melhor, quando o som estridente das sirenes que indicavam ataque aéreo rasgaram o ar.

Franka pôde ver o medo nos olhos dele.

– Um ataque aéreo – disse Hahn. – Temos de ir para um abrigo.

– Quanto tempo temos, antes de os bombardeamentos começarem?

– É difícil dizer, já que estamos situados num vale e está nevoeiro. Os aviões poderão estar mesmo por cima de nós. Vem comigo?

– Não tenho outro lugar para onde ir.

As pessoas começaram a correr, e as mães puxavam os filhos pelos braços.

– Há um abrigo a poucos minutos daqui – disse Hahn.

Um assobio estridente interrompeu-o, e a rua atrás deles foi abalada por uma forte explosão. A umas centenas de metros, a montra de uma loja explodiu, inundando a rua de escombros e detritos. Um alarme antirroubo soou. As sirenes continuavam a tocar. Havia pessoas por todo o lado. Franka olhou para trás e viu corpos sobre o asfalto. Quando se voltou a ouvir o assobio das bombas, Hahn agarrou-a pelo pulso.

Mais de uma centena de pessoas desciam a rua, a correr. Era impossível saber a que distância estava o abrigo antiaéreo. Não conseguia ver nada, a não ser pessoas a correrem por todo o lado. Hahn era lento. Ia quase a arrastá-lo quando outra bomba caiu, aterrando a cerca de trinta metros atrás deles. Um homem foi arremessado contra a lateral de um edifício, como se tivesse sido lançado por uma mão gigante, e o seu corpo caiu, como um fardo disforme. Ouviu-se uma nova bomba e depois mais outra, atingindo as casas de cada lado da rua. Vidros e detritos espalhavam-se por todo o lado. Franka voltou-se e viu um homem a correr por trás dela, com todo o corpo a ser consumido por chamas amarelas e acabando por cair. As pessoas passavam a correr, deixando atrás de si o som dos seus gritos. O pânico era total. Caiu mais outra bomba, e o edifício mesmo à sua frente explodiu, enchendo todo o espaço em volta de pó e escombros. Havia mortos ao longo de toda a rua, à frente e atrás. E o assobiar das bombas continuava a flagelar-lhe os ouvidos. Hahn abrandou.

– A que distância estamos do abrigo? – perguntou ela aos gritos.

– Talvez a uns oitocentos metros. Geralmente há mais avisos, mas com as nuvens...

Uma nova explosão agitou o ar à sua volta, e Franka conseguiu ver que a rua que tinham acabado de descer era agora um rasto de fogo. Havia vários corpos no chão, a arderem como tochas, sob a luz fraca dos poucos candeeiros que restavam. Por cima deles, o céu escurecia. Os aviões estavam invisíveis. Viu uma bomba, apercebendo-se do seu corpo negro ainda antes de atingir o chão, destruindo uma mercearia e espalhando vidros e caixas de legumes, como se fossem *confetti*. Uma nova bomba caiu, e o corpo mutilado de uma idosa tombou no asfalto, muito perto deles. O queixo fora arrancado, e tinha as roupas queimadas, deixando ver, por baixo, o corpo carbonizado. Franka contornou-a, a correr, enquanto outra bomba explodia atrás deles. No meio do fumo, deixou de ver Hahn durante alguns segundos, mas voltou a encontrá-lo a cerca de quinze metros à sua esquerda. Correu para ele, precisamente quando outra bomba caía, provocando mais destruição. À sua volta, dezenas de pessoas jaziam, feridas, aos gritos. Outras continuavam a correr. Franka parou, esfregando os olhos. Voltou a perder-se de Hahn e perscrutou o chão, tentando encontrá-lo.

Uma nova explosão quase lhe fez rebentar os tímpanos, atirando-a para o chão. À sua volta, os edifícios eram um mar de chamas, soltando um fumo negro que serpenteava pelo ar. Tentou limpar a poeira dos olhos e concentrar-se, apesar do zumbido nos ouvidos. Examinou o corpo. Não tinha sangue. Conseguia mexer-se, ainda que sentisse algumas dores. Levantou-se, agora já bem atrás da maior parte da multidão que fugia.

Outra bomba explodiu, mas desta vez a várias centenas de metros de distância. De súbito, apercebeu-se de que estava sozinha e de que ainda precisava de chegar a um abrigo antiaéreo. À sua frente, a multidão continuava a correr em direção a ele, que estava agora visível, apenas a alguns quarteirões de distância. Onde estava Hahn? Sentiu um líquido quente a escorrer-lhe por uma das faces e, quando lhe tocou, a sua mão veio manchada com o seu próprio sangue. A cacofonia de sirenes era agora diferente, misturada com os gemidos agonizantes dos feridos. Tropeçou por cima dos escombros e dos vidros partidos, à procura de Hahn. No espaço de quinze metros, junto do sítio onde se encontrava, contou sete mortos, alguns sem braços ou pernas, outros esmagados sob tijolos e cimento. O assobio das bombas voltou, desta vez mais longe. Os bombardeiros tinham passado, mas isso não significava que não regressassem. Precisava de chegar ao abrigo. Ficar ali equivaleria a morrer.

Franka gritou ao vê-lo. Hahn estava do outro lado da rua, deitado de lado, numa poça de sangue espesso. Cambaleou na sua direção, passando pelas mãos estendidas de vários feridos, que lhe imploravam ajuda. Ignorá-los foi contra todos os seus instintos, mas foi o que fez. Uma vozinha fraca dentro da sua cabeça recordou-a de que deveria focar-se na sua missão.

– Hahn – chamou. Sentiu a voz ecoar dentro de si, como se estivesse dentro de uma caverna escura.

Enquanto se inclinava sobre ele, novas explosões fizeram estremecer a terra. As pessoas continuavam a correr. Um jovem gritou por ela tentando agarrá-la, mas Franka esquivou-se. Hahn abriu os olhos e levantou a cabeça. O sangue escorria-lhe pelos cantos da boca. Tossiu e fixou os olhos nos dela. Tinha as roupas empapadas em sangue e, à sua frente, a poça carmim tornava-se mais espessa a cada segundo. Os seus olhos imploravam-lhe ajuda, apesar de ela saber que não havia nada a fazer. O destroço de parte de um edifício caíra-lhe sobre as pernas, esmagando-o contra o chão. Pensou deixá-lo, continuar a correr para o abrigo, mas depois pensou em John, à sua espera na cabana.

– Onde está o microfilme, Hahn?

Os olhos dele cintilaram, mas não conseguiu emitir senão um gemido.

– Não deixe que a sua investigação morra nesta rua. Disse que os nazis não valorizavam o seu trabalho. Permita que os americanos acabem o que começou.

Ele abriu os olhos e fixou-a.

– Onde está o microfilme? Deixe-me salvaguardar o trabalho, ao qual dedicou a sua vida.

Hahn tentou virar-se, afastando o bloco de cimento das suas pernas. Franka esticou os braços por baixo do bloco, esforçando-se também por levantá-lo. Não se mexeu, e Hahn, resignado ao seu destino, deixou-se cair na posição inicial. A sua respiração foi ficando mais fraca, enquanto a cor lhe fugia do rosto. Franka percebeu que só lhe restavam alguns segundos.

– Dr. Hahn? Não deixe que o seu trabalho caia nas mãos dos nazis. Deixe que os americanos façam algo de bom com ele.

Hahn apertou os lábios, num sorriso sangrento, macabro.

– Como o que fizeram hoje aqui? Faz alguma ideia, sequer, daquilo em que estou a trabalhar?

– Fissão nuclear? Não sei o que é. Só sei que pode mudar o rumo da...

– É uma bomba, a mais poderosa da história. Uma bomba capaz de arrasar uma cidade inteira.

– Uma bomba que pode destruir uma cidade?

– Capaz de incinerar milhares de pessoas em segundos.

– Não permita que caia nas mãos dos nazis. Pense no que eles fizeram aos seus amigos e colegas judeus. Pense no que poderão fazer com esse poder.

Hahn fechou os olhos por um segundo e depois voltou a abri-los. Franka percebeu que poderia ser a última vez que o fazia.

– Está no meu apartamento, Kronenstrasse, 433. É perto – voltou a tossir. – Certifique-se de que terminam o trabalho. Está tudo lá. Vá agora, enquanto o ataque ainda está a decorrer e a polícia está no abrigo.

– Em que sítio está escondido? – mais bombas explodiram, a algumas centenas de metros. Franka sabia que tinha de se apressar. Os bombardeiros iriam voltar.

– O retrato da minha mãe – disse Hahn, com uma voz cada vez mais fraca. – Veja no...

A cabeça caiu-lhe para trás, o bigode coberto de sangue, os olhos abertos, olhando para o vazio.

As pessoas corriam apressadamente. Franka era a única pessoa capaz que não corria. O apartamento de Hahn estava a ser vigiado. Por que outra razão lhe podia ter dito para ir lá naquele momento, enquanto os bombardeiros aliados espalhavam a morte pela cidade? Podia ser a sua única oportunidade de recuperar a missão, fazer a sua parte, para derrotar o mal que matara Hans, Fredi e o pai.

Demorou alguns segundos terríveis a remexer nos bolsos dele, à procura das chaves. Ninguém estava a olhar. Deixou-o ali deitado e correu com os outros, agora já com o abrigo antiaéreo, em cimento reforçado, à vista, no final da rua. Uma névoa de fumo e poeira pairava no ar. As sirenes continuavam a tocar, e vários dos edifícios à sua volta estavam em chamas. Havia cadáveres espalhados pelo caminho. Viu o nome da rua: Kronenstrasse. Estava vazia. Não se via polícia, nem soldados. Não se via ninguém da Gestapo, e decerto a Frau Hahn também não estaria à espera de que o seu ex-marido chegasse a casa. Não teria outra oportunidade como esta. Parou por um segundo, a respirar com dificuldade, o cabelo molhado de sangue. A segurança do abrigo antiaéreo estava a cento e oitenta metros de distância. Poderia esperar.

Desceu a correr pela Kronenstrasse, verificando os números dos edifícios por onde passava. Os bombardeamentos recomeçaram, e várias explosões abanaram o chão atrás de si. Ruínas fumegantes, que uns momentos antes tinham sido edifícios, oscilavam sobre ela, prestes a desmoronar sobre a rua. A missão. A missão. Seguiu os números: 411, 413. Uma bomba caiu mesmo do seu lado direito, espalhando vidros e cimento na rua, à sua frente. Franka agachou-se por uns segundos, até ter certeza de que não vinha mais nenhuma a caminho. Viu o bloco de apartamentos e correu para a porta de vidro, que permanecia intacta, procurando, atabalhoadamente, as chaves. Experimentou uma – a chave errada – e depois outra, e a chave rodou na fechadura. A porta abriu para uma escadaria em mármore. O elevador estava a escassos metros, mas seria demasiado perigoso usá-lo. As caixas de correio instaladas do lado direito indicaram-lhe que Hahn vivia, ou tinha vivido, no apartamento 2b.

Avançou até às escadas desertas, enquanto todo o edifício abanava com o impacto de uma bomba que caíra ali perto. Sobreviver seria puro acaso. Acocorou-se nas escadas, à espera de que o som passasse, e prosseguiu. Corada e ofegante, chegou ao apartamento 2b. A chave deslizou na fechadura, e ela empurrou a porta. Pensou na possibilidade de a mulher de Hahn ainda ali se encontrar, mas não havia tempo para hesitações. Correu para a sala de estar, reproduzindo repetidas vezes as palavras que ele dissera.

«O retrato da minha mãe», disse, examinando a divisão. Fotografias antigas a preto e branco ocupavam as molduras por cima de cada mesa e havia ainda várias penduradas nas paredes. Qual seria a mãe? E onde esconderia o microfilme, numa moldura tão pequena como aquelas? Uma porta fechada chamou-lhe a atenção, e correu para ela. Entrou num quarto e viu por cima da cama o retrato emoldurado de uma mulher de rosto severo, vestida tradicionalmente. Retirou-o da parede e pousou-o sobre o colchão, voltado ao contrário. Mais explosões cortaram o ar, e desta vez ouviu o som da artilharia antiaérea a ripostar. A parte de trás do retrato estava coberta com papel pardo, perfeitamente nivelado, mas destacando-se em relação à fotografia em cerca de dois centímetros de altura. Franka rasgou o papel. Havia um pequeno objeto preto colado ao interior da moldura, no canto inferior esquerdo. Só podia ser o microfilme. Arrancou-o e enfiou-o no bolso.

Os bombardeamentos regressaram quando ia a descer as escadas, e ela esperou que o barulho parasse, antes de prosseguir. Saiu pela porta do bloco de apartamentos para a rua em ruínas. Um homem que minutos antes lhe implorara socorro estava agora morto. Era difícil não olhar para ele, enquanto avançava a correr. Conservava a mão no bolso, segurando o microfilme. A porta da frente do abrigo antiaéreo estava fechada. Bateu-lhe com um punho fechado e gritou, para que a deixassem entrar. A porta abriu-se, e, ofegante, coberta de pó e de sangue, deixou-se cair lá para dentro. Centenas de pessoas viraram-se para olhar para ela, com a mão ainda enfiada no bolso, como se fosse de ferro.

As horas foram passando. Finalmente, os bombardeamentos terminaram. O curativo que o médico lhe colocara na cabeça fazia-lhe comichão. Ele garantiu-lhe que o corte era superficial e que as feridas na cabeça quase sempre pareciam piores do que eram na realidade. Ela fez-se de tontinha, assentindo e sorrindo quando ele terminou. O homem que estava ao seu lado ofereceu-lhe o casaco. Ela recusou e pediu indicações sobre o caminho para o hotel que reservara, esperando que ainda estivesse intacto. Pensou nos soldados aliados que largavam as bombas, perguntando-se se teriam noção do que estavam a fazer e das pessoas que matavam. Eram criminosos de guerra, como testemunharia a maior parte das pessoas que estava no abrigo antiaéreo. Ou a responsabilidade pelos crimes de guerra era decidida pelos que saíssem vitoriosos? Duvidava de que a maioria dos criminosos desta guerra alguma vez fosse punida. Os do lado vencedor seriam provavelmente enaltecidos como heróis, e os seus crimes recordados como atos exemplares. Por todo o mundo, as estradas e as estações de comboio receberiam os nomes de pessoas que outras considerariam criminosas de guerra.

Quando a multidão saiu do abrigo já era noite. Franka embrenhou-se na paisagem urbana alterada, onde as chamas dos incêndios provocados pelos bombardeamentos ainda lambiam o ar. As pessoas comentavam que, até então, fora o mais terrível ataque aéreo sobre Estugarda. Seriam precisos dias para reunir e contar todos os mortos. Nessa altura, já Franka estaria longe. Os cidadãos de Estugarda caminhavam como fantasmas pelas ruas escuras, contornando os escombros e os cadáveres dos que tinham tido menos sorte do que eles. O silvo das sirenes parara por agora, substituído pelo choro e pela culpa silenciosa dos sobreviventes.

Capítulo 12

John esteve sentado à janela durante quase todo o tempo em que ela esteve ausente. Pensava em Penelope, que agora ansiava por outra pessoa. Outro homem esperava agora pelas suas cartas. Imaginava o aviador a segurar nos envelopes à frente do nariz e a sentir a doçura do seu perfume, da mesma forma que ele fizera. Não pensara muito nela desde aquela última carta que ela lhe escrevera, a qual não fora, obviamente, aspergida com perfume. Pensou em como costumavam rir-se juntos, como se sentira orgulhoso dela e na forma como faziam amor. A amargura que sentira desaparecera. Gostava de poder vê-la, de lhe dizer que lamentava, que ela fizera o que estava certo. Em tempos, a felicidade dela fora para ele a coisa mais importante do mundo, e desejava que a redescobrisse com o seu novo marido. Era impossível estar zangado com ela. Fora tudo culpa sua. Nunca a enganara nem desejara outra pessoa, mas não estivera presente para ela. Sabia que não haveria uma despedida perfeita. Voltariam a ver-se, talvez numa gala, onde olhariam um para o outro, no meio de uma sala cheia de gente. Talvez pudessem falar e trocar votos recíprocos de felicidades. Tinha esperança de que assim acontecesse.

Todos os pensamentos que lhe cruzavam a mente eram, contudo, interrompidos pela lembrança de Franka. As tentativas de a afastar da sua consciência eram inúteis – ela regressava sempre. Parecia ter o seu rosto tatuado dentro dele. Lutou contra a preocupação que sentia com ela. Deveria encará-la como faria em relação a qualquer outro operacional, com a sua própria missão. No entanto, quando acordou nessa manhã, sentiu a sua falta, na frieza da cabana. Parecia vazia. Levantou-se da cama e deslocou-se com alguma dificuldade pelo quarto, saindo em direção à cozinha. O café estava em cima do fogão, onde o deixara. Tudo se mantinha tal como o deixara. Era pouco natural. Era ridículo o que estava a sentir – certamente consequência de estar ali confinado há tanto tempo. Era verdade que há muito não via uma mulher como Franka. Era compreensível que sentisse alguma afinidade em relação a ela. Salvara-o. Era corajosa, honesta e linda. Não se podia sentir culpado por algum pensamento menos conveniente, que não pudesse controlar. Não conseguira evitar ter memorizado cada traço do seu rosto. Havia coisas que iam para além do seu controlo.

Terminou o pequeno-almoço de fruta seca, pão duro e compota e foi para a sala de estar. O seu livro estava pousado sobre a mesa junto à lareira, que precisava de acender. Calculou que os troncos ainda dessem para uns três dias, antes de Franka ter de sair para ir buscar mais. Não se sentia bem por ter de ser sempre ela a sair para a neve, apesar de nunca se ter queixado. Ela nunca se queixava de nada. Precisou de alguns minutos para que o fogo pegasse e ele pudesse sentar-se e relaxar. Gostaria de poder fazer mais qualquer coisa na cabana, mas ainda não estava em condições. Era mais um empecilho do que uma ajuda.

Não estava a usá-la. Ela voluntariara-se. Sentira-se grata pela oportunidade de influenciar o desfecho da guerra contra o regime que lhe destruíra a família e o país que amava. Então, qual era a razão para os seus sentimentos de culpa? Por que razão sentia que a mandara enfiar-se na boca do lobo? Avisara-a de que Hahn era conhecido por ser uma pessoa difícil. Tinha certeza de que ela conseguiria resolver essa questão sozinha. Afinal, só tinha de fazer o contacto.

À hora do almoço, continuava junto à lareira, com o livro intocado sobre a mesa ao seu lado. Lá fora o Sol brilhava, e ele conseguia ouvir a neve pingar, ao derreter. Levantou o cobertor com que se tapara, pegou no rádio e ligou-o. O sotaque britânico do locutor dos noticiários da BBC fez-se ouvir através das ondas de rádio. John conhecera muitos ingleses. Poucos soavam daquela maneira. O locutor leu uma lista dos bombardeamentos ocorridos na noite anterior. O seu sangue gelou quando ouviu a notícia dos ataques a Estugarda.

«O comando de bombardeiros da RAF conduziu ontem um impressionante ataque à fortaleza industrial de Estugarda. Diversas fontes reclamam ter sido o maior ocorrido nessa cidade.»

O ataque aéreo fora pequeno, em comparação com as surtidas maciças que haviam destruído grande parte de Hamburgo e de Colónia, mas foi saudado como um enorme sucesso. Quantas pessoas tinham morrido? Enviara-a diretamente para as garras da besta aliada. Pensamentos terríveis começaram a consumi-lo. O locutor prosseguiu, dando pouca importância às palavras, que continuavam a ecoar na cabeça de John.

«Estamos em guerra», pensou em voz alta. «Ela conhecia os riscos.»

Fixou o olhar no relógio de cuco, no corredor. Tocou a uma da tarde. Os minutos arrastaram-se como meses até quase às cinco horas. A escuridão começava a abater-se sobre a cabana, quando a porta, finalmente, se abriu. John não conseguia vê-la, enquanto ela largava os esquis no corredor. Não a chamou. Franka apareceu no extremo do corredor. Um adesivo enorme enfeitava-lhe a testa. Deixou cair a mala e fechou a porta.

John reprimiu a vontade de exprimir o seu alívio ao vê-la.

– Encontrou-se com ele? – perguntou.

– Sim – respondeu. Dirigiu-se à cozinha, voltando uns segundos depois com um copo de água. – Os bombardeamentos ocorreram quando eu estava com ele. Toda a cidade parecia estar em chamas.

– Está ferida?

Ela tocou no adesivo que tinha na cabeça.

– É só um arranhão. Fui uma das pessoas com sorte. Centenas de pessoas morreram. Talvez milhares. Hahn morreu na rua.

– O quê? Tem certeza?

– Eu estava com ele. Morreu à minha frente.

Mal conseguindo manter a cabeça direita, Franka deixou-se cair na cadeira em frente à dele.

John tentou pôr as ideias em ordem. Hahn estava morto, o que significava que o seu trabalho para os nazis também estava. Mas e se de alguma forma o projeto dos nazis relativamente à fissão nuclear prosseguisse? Sem os conhecimentos de Hahn, era possível que os cientistas na América não conseguissem desenvolvê-lo, até já ser demasiado tarde.

Os seus superiores não ficariam nada satisfeitos sem os conhecimentos de Hahn à sua disposição. Precisou de alguns segundos para recuperar a compostura e voltar a falar.

– Não está ferida?

Ela abanou a cabeça.

– O que aconteceu? Quanto tempo esteve com ele?

– Apenas alguns minutos. A verdade é que ele era mais um mercenário do que um dissidente. Parecia mais interessado em acabar o trabalho do que em usá-lo contra os nazis. Não dava ideia de estar preocupado em saber quem iria acabá-lo. Estava convencido de que os americanos lhe dariam o financiamento e as instalações de que precisava.

– E era o que teríamos feito – confirmou John. – Ouvi as notícias do ataque. Estou aliviado por a ver com vida. O que aconteceu?

Franka contou-lhe tudo, desde o momento em que conhecera Hahn até ao instante em que ele morrera.

– O que aconteceu ao microfilme? – perguntou John.

– Dê-me só um minuto – pediu Franka. Foi à casa de banho e regressou segundos depois com uma pequeno invólucro de plástico. O seu rosto estava sério, rígido.

Ele tentou levantar-se, procurando as muletas. Ela aproximou-se dele, e John voltou a sentar-se.

– Tem-no consigo.

– Fui ao seu apartamento depois de ele ter morrido.

Ele esticou a mão para pegar no pequeno estojo, mas ela apertou-o entre os dedos.

– Ele contou-me sobre o que era o projeto.

John recostou-se na cadeira. A luz tremeluzente da lareira dançava sobre os traços suaves do seu rosto.

– Eu disse-lhe tudo o que sabia. O meu trabalho não é fazer perguntas.

– Ele estava a desenvolver uma bomba capaz de destruir uma cidade inteira. A arma mais mortífera da história – a sua mão fechou-se sobre o microfilme.

– Eu não sabia que era uma bomba. Sabia apenas que se tratava de uma tecnologia capaz de mudar o curso da guerra. Agora é connosco, entregarmos este filme aos aliados, antes que os nazis percebam o que têm entre mãos. Se eles desenvolverem essa bomba antes de nós... Consegue imaginar o que fariam com ela? Não hesitariam em usá-la. Milhares de pessoas inocentes morreriam.

– Milhões de pessoas inocentes estão a morrer. Vi-o com os meus próprios olhos. Eu testemunhei o que os bombardeamentos dos aliados estão a fazer ao povo alemão.

– Esta guerra é culpa dos nazis. – Viu-a aproximar-se da lareira. – Não faça isso, Franka.

– Parece uma criança a discutir sobre quem teve a culpa. Isto não é uma simples zaragata no pátio da escola. Todos os dias milhares de pessoas são assassinadas.

– O que tem na mão pode ser um contributo fundamental para pôr termo a estes assassínios. A tecnologia será desenvolvida. Centenas dos melhores cérebros norte-americanos já estão a trabalhar nisso. O que tem consigo poderá ajudá-los a desenvolver a bomba mais rapidamente. Poderá levar ao fim desta guerra sem sentido.

– Ou pode matar mais alguns milhões.

– Não somos nós a decidir.

– No entanto, somos nós a tomar uma decisão neste momento. E sou eu que a tenho na mão, portanto, serei eu a tomá-la.

– Pense bem, antes de fazer algo precipitado. Destruir esse microfilme não vai impedir que o projeto continue a desenvolver-se. Nada o fará parar.

– Pelo menos não estarei a contribuir para a potencial morte de milhares de inocentes.

– Isto é uma corrida entre os aliados e os nazis. E se estes desenvolverem a bomba primeiro? Acha que hesitariam em usá-la? Em Londres, Moscovo ou Paris?

– E quem nos garante que os aliados não a usarão? Já vi a destruição que trouxeram para a Alemanha.

– Não temos escolha quanto à possibilidade de a bomba vir a ser criada. Só poderemos ajudar uma das partes a vencer a corrida. Quem quer que ganhe: os aliados ou os nazis?

Franka abriu os dedos que apertavam o microfilme e entregou-o a John.

– Sei o que deve estar a sentir.

– Como? Como pode saber exatamente o que estou a sentir?

– Sei que não é fácil, mas não nos cabe tomar certas decisões. Temos de confiar nas nossas alianças. Está a fazer o mais correto.

– Ao ajudar na criação da bomba mais destrutiva da história? Vai-me desculpar se eu achar que isso não faz qualquer sentido.

– De facto, chega a ser irónico, mas uma ameaça deste tipo poderá forçar os nazis a perceberem que não poderão vencer a guerra.

– Acha que a ameaça de matar civis alemães irá travar os nazis? Eles importam-se tanto com o povo deste país como você se importa com o que comeu ontem. Desde o início, usam os próprios alemães para concretizarem os seus objetivos. Só a destruição dos próprios nazis poderá pôr fim a tudo isto, e não a ameaça do que pode acontecer ao povo alemão.

John colocou o estojo com o microfilme em cima da mesa, ao seu lado. Pegou na caneca de café, já frio, e, ainda assim, deu um gole.

– Obrigado por tudo o que fez – disse, finalmente. – Não apenas pelo esforço de guerra, mas também por mim.

– O que vai fazer?

– Preciso de fazer passar este filme para a Suíça.

Olhou para as pernas, envolvidas em gesso.

– As fraturas estão a sarar bem. Provavelmente vamos poder tirar o gesso daqui a duas semanas ou pouco mais.

– Não há forma de conseguirmos acelerar o processo?

– Se quer que as suas pernas fiquem como deve ser, não. Sou enfermeira e não milagreira.

– Discordo, Franka. Eu acho que é milagreira.

– A lisonjear-me? É tudo o que tem para me oferecer? – perguntou, afastando-se.

Franka não pôde tomar o banho quente que desejava, mas os dezoito centímetros de água tépida que conseguiu reunir pareceram-lhe, mesmo assim, um verdadeiro luxo. Enquanto entrava na água, a imagem dos corpos mortos que ardiam nas ruas de Estugarda persistia na sua memória. John levaria mais duas ou três semanas a ficar curado e depois partiria. O que teria ela para fazer quando ele partisse? A ideia de pôr um fim à própria vida atenuara-se. Ele permitira-lhe perceber que ainda podia ser útil e fazer a diferença na vida das pessoas. Mas que hospital iria contratá-la agora? Era uma traidora do Reich e estivera presa por sedição.

Parecia não haver espaço para ela na Alemanha. Tinha dinheiro suficiente para sobreviver mais um ano ou um pouco mais, mas o que faria depois? E se não pudesse trabalhar? Tinha tias e tios em Munique e primos por várias cidades e aldeias do país, mas aceitá-la-iam? Tratá-la-iam como a traidora que os nazis diziam que era? Há anos que não via a maior parte deles. Os primos do lado da mãe eram como estranhos. O futuro não parecia grande coisa.

A guerra terminaria em breve. Tudo mudaria. Viver mais do que Hitler e o seu regime seria a sua vitória. Era mais do que milhões de outras pessoas haviam alcançado. Ansiava pelo dia em que os ideais defendidos por Hans e Sophie passariam a ser, de novo, a regra e em que eles seriam venerados como os heróis que eram, podendo ela ser, finalmente, perdoada. Viver tempo suficiente para assistir a isso seria o bastante.

Voltou a pensar em John. Parecia ridículo, mas ele era o que mais próximo tinha de um verdadeiro companheiro na sua vida. Não tinha ninguém mais chegado do que ele. Não havia em todo o mundo ninguém a quem tivesse revelado tanto de si própria... e em breve partiria. Pensou nos Estados Unidos. Era reconfortante haver alguém que acreditava no seu próprio país, como ele. A sua lealdade era para com o povo do seu país e não para com um regime que reivindicava estar a trabalhar no interesse desse povo. Os «patriotas» que ela conhecia possuíam uma mentalidade distorcida, desvirtuada por ideais pervertidos. O patriotismo em relação ao estado nazi era algo abominável e totalmente contrário a tudo o que deveria ser. Os verdadeiros patriotas eram os que tinham uma desconfiança saudável em relação ao governo e àquilo que o motivava. Eram aqueles que não se deixavam enredar na retórica nazi, aqueles que se lembravam de quem eram, como Hans e Sophie. Como o seu pai. E talvez os verdadeiros patriotas fossem aqueles que acolheriam os missionários armados que estavam, sem dúvida, a chegar ao seu país.

O calendário de parede indicava o dia 20 de janeiro de 1944. Daniel Berkel estava debruçado sobre a secretária, à qual parecia passar agora quase todo o tempo. Grande parte do seu trabalho consistia em mexer em papéis, verificar fontes e investigar disputas entre vizinhos e antigos amigos. Uma vez que a denúncia de vizinhos poderia conduzir à respetiva detenção e, potencialmente, à sua prisão, cidadãos descontentes davam por si numa posição de poder recém-descoberto sobre as pessoas contra quem guardavam rancores. Muito frequentemente, as pessoas acusadas pelos vizinhos como inimigas do Estado eram apenas culpadas de invadir a sua propriedade ou de lhes furtar o jornal. Ainda na semana anterior tivera de lidar com o caso de um marido ciumento que denunciara o homem bonito da porta ao lado. Os agentes torturaram-no apenas o suficiente para chegarem ao fulcro da questão, e o vizinho confessou o início de um caso com a mulher do homem que o denunciara. Os agentes libertaram-no. A tortura era uma arte. Se o agente fosse longe de mais, o suspeito poderia até acabar por confessar a tentativa de assassinato do *führer*. A arte estava em encontrar o equilíbrio certo. Cada homem e cada mulher tinham um ponto em que quebravam. O interrogador experiente sabia quando continuar e quando desistir, quais os métodos que deveria empregar e de quais deveria abster-se. Tinham espancado o vizinho bonito com bastões, mas pararam antes de o pendurarem e, sobretudo, antes de lhe aplicarem uma carga elétrica nos genitais. Isso era para casos mais extremos, que, no entanto, pareciam agora constituir a regra.

As ordens superiores estavam a tornar-se cada vez mais draconianas. Berkel recordava os dias antes do início da guerra. Nessa altura, tudo era mais simples. Ainda que não encorajadas ou aceites, era um tempo em que as atitudes liberais e cosmopolitas de certos cidadãos poderiam ser toleradas. Desde então, deixara de haver espaço para semelhantes atitudes no Reich. A procura de liberais e dos chamados livres-pensadores tornara-se uma obsessão dos superiores. Era difícil acreditar que, apesar dos inimigos do Estado, de quem já se tinham livrado, ainda havia mais entre a população. A Gestapo andava mais ocupada do que nunca. Questões básicas, como provas ou processos judiciais, há muito tinham sido postas de lado. A Gestapo tinha um poder absoluto sobre a população, e Berkel nunca se cansava do medo que podia inspirar em homens que, de outra maneira, não lhe prestariam atenção.

Sentia-se orgulhoso do trabalho que fazia. Só tinha pena de ver a família tão fugazmente. Não havia tempo suficiente para poder fazer o trabalho de forma eficaz e ver os filhos tanto como desejaria. Tinha diversas fotografias deles emolduradas sobre a sua secretária. Era um sacrifício difícil, mas fazia-o pelo seu país. A sua vida era dedicada a uma causa maior, e um dia eles agradecer-lhe-iam. A sua geração estava disposta a sacrificar-se pelo bem da seguinte. Que melhor presente poderia dar aos seus filhos do que um Reich pacífico e próspero? Esse era o principal dever de qualquer pai e algo que o motivava diariamente.

Berkel agarrou na sua chávena de café já frio e voltou a pousá-la, quando se apercebeu de que lá deitara um cigarro dentro, horas antes. Procurou o maço de cigarros no bolso e acendeu um com os fósforos que tinha na secretária. O cinzeiro estava cheio, por isso voltou a usar a chávena de café para o apagar. Sobre a secretária, a luz de um candeeiro atravessava a escuridão, iluminando pilhas de papéis que precisaria de estudar, logo que tivesse tempo. Lá fora estava escuro, mas a temperatura um pouco mais quente do que antes. A neve estava, finalmente, a derreter, e a maior parte das estradas já havia sido reaberta. Alguém bateu à porta, e ele deu ordem para que entrasse.

Armin Vogel, um agente da Gestapo proveniente de uma quinta perto de Eschbach, apareceu junto à ombreira da porta.

– Daniel, como estás?

– Ocupado, Armin. Estou a tentar estabelecer as prioridades para quem deverá vir a seguir. Um empregado que disse que a guerra está perdida é mais prioritário do que um padre que realiza missas secretas?

– Parece-me familiar.

Vogel sentou-se do lado oposto a Berkel e acendeu também um cigarro. Este pousou os papéis, contente por ter uma desculpa para fazer uma pausa.

– Tenho uma coisa para te contar.

– O quê?

– Chegou à minha secretária um relatório que poderá interessar-te. Lembro-me de referires que tinhas encontrado uma antiga conhecida no final do ano passado, Franka Gerber?

– Sim, uma antiga namorada da minha adolescência. O que tem?

– Há alguns dias, recebi um relatório de Sankt Peter. Franka Gerber estava a comportar-se de uma forma suspeita quando lá foi, antes do Natal. Quis umas muletas para o namorado, que aparentemente se lesionou a esquiar.

– A sério? – disse Berkel, dando uma passa profunda no cigarro. – Ela disse-me que ia voltar para Munique.

– Hum. Bem, a verdade é que está cá. Ainda no outro dia um dos meus homens lhe controlou os papéis. Parecia tudo normal, mas ainda assim pensei dizer-te. Não deve ser nada...

– Suspeitar é o nosso trabalho.

– Exato. Devia ter vindo falar-te disto mais cedo, mas tenho andado tão atarefado como tu.

– Eu compreendo. Obrigado. Sei onde ela deve estar. Já que as estradas estão quase desimpedidas, vou fazer-lhe uma visita, a ela e ao seu namorado. Não há nada de mal em visitar uma velha amiga, não é verdade?

– Não há mal nenhum.

Vogel levantou-se e fez a saudação, que Berkel imitou.

O colega saiu, e Berkel recostou-se na cadeira e esperou uns minutos, antes de descer à cave. Sabia exatamente onde se encontrava o ficheiro dela. O processo parecia leve na sua mão – o trabalho de uma vida resumido a umas poucas linhas que ele lera tantas vezes que já nem sequer precisava de olhar para elas de novo. Ela dissera-lhe que se ia embora. E continuava por ali. Para que precisava das muletas? Os seus outros casos teriam de esperar.

Janeiro estivera mais quente do que se esperava, e o carro estava quase livre da sua prisão. John estava a exercitar-se o melhor que conseguia, quando Franka regressou com a lenha. Sacudiu a lama dos sapatos antes de lhe gritar, anunciando a sua presença. Ele apareceu uns segundos depois.

– Só mais uns dias e depois veremos como estão essas pernas. A parte pior já passou – disse Franka.

– Graças a si – respondeu ele, antes de sair para arrastar a lenha para o interior.

Ela puxou o trenó, cheio de madeira empilhada, para dentro. John fazia os possíveis por a ajudar, mas, como de costume, ela mandou-o sentar-se. Franka vasculhou por entre a lenha, atirando os bocados mais secos para dentro do cesto, junto à lareira. Era o dia 21 de janeiro. Dentro de quatro dias chegariam ao fim das seis semanas, durante as quais ela insistira que deveria manter o gesso, e ele partiria, para nunca mais voltarem a ver-se. Ela seria apenas mais um rosto que passara pela sua vida. John aproximou-se e começou a deslocar a segunda pilha de lenha, que ela ainda não retirara. O fogo crepitava, em tons laranja, enquanto a tarde começava a escurecer.

– O que vai fazer depois de eu partir, Franka?

– Não sei bem. Provavelmente, irei procurar emprego – continuou a escolher a lenha. – São sempre necessárias enfermeiras, especialmente durante uma guerra.

– Enfermeiras com um historial como o seu?

– Eu não disse que iria ser fácil arranjar emprego, mas é muito provável que estejam tão desesperados que...

– Já pensou em sair daqui?

– De onde? Da Floresta Negra? Já o fiz. Vivi em Munique.

– Da Floresta Negra não, da Alemanha. Já alguma vez pensou em sair daqui?

Ela pousou o ramo, com cinco centímetros de espessura, que segurava na mão enluvada.

– Claro, mas para onde poderia ir? A Alemanha é tudo o que conheço. E, mesmo que tivesse algum sítio para onde ir, como haveria de lá chegar?

– Eu tenho de partir nos próximos dias. Podia vir comigo.

– Para onde? Filadélfia?

– Quem me dera. Não voltarei a casa durante uns tempos ainda, mas podia ajudá-la a atravessar a fronteira para a Suíça. Poderia começar de novo. Vão precisar sempre de pessoas com as suas competências. Arranjaria um emprego e estaria a salvo.

– Para atravessar a fronteira com a Suíça não basta apresentar os documentos, enquanto os rapazes da Gestapo nos desejam umas boas férias. A fronteira está fechada. Nem sequer há garantia de que conseguíssemos passar.

– Eu sei como é na fronteira. Vai ser duro, sem dúvida alguma, mas o que tem a prendê-la aqui?

– John, vivi aqui toda a minha vida. Que pergunta é essa? Este é o meu lar.

Ele lutou para conseguir manter-se de pé, resmungando baixinho enquanto a seguia até à cozinha. Ela dirigiu-se ao fogão, para separar outra pilha de lenha que trouxera para dentro. Ele sentou-se numa cadeira, a meio metro do sítio onde ela estava ajoelhada.

– Porque é que, pelo menos, não pensa nisso?

– O que vou fazer para um país onde não conheço ninguém nem tenho nada?

– Fica livre. Pode começar de novo.

– Na Suíça?

– Se quiser. Ou talvez até nos Estados Unidos. Eu poderia fazer um pedido para lhe arranjar um visto.

– Como iria conseguir arranjar um visto para uma cidadã alemã, no meio de uma guerra?

– Tenho amigos poderosos. Se o meu pai não puder fazê-lo, de certeza que o meu chefe consegue.

Lá fora, a luz desaparecera, e Franka levantou-se para acender a lamparina a óleo.

– É a pessoa mais corajosa que já conheci. De que tem tanto medo?

– Nunca estive nos Estados Unidos. É o único americano que conheci.

– Devo avisá-la de que nem todos os americanos são tão fabulosos como eu.

– São todos assim tão convencidos? Como está tão confiante em atravessar a fronteira, se nem sequer consegue andar?

– As minhas pernas estão bem. A Franka também já tinha dito que estavam a sarar convenientemente. Não posso ficar aqui sentado à espera, quando tenho aquele filme comigo. Tenho de o ir entregar ao consulado, na Suíça. Tenho de tentar.

– Faz ideia de como isso soa disparatado? Ainda não pode ir a lado nenhum. Não pode andar.

Ele levantou-se.

– Vou mostrar-lhe. Até posso fazer mais do que caminhar. Venha comigo – estendeu-lhe uma mão, com as muletas encaixadas por baixo dos braços.

– O que está a fazer?

– Venha.

Ela tirou as luvas e deixou-as cair, mas não lhe deu a mão. Ele encolheu os ombros e fez-lhe sinal para que o seguisse até à sala de estar. Foi até junto do rádio e ligou-o. Começou a ouvir-se um noticiário em inglês.

– O que está a fazer?

– Espere uns segundos – pediu-lhe, enquanto passava pelas várias estações. – Está sempre com tanta pressa. – Sintonizou num canal de música. – Consigo fazer mais do que, simplesmente, andar – riu-se. Levantou os braços, e as muletas caíram no chão com estrondo.

– Concede-me esta dança, Fräulein?

– Que disparate. Isso é perigoso.

Ela segurou-lhe a mão, ciente de que ainda estava a usar o seu velho casaco de lã. Ele puxou-lhe o corpo para junto do seu, os seus rostos a centímetros de distância, e colocou-lhe uma mão na cintura, mantendo a outra agarrada à dela.

– Em tempos fui bom dançarino – disse.

Balançou-se para a frente e para trás, conseguindo manter o equilíbrio.

O corpo estava rígido, e ela duvidava de que ele pudesse equilibrar-se se não estivesse a segurá-la.

– Vê-se – ela riu. – Mexe-se com muita graciosidade.

– Chamo-lhe o estilo «búfalo com o tornozelo partido».

Devia ter mais quinze centímetros de altura do que ela. Nenhum deles falou durante alguns segundos, com os rostos iluminados. A canção terminou, e ela afastou-se.

– A nossa dança já acabou por esta noite?

Franka ouviu o som de um automóvel a subir a colina. Ficou gelada.

– Um carro – sussurrou. – Vá para o esconderijo.

As muletas estavam no chão. Franka apanhou-lhas, e ele foi para o quarto sem dizer palavra. Fechou a porta atrás de si e pousou as muletas no chão, junto às tábuas soltas, que levantou. O motor do carro desligou-se, os faróis apagaram-se, e ela ouviu a porta abrir-se. John enfiou-se no buraco por baixo das tábuas, com a mochila aos pés e o uniforme da Luftwaffe no seu interior. A escuridão do espaço envolveu-o.

Franka demorou alguns segundos a reagir às batidas leves na porta da frente. A caneca de café de John estava junto à lareira. O livro dele. Não havia quaisquer outros sinais da sua presença. Haviam tido cuidado. Todos os seus pertences estavam com ele, por baixo das tábuas do quarto. Franka respirou fundo e foi até à porta. Ao abri-la, ouviu-se o uivo do vento. Berkel estava sozinho.

– *Heil* Hitler – cumprimentou Daniel, através do cachecol que lhe cobria a metade inferior do rosto.

– *Heil* Hitler – respondeu ela. Reparou que a mão lhe tremia e escondeu-a no bolso.

– Não me convidas para entrar, Franka? – perguntou, libertando-se do cachecol.

– Claro, Herr Berkel, faça o favor de entrar.

Ele passou junto dela e limpou os pés no tapete da entrada, antes de despir a gabardina preta. Estendeu-lha sem olhar para ela, ainda que provavelmente tivesse examinado os cabides, a poucos centímetros do seu rosto. Vestia o uniforme completo da Gestapo, agora decorado com medalhas pelo extraordinário serviço prestado em defesa do Reich. Ela pendurou-lhe a gabardina. Ele já avançara até à sala de estar e olhava em volta.

– Espantoso – disse Daniel, abanando a cabeça. – Há quanto tempo foi, oito anos? A sala não mudou nada, a não ser pela falta das fotografias na parede.

– Oito anos, talvez.

– Tantas memórias – tirou o chapéu preto.

– É verdade – foi a única coisa que conseguiu dizer.

– Não me vais oferecer uma caneca de café?

– Claro, que falta de modos.

Seguiu-a até à cozinha e ficou junto à moldura da porta.

– Fiquei muito surpreendido quando ouvi dizer que ainda aqui estavas. Levaste-me a acreditar que ias regressar a Munique antes do Natal.

Franka pousou a chaleira em cima do fogão, antes de ir buscar uma caneca ao armário.

– É verdade, mudei de planos. A neve estava tão espessa que não consegui tirar o carro. Decidi ficar mais umas semanas.

– Já vi que agora o carro está livre. E as estradas já estão abertas há vários dias.

Ela virou-se para ele, quase sentindo o seu olhar trespassá-la.

– Sim, está na hora de partir. Acho que fiquei com preguiça.

John abrandou a respiração, mantendo a mão sobre o peito, numa tentativa de acalmar o bater do coração. Apercebia-se de uma conversa na cozinha, mas era impossível ouvir mais do que algumas palavras soltas. Tinha a mão dentro da mochila, preparando-se para tirar a pistola. A sensação do metal frio disse-lhe que a encontrara.

– Deves ter-te sentido muito sozinha durante todo este tempo – prosseguiu Berkel. – Eras uma rapariga tão sociável.

– Depois do que aconteceu com o meu pai, precisava de algum tempo para mim própria. A cabana é o sítio perfeito para me evadir.

– É verdade – concordou ele, acenando com a cabeça. Observou-a durante uns segundos, deixando-a verter a água a escaldar dentro das canecas. O vapor flutuava no meio do ar frio. – Obrigado, Franka – agradeceu, quando ela lhe estendeu o café. – Podemos voltar para a sala? Temos tanta conversa para pôr em dia.

– Claro – respondeu. Quase lhe doía sorrir.

Levou-a até à sala de estar e sentou-se junto à lareira, no lugar em que John estivera sentado minutos antes. O seu livro, *A Oeste Nada de Novo,* estava voltado para baixo, na mesa ao lado. Isso seria suficiente para a pôr na cadeia várias noites. Berkel bebeu um gole e voltou a pousar a caneca ao lado do livro velho e gasto. Franka sentou-se do lado oposto ao dele e tentou manter os olhos afastados do livro. Berkel recostou-se na cadeira de baloiço, de mãos cruzadas sobre o estômago. Tinha o chapéu no colo.

– É, realmente, tantas memórias. Ainda passámos aqui bons tempos, não foi?

Franka acenou com a cabeça, parecendo-lhe que estava segura por fios de arame.

– Éramos tão novos – continuou. – Já nem parece real. Dizem que a juventude é desperdiçada com os jovens, mas não estou certo de concordar com isso. O que achas?

– Lamento muitas das decisões que tomei na loucura da juventude. Acho que percebo esse ditado.

– Acho que já não concordo com esse sentimento. Claro que há sempre casos de jovens que fazem coisas estúpidas, mas no meu trabalho acabamos por nos aperceber de que não é preciso ser-se novo para fazer coisas idiotas. Assisto a isso todos os dias. Ainda na semana passada interroguei um homem, pai de cinco filhos, na casa dos quarenta anos, que se embebedou e começou a gritar para todos à sua volta que o *führer* não iria parar enquanto já não restasse ninguém. Chamou-lhe mentiroso, canalha... e até assassino. Consegues imaginar alguém a fazer uma coisa destas?

– É difícil perceber como poderia alguém fazer isso.

– Felizmente, havia uma data de pessoas dispostas a fazer a coisa certa. Devo ter tido uns dez relatos, em separado, de testemunhas oculares. Foi animador saber que havia bastantes alemães leais presentes e que as pessoas boas superavam em grande número as maçãs podres que se encontram entre nós. – Bebeu um novo gole de café e colocou o chapéu em cima da mesa, no sítio em que antes estivera a caneca.

– Um dos meus recrutas mais jovens esmagou os dedos do homem entre duas barras de metal e arrancou-lhe as unhas. O tipo confessou num instante. Acho que o meu homem também fez isso por uma certa necessidade de vingança, por causa do que ele disse sobre o *führer*. Encaramos esses assuntos muito pessoalmente.

Franka pressionou as mãos sobre as coxas, para acalmar os tremores.

– É um papel importante – comentou.

– É isso mesmo. Somos o único poder que separa o Reich dos inimigos da pátria. A guerra dentro do nosso próprio país começou muito antes da guerra contra as forças aliadas, e a verdade é que vamos vencendo, a cada dia que passa.

Franka queria dizer qualquer coisa, mas os lábios não se mexiam e as palavras não saíam.

– Pois, nós os dois tornámo-nos pessoas bastante diferentes, não é verdade? – perguntou.

– Tornámos?

– Oh, eu penso que sim. Mas em tempos fomos muito parecidos.

Reconheci o mal. Acolheste-o. Transformaste-te nele.

– No entanto, agora – prosseguiu –, muitos diriam que representas o próprio mal que estou a tentar erradicar do Reich. Muitos poderiam dizer que representas o que há de pior na nossa sociedade.

Franka lutou contra o medo que ameaçava dominá-la. Este homem tinha um poder total sobre ela. Podia arrastá-la dali e atirá-la para uma cela, e nunca ninguém saberia. Poderia matá-la por mero capricho, e ninguém questionaria os seus motivos. Aqui não haveria qualquer procedimento legal, nenhum poder superior. Os nacionais-socialistas tinham transformado Daniel Berkel num deus, e ele exerceria o seu poder como bem entendesse.

– Gostaria de pensar que o Reich ainda tem um lugar para pessoas como eu, que cometeram os seus erros. Já cumpri a minha pena...

– Eu não disse que era essa a minha opinião, Franka – disse, rindo-se consigo mesmo. – Oh, foste sempre uma tontinha. Não é de surpreender que te tivesses deixado levar por maus caminhos com tanta facilidade.

– Estava confusa. Depois de o meu irmão morrer, era difícil saber o que estava certo ou errado.

– Sim, ouvi falar nisso – concordou, fixando o fogo na lareira. Quando voltou a olhar para ela, as chamas iluminavam-lhe os olhos. – Uma situação infeliz, embora necessária.

– Necessária? – sentiu as suas verdadeiras emoções a queimarem-na por dentro. A referência a Fredi era como querosene sobre a chama de ressentimento que tremeluzia no seu interior, e teve de fazer um esforço enorme para não deixar a sua fúria explodir.

– Claro – respondeu Berkel. – O próprio *führer* foi o primeiro a salientar que seria mais misericordioso acabar com o sofrimento dos doentes incuráveis, dos deficientes físicos e dos atrasados mentais. Todos esses inúteis que tiravam a comida da boca dos bravos soldados que lutavam pelo nosso futuro coletivo tinham de ser eliminados. Era uma questão de senso comum e uma parte vital da política de higiene racial, que está a levar o nosso país de volta ao seu devido lugar, entre os maiores do mundo.

– Desculpe-me, Herr Berkel – disse ela. Levantou-se e dirigiu-se à casa de banho. Fechou a porta e encostou-se a ela, deixando as lágrimas correr, enquanto todo o corpo lhe tremia. Tinha de ultrapassar isto. Já não tinha apenas a ver com ela. A sua mente foi inundada por pensamentos paranoicos sobre o homem que lhe oferecera um cigarro, em Estugarda. Saberia Berkel do microfilme? Haveria mais homens da Gestapo a caminho? Estaria Berkel a brincar com ela, antes de a levar presa?

Não, ele não pode saber. Não sabe nada. Tens de conseguir lidar com isto.

Franka pegou numa toalha e limpou as lágrimas. Olhou-se no espelho. O ódio que se apoderava dela iria turvar-lhe o discernimento. Tentou colocá-lo de lado. Quando regressou à sala, ele continuava sentado junto à lareira. O seu olhar não a largava, enquanto ela se voltava a sentar no lado contrário ao dele.

– A que devo este prazer, Herr Berkel, especialmente tendo em conta esta hora da noite?

– Nós, os defensores do Reich, não temos horas para trabalhar. A insurgência nunca dorme. E, por favor, chama-me Daniel. Temos uma história em comum. Faremos parte da vida um do outro para sempre.

Parecia que sentia baratas por baixo da pele.

– Muito bem, Daniel. Em que posso ajudar-te nesta noite de inverno?

– Esta não é uma visita social, embora não me importasse de ter tempo para tais coisas. Estás aqui sozinha, Franka?

– Claro. Bom, sem contar contigo, mas sim, estou sozinha.

– E tens estado sempre sozinha?

– Sim.

Berkel agarrou na caneca e bebeu mais um gole de café.

– Então para que foram as muletas?

O corpo de Franka ficou rígido.

– Oh – exclamou, tentando sorrir. – Foram para o meu namorado. Ele ficou uns dias aqui, mas já se foi embora. Devia tê-lo mencionado. Por vezes sou mesmo uma cabeça de vento.

– É engraçado dizeres que és cabeça de vento. Tenho de admitir que acho precisamente o contrário. Conheço-te e sempre te achei muito inteligente e determinada. Nunca te achei parva ou facilmente influenciável – pousou a caneca. – E quem é esse namorado?

– Chama-se Werner Graf. É de Berlim. É piloto da Luftwaffe.

E se ele encontrasse John, conseguiriam manter a história? Não, pelo menos enquanto ele estivesse escondido por baixo das tábuas. Não podia revelar nada. Mentir era a sua única oportunidade, mas aquele homem estava treinado para descobrir as mentiras, e tinha a certeza de que ele conseguia ver através dela.

– Piloto da Luftwaffe, eh? – disse. – Fico surpreendido por um dos nossos bravos pilotos se rebaixar a ponto de andar metido com uma putéfia como tu.

– Ele... ele partiu há alguns dias.

– Mostraste-lhe esse teu rabo lindo, não foi? Fizeste-o pensar que eras uma alemã leal e não uma putéfia dissidente?

Pegou no livro que estava em cima da mesa.

– Ora, vejam só. A putéfia está a ler um livro banido. Sabes que isto é mais do que suficiente para te levar presa?

– É um livro antigo, Daniel. Estava apenas a dar-lhe uma vista de olhos. Lamento... – chegou-se para trás na cadeira e olhou na direção da porta. Sabia que nunca conseguiria chegar lá.

– Tu mentiste-me. Como posso agora acreditar numa só palavra que digas?

– Não quis falar-te dele por causa do nosso passado comum. Não queria tornar o nosso encontro desconfortável.

– Sou agente da Gestapo. Achas que coloco os meus sentimentos pessoais no caminho das minhas investigações?

– Claro que não, mas...

– Devo dizer-te que estou desiludido contigo, Franka, mas isso já vem de há muito tempo, desde que te afastaste das ideias do *führer*, para apoiares ideias *liberais*.

– Sempre pensei muito em ti, Daniel. Só que não éramos a pessoa certa um para o outro.

– Porque achavas que eras melhor do que eu? Muito bem, quem é melhor agora? Sabes o que fiz àqueles que me mentiram? Sabes o que posso fazer-te, aqui e agora?

– Claro, Daniel, mas eu cumpri o meu castigo. Aprendi a lição. Tens uma fotografia da tua mulher e dos teus filhos? Gostava de a ver.

Ele levantou-se, cambaleando na sua direção.

– Como te atreves a mencioná-los, putéfia nojenta?! Como te atreves a mencioná-los com essa boca imunda?!

Franka levantou-se e recuou, com o terror a apoderar-se dela.

– Daniel, por favor...

– Só estamos aqui nós. Não há ninguém num raio de quilómetros – avançou na sua direção, enquanto ela continuava a recuar, mas a parede estava agora apenas a alguns centímetros, impedindo-a de fugir.

– Procura no teu coração. És um homem bom. Um excelente pai, dedicado ao seu país e aos seus filhos. Eu sou alemã. Não faças isto.

– És uma cadela inútil, que só serve para uma coisa: abrir as pernas. És o melhor pedaço que já provei.

As paredes da cabana pareciam fechar-se em seu redor, e a sua visão tornava-se enevoada. A velha pistola do pai estava no aparador, perto da porta da frente, o que parecia ficar a quilómetros de distância. Franka gritou quando ele investiu contra ela, agarrando-a pelos dois braços e enfiando-lhe os dedos nos bíceps, como garras numa presa.

– Oh, vais dar uma boa concubina. Talvez eu te deixe ficar aqui e venha visitar-te duas ou três vezes por semana. Ou posso levar-te para uma cela, trancar-te e depois deixar que quem quiser experimente. Deixo-te decidir.

Aproximou-se mais, e ela virou a cara, quase vomitando quando ele lhe percorreu a face com a língua. Tentou empurrar um joelho contra a coxa dele, para conseguir afastá-lo.

– Primeiro, vais ter de me matar.

– Pode-se arranjar.

Franka logrou afastar-se, mas ele voltou a agarrá-la pelos braços e arrastou-a até ao quarto, o mesmo em que os seus pais tinham dormido, naquele verão quente de 1934. Lutou com ele, dando-lhe pontapés e arranhando-o, fazendo o rosto dele sangrar. Ele escancarou a porta e atirou-a para cima da cama. A porta bateu com força, atrás deles.

– Oh, sim, dás luta. É sempre melhor assim.

Franka voltou a gritar, enquanto ele a pressionava contra a cama e lhe rasgava o vestido, deixando-lhe a roupa interior à vista. Tentou voltar a arranhá-lo, e ele esbofeteou-a com toda a força. Ficou aturdida, enquanto ele começava a desapertar o cinto. A porta do quarto abriu-se com força, e John entrou a cambalear, com uma muleta numa das mãos e a pistola a brilhar na outra. Berkel virou-se e agarrou-lhe na arma, precisamente na altura em que John lhe dava um murro por cima do olho esquerdo. A muleta caiu no chão. A pistola disparou, no momento em que Berkel investia novamente e uma bala voava até à parede de trás. John encostou-se ao caixilho da porta, enquanto Berkel lutava com ele, dando-lhe pontapés nas pernas e afastando-lhe a mão. John caiu para trás, para a sala de estar. A arma caiu no chão, quando Berkel tentava sacar a sua, presa no coldre, à cintura. Franka saltou-lhe para as costas, e o corpo dele tombou sob o seu peso. John colocou as mãos em volta do pescoço do agente da Gestapo e pressionou os polegares sobre a sua traqueia, mas Berkel conseguiu rolar, afastando-se. John tentou agarrá-lo de novo, mas ele era demasiado rápido e conseguiu levantar-se, tentando, uma vez mais, sacar da pistola.

– Então é este o teu namorado, hein, Franka? – ria, enquanto desapertava o coldre.

O americano quase alcançou a sua arma, no chão, a menos de um metro de distância, mas Berkel já tinha a arma apontada para ele e abriu a boca para dizer qualquer coisa, enquanto o seu dedo apertava o gatilho.

O peito de Berkel explodiu. A pistola caiu-lhe da mão quando se virou, com uma expressão patética, de perplexidade, no rosto. Franka estava de pé atrás dele, com a arma do pai, ainda fumegante, na mão.

– Ele não é meu namorado, Daniel. É um espião dos aliados, e tu tinhas razão. Eu sempre soube exatamente o que fazia.

– Nojenta...

Franka premiu o gatilho antes que ele conseguisse acabar a última frase que lhe sairia dos lábios. A bala atingiu-o no peito, mesmo por baixo da linha de medalhas. Caiu sobre os joelhos e depois para trás, no chão.

– Seu pulha – Franka soluçava. – Pulha asqueroso.

O sangue de Berkel espalhava-se agora pelo chão, num círculo carmim quase perfeito. Tinha os olhos abertos, fixos no teto.

– Franka, está bem? Não está ferida?

John levantou-se, apoiando-se na parede para chegar junto dela. Ela não se mexia, com a arma ainda apontada para o lugar onde Berkel estivera de pé. Tirou-lhe a arma e pousou-a. Tomou Franka nos seus braços.

– A Gestapo virá atrás de nós – disse ela, enquanto o envolvia num abraço. – Agora vão ficar a saber que está aqui. Nunca sairemos vivos da Alemanha. Nunca irá conseguir entregar o filme aos aliados.

– Primeiro terão de nos apanhar.

Ela descansou a cabeça encostada a ele, enquanto as lágrimas voltavam a rolar-lhe pelo rosto.

– Pôs em risco toda a missão por minha causa. Por que razão fez uma coisa dessas?

– Nenhuma missão justifica que uma coisa destas possa acontecer – respondeu. – Fá-lo-ia de novo, as vezes que fossem necessárias. Nunca poderia permitir que alguém lhe fizesse mal.

Capítulo 13

Franka olhou para o cadáver ensanguentado no meio da sala. A faixa nazi que adornava o seu braço estava saturada de vermelho, o seu uniforme manchado e rasgado, o cinto ainda apertado. Apetecia-lhe disparar sobre ele de novo.

John apanhou a muleta do chão. Pôs um braço por cima dos ombros dela e levou-a até à cozinha. Tremia ao sentar-se. Ele pousou-lhe uma mão sobre o rosto, e Franka, segurando-a, encostou-se a ela.

– Obrigada – sussurrou.

– Não. Foi a Franka quem me salvou. De novo. Só lamento ter demorado tanto tempo a lá chegar – respirou fundo. – Mas tem razão. Virão à minha procura. Temos de sair daqui esta noite.

– Temos?

– Não vou deixá-la ficar para trás. Não conseguirei fazê-lo sozinho. Preciso de si. A missão precisa de si.

– E as suas pernas?

– Preciso que me tire o gesso. Estão fortes. Não senti qualquer dor quando lutei com aquele animal.

– Também vão andar à minha procura. É melhor ir sozinho. Não sabem que está aqui.

– Devo-lhe a vida. Vem comigo. Não parto sem si. Prefiro morrer a tentar, do que deixá-la para trás.

Franka afastou-lhe a mão do seu rosto.

– Vai levar o meu carro. Os seus documentos estão bem. Pode tentar passar a fronteira assim que lá chegar.

– Pare e veja se mete isto na cabeça. Não partirei sem si. Se for preciso, levo-a por cima dos ombros a espernear e a gritar, mas iremos juntos.

– Está bem – Franka acenou com a cabeça. – Vamos juntos.

– Muito bem. Eu preciso de si.

– E eu de si.

– Então está combinado. A primeira coisa a fazer é retirar este gesso. Depois, vamos emalar tudo aquilo de que precisarmos para a viagem. Andarão à nossa procura nas estradas, e por isso teremos de seguir através da floresta. É a nossa única oportunidade.

– Em pleno inverno?

– Não temos escolha. No entanto, temos uma vantagem. São quase nove da noite. Imagino que não fosse invulgar para o nosso amigo ali deitado no chão ficar fora toda a noite, sem avisar a mulher, e portanto é provável que não deem pela sua falta, a não ser daqui a umas doze horas. Ainda assim, de certeza que disse a alguém que vinha aqui. Temos de lavar isto muito bem e esconder o corpo, para que, quando perceberem o que aconteceu, já estejamos longe. Até à fronteira suíça são cerca de oitenta e oito quilómetros. Até onde conseguiremos chegar pelas estradas secundárias, se guiarmos toda a noite?

– Talvez metade do caminho. No meio da escuridão, não vai ser fácil.

– Temos pouca escolha. É demasiado longe para irmos a pé. Temos de tentar chegar o mais longe possível. O terreno vai ser duro. A pé não conseguiríamos fazer mais de quinze quilómetros – John aproximou-se e agarrou-lhe nas mãos. – Vai ser extremamente duro, Franka, mas juntos conseguiremos.

– Sei de um lugar por onde poderemos ir, onde poderemos parar.

– Franka, não podemos confiar em ninguém...

– O meu tio-avô Hermann vive numa vila chamada Bürchau. Fica, aproximadamente, a quarenta quilómetros a sul daqui, entre nós e a Suíça.

John sacudiu a cabeça.

– Ouça-me – disse Franka –, ele está nos seus oitentas e quase nunca sai de casa. Já não o vejo há anos, mas sei que não gosta dos nazis. Os seus dois filhos morreram na última guerra. Vamos precisar de um lugar onde descansar durante umas horas. Não podemos conduzir toda a noite e depois continuar, a pé, logo pela manhã. Não com as suas pernas.

– Vou pensar nisso.

– Seguiremos por estradas secundárias e por caminhos suficientemente largos para o carro. Chegaremos lá de manhã e poderemos dormir um pouco.

– E o que lhe irá dizer?

– Que me perdi enquanto caminhava e que preciso de um lugar para descansar umas horas. Ele não fará perguntas.

– E se fizer?

– Falarei primeiro com ele. Se perceber que suspeita de alguma coisa, seguiremos em frente.

Franka foi até ao quarto de hóspedes. As tábuas estavam espalhadas pelo chão, em volta do buraco de onde John saltara. Levou-lhe a outra muleta e, quando ele regressou ao quarto, teve de se desviar do corpo de Berkel. Franka trabalhava em silêncio, consciente de que cada segundo que passava era vital. Cortou-lhe o gesso das pernas com a ajuda de tesouras, acabando por revelar a pele encarquilhada e esbranquiçada, por baixo. As pernas dele pareciam mais magras, em comparação com o resto do corpo, e os músculos estavam fracos. John levantou-se.

– Estão como novas – comentou ele, mas ela não se deixou convencer. As pernas precisavam de mais uma semana, mas o tempo escoava-se como água por entre os dedos.

Durante aqueles primeiros segundos em que desfrutou da liberdade de movimentos por estar livre do gesso, John sentiu-se como uma criança. Porém, a visão do corpo ensanguentado de Berkel, deitado no meio do chão, fê-lo regressar ao presente.

John voltou ao seu quarto, procurou dentro do buraco no chão e agarrou na mochila. Tinha mantas, uma faca, fósforos, uma bússola e munições mais do que suficientes. O uniforme da Luftwaffe estava no fundo do buraco, e ele arrumou-o e enfiou-o no fundo da mochila. Um fecho de correr escondido revelou um conjunto de papéis dobrados – uma identidade alemã alternativa, como trabalhador viajante. Enfiou os papéis nos bolsos, muito embora esperasse nunca vir a precisar deles.

– Documentos? – perguntou Franka.

– Não vou usá-los. É mais seguro levar comigo todos os indícios de que estive aqui.

– O que vamos fazer com o Berkel?

Parecia estranho referir o nome do corpo grotesco que jazia no chão. Era difícil pensar que ele fora em tempos seu namorado, o líder viril da Juventude Hitleriana, que todas as raparigas admiravam ao passar.

– Temos de esconder o corpo o melhor possível.

– Lá fora? Quer queimá-lo? O solo ainda está muito gelado.

– Não temos tempo para isso. Precisamos de partir o mais depressa possível. Ajude-me com ele.

Seguiu à sua frente até à sala de estar.

– Vamos colocá-lo por debaixo das tábuas. Vai deixar a cabana com um cheiro horrível, mas nessa altura já estaremos longe – olhou para Franka e percebeu que não deveria ter dito aquilo. – É o único sítio em que poderemos escondê-lo com facilidade. Se fizerem apenas uma busca superficial pela cabana, poderão nem sequer dar por ele. Só precisamos de uns dias. Esconder o corpo poderá dar-nos mais alguma margem de tempo.

Franka tentava não olhar para os olhos abertos de Berkel, mas pareciam colados a cada um dos seus movimentos e seguiam-na por toda a divisão.

Quando o segurou pelos pés, verificou que o corpo ainda estava quente. John segurou-o pelos braços. Franka percebia que ele tentava esconder um esgar de dor, enquanto suportava o peso de Berkel. O sangue escorria pelo chão, deixando um rasto até ao quarto. O buraco esperava--os. Atiraram-no lá para dentro. Franka agarrou na gabardina dele e atirou-a igualmente para o buraco, para cima dele. Não sentia pena, nem sequer pela sua mulher e filhos. Estariam melhor num mundo sem aquele homem. Conseguiu impedir-se de lhe cuspir em cima. Sentia-se aliviada por ele estar morto. Era reconfortante saber que nunca mais magoaria ninguém.

John aproximou-se para a ajudar e, depois de reporem as tábuas no lugar, puxaram a cama, uma vez mais, para cima delas. Franka foi à cozinha buscar um balde de água com sabão e passaram os vinte minutos seguintes a limpar o chão, até todo o sangue ter desaparecido e o local do crime estar de novo intacto. Ninguém se importaria que tivessem atuado em legítima defesa. Em breve, Franka Gerber seria o inimigo público número um, e a Gestapo soltaria os cães para a apanhar. A fronteira suíça era a sua única salvação.

Enquanto limpavam falaram pouco, mas a seguir John levou-a até à cozinha e sentou-a à mesa.

– Temos de arranjar forma de nos livramos do carro dele. Há algum sítio onde possamos escondê-lo? Alguma vereda ou bosque aqui perto, onde o possamos largar e onde não seja fácil encontrá-lo, até já estarmos longe?

– Há alguns sítios.

John atirou as chaves de Berkel para cima da mesa.

– Vou atrás de si no carro dele.

Vestiram os casacos e saíram. Franka puxou o cachecol sobre o rosto. Mesmo que parassem em casa do seu tio-avô, teriam de dormir fora pelo menos uma noite. Já não nevava há uma semana ou mais, e os dias tinham aquecido, mas as noites ainda continuavam mortalmente frias. A respiração de Franka soltava um bafo de vapor branco, enquanto ela contemplava as estrelas, por cima das suas cabeças.

John vasculhou o carro de Berkel.

– Obrigado, Herr Berkel – disse.

– O que encontrou?

– Uma tenda. É pequena, mas proteger-nos-á da chuva. E um estojo de primeiros-socorros. Vamos conseguir. Vai correr bem.

Depois de guardar a tenda e o estojo no porta-bagagens do seu automóvel, Franka afastou-se da cabana. Os faróis do carro emitiam uma luz branca, que iluminava pouco mais do que o contorno da estrada e as árvores que a acompanhavam. John sugerira conservarem as luzes desligadas enquanto avançavam, mas acabou por ceder. Deveria ter percebido que seria um suicídio. Na escuridão da noite, era quase impossível distinguir um lugar do outro. As estradas estavam desimpedidas, mas mais para o uso de trenós e esquis. Ela não se atrevia a ir a mais de trinta quilómetros por hora, enquanto revolvia a mente tentando lembrar-se de bons esconderijos que tivesse conhecido quando era criança.

Levou cinco minutos a chegar ao local de que se lembrava, uma estrada que não levava a lado nenhum, ou talvez a uma casa que acabara por não ser construída. Parou no final e indicou a John que avançasse mais umas centenas de metros, seguindo depois atrás dele para o ajudar a espalhar ramos e folhas secas por cima do carro. Era difícil dizer se o *Mercedes* de Berkel ficara bem escondido – a noite ocultava tudo –, mas tinham pouco tempo. Teria de ficar assim. Estava a um quilómetro e meio da cabana e mais perto da aldeia, mas ninguém ia para aqueles lados.

Regressaram ao carro em silêncio, mas conseguindo divisar o sítio onde estava estacionado. Franka olhou para a escuridão, para lá da linha das árvores.

John amaldiçoou-se em voz baixa, com uma mão sobre o rosto.

– Devíamos tê-lo escondido no carro. Com o pânico, não pensei como devia ser.

– Podemos regressar para trazer o corpo?

– É demasiado tarde. Perderíamos muito tempo.

– Certamente que por baixo das tábuas, na cabana, é um sítio melhor do que colocá-lo no lugar de trás do próprio carro, não? A cabana fica tão longe.

– Esperemos que sim.

Quando regressaram, já eram quase onze da noite. Ela segurou a lamparina a óleo por cima do chão, para se certificar de que não havia vestígios de sangue. John estava na cozinha. Quando ela se foi sentar ao seu lado, o mapa já estava aberto sobre a mesa.

– Até que ponto conhece bem o território a sul daqui?

– Conheço um pouco. Quando era adolescente, costumava fazer caminhadas por ali, mas nunca à noite e nunca no inverno. É um terreno montanhoso e em parte floresta densa.

– Ainda melhor para nos escondermos – disse John, enquanto descia o dedo sobre o mapa, em direção à fronteira com a Suíça. Uns centímetros no papel, que correspondiam a cerca de setenta quilómetros através da floresta, até ao ponto mais próximo. – A zona da fronteira estende-se até cerca de oitenta quilómetros em várias direções. A floresta é a nossa única possibilidade realista. Há demasiadas patrulhas nas estradas e caminhos de ferro em redor da zona da fronteira. Nunca conseguiríamos passar.

– Então e a própria fronteira?

– Atravessá-la será uma grande conquista, mas também o início dos problemas. Os nazis instalaram uma linha de dezenas de postos de escuta, numa área de oito quilómetros na região da fronteira. E, entre eles, há patrulhas de guardas com cães. Nessa zona, as estradas e aldeias estão a fervilhar de soldados, e, na fronteira suíça propriamente dita, há guardas estacionados a cada cento e oitenta metros, com ordens para controlarem todos os que virem durante o dia e para dispararem, sem aviso, à noite.

– E era por isso que ia levar Hahn pelas montanhas a sul de Munique.

– Sim, chegar lá não seria nada fácil, mas os desfiladeiros das montanhas oferecem uma oportunidade que aqui não temos.

– E não podemos lá chegar a partir daqui, porque em breve estarei a ser procurada por homicídio.

– Precisamente. Podemos tentar fazê-lo, antes que encontrem o cadáver, mas temos de presumir que ele terá contado a alguém onde ia. É possível que queiram interrogá-la ainda amanhã. Nunca conseguiremos. A floresta é a nossa única hipótese.

– E quando chegarmos à fronteira?

– Precisamos de sorte. Esgueiramo-nos por ali e ficamos livres.

– Sorte? É esse o nosso plano?

– Não é o nosso plano, mas vamos precisar de uma boa dose de sorte para conseguirmos atravessá-la.

– Mas temos algum sítio concreto para o fazer?

– Sim, perto de Inzlingen, mas por agora temos de nos preocupar em mantermo-nos vivos para lá conseguirmos chegar.

– Não, John – contrapôs Franka, aproximando-se dele. – Isto seria muito mais fácil para si se partíssemos separados. Poderia descer até à fronteira de comboio. Com os seus documentos...

Sacudiu a mão dela.

– Muito bem. Junte o máximo de comida que conseguirmos transportar. Comece pelas coisas mais leves – pão e queijo. Embrulhe a quantidade que puder. A seguir, levamos umas latas. Precisamos de água e também de um abre-latas. Eu tenho fósforos, pedras de isqueiro e vou levar algumas daquelas facas de cozinha. Tenho um saco-cama, mas quero que leve também, pelo menos, duas mantas. Leve o casaco e o chapéu mais quentes que tiver. Leve todas as munições que possui para a pistola e o máximo de dinheiro que puder. Se tivermos sorte, talvez consigamos subornar um guarda, para nos deixar passar a fronteira. Que gasolina temos no carro?

– Talvez meio depósito?

– Deve dar. Precisamos de chegar o mais perto possível da fronteira, sem usarmos nenhuma estrada principal. Os trajetos mais habituais estarão cheios de guardas, mesmo à noite. Temos de evitar ao máximo que nos mandem parar, em especial depois de descobrirem que o Berkel desapareceu. Não leve produtos de higiene, nem mais de uma muda de roupa. O seu peso só nos fará abrandar. Leve apenas aquilo que conseguir transportar, a começar por comida e água. – John dobrou o mapa e levantou-se. – Vamos conseguir – estendeu-lhe a mão, e ela apertou-lha. – Não temos tempo a perder. Conseguimos sair daqui a quinze minutos?

– Sim.

John sentia as pernas fracas. Era algo que nunca sentira antes. Interrogava-se se seria capaz de correr, se fosse preciso, já para não falar de caminhar por florestas cobertas de neve. Sempre pudera confiar no seu corpo, fosse para atirar a bola a um cesto para ganhar um jogo ou para escalar uma parede, durante um treino básico. Esperava que agora não lhe falhasse, na altura em que mais necessitava dele. Não quando havia outra pessoa que confiava nele e quando a própria missão dependia disso. Foi até ao quarto, desfrutando da sensação de estar sentado numa cama, sabendo que tão cedo não sentiria um conforto como aquele. Colocou o microfilme no compartimento secreto da mochila e voltou a fechá-lo. As suas pistolas estavam limpas, e colocou uma delas no bolso do casaco e a outra igualmente na mochila. Levantou-se. Estava pronto. Olhou em volta do quarto uma última vez e depois para as tábuas do chão, pensando no corpo morto do oficial da Gestapo que tinham escondido por baixo delas. O quarto parecia limpo – nada revelava o que ali tinha acontecido, se fosse feita uma inspeção pouco aprofundada. Levou consigo a lamparina a óleo, deixando apenas escuridão atrás de si.

Franka arrumara a comida mais leve no seu próprio saco, deixando as latas e as garrafas de água sobre a mesa da cozinha. John guardou-as no seu saco, sentindo o peso duplicar. De qualquer forma, nada que se assemelhasse a Guadalcanal, nem de perto. Conseguiria aguentar.

Quando saiu para o exterior, o céu estava claro. A ausência de nuvens significava a ausência de neve, mas também o fim do isolamento. Estava na Alemanha há quase seis semanas, só falara com uma pessoa e praticamente não deixara a cabana. Era tempo de completar a sua missão.

Franka dobrou a sua muda de roupa e colocou-a numa velha mochila, na qual não mexia há dez anos ou mais. Ainda tinha as mãos a tremer, talvez por causa do que acontecera ou talvez por aquilo que poderia vir a acontecer. Era difícil determinar onde acabava um motivo e começava o outro. Refez novamente o trajeto na sua cabeça. Quando era adolescente, esquiara por aquelas estradas secundárias durante os invernos e caminhara por elas nos dias quentes de verão. Nunca guiara por elas. Na verdade, eram mais sugestões de caminhos através da floresta, do que propriamente estradas. Não fazia ideia até onde poderiam conduzir, mas sabia que não tinham outra opção. A Gestapo não teria qualquer misericórdia por quem matara um dos seus.

O saco estava pronto, e colocou-o aos ombros. Estava pesado, mas já carregara pesos maiores. Olhando uma última vez em volta do quarto, apercebeu-se de que era provável não voltar a vê-lo. O vulgar tornou-se, subitamente, precioso. O papel de parede desbotado era agora uma maravilhosa tapeçaria, cada peça de mobiliário a guardiã do precioso tesouro da memória, a sua velha escova de cabelo sobre a cómoda uma relíquia de família, para ser apreciada e passada à geração seguinte. Fora ali que tinham passado o último verão com a mãe.

A sala de estar também não lhe permitia fugir aos sentimentos que a dominavam. Via o pai sentado na cadeira junto à lareira e a mãe a rir-se de uma das suas piadas sem graça. E Fredi. Fredi a brincar no chão com os seus comboios, com as pernas ainda suficientemente robustas para caminhar e o coração forte, como se manteve sempre, até ao fim. Deu um passo na direção da porta, sentindo a brisa fria sobre o rosto. John estava junto ao carro. Sabia que agora dispunha apenas de uns segundos. As manchas mais escuras na parede assim permaneceriam. O relógio de cuco tocou uma última vez. Eram onze horas da noite. Dirigiu-se à estante. As fotografias estavam dentro de uma caixa, na prateleira de baixo. Pensou levá-la, mas decidiu de outra forma, retirando apenas a dúzia de fotografias a preto e branco da sua família, que retirara das paredes. Olhou em volta mais uma vez e avançou para a porta.

John sentou-se no lugar do passageiro, enquanto Franka se sentava ao volante. O carro engasgou-se algumas vezes antes de arrancar. Franka seguiu pela encosta abaixo, sempre com um pé no travão. As luzes dos faróis cortavam a escuridão, iluminando o caminho até cerca de vinte metros à frente. Os pneus agarravam-se ao solo, e o carro ia descendo ruidosamente.

– Sabe que estrada seguir?

– Nos primeiros quilómetros sim, mas depois disso vai ter de me ajudar.

John tirou do bolso o mapa e uma pequena lanterna. O papel iluminava-se em círculos brancos-esverdeados, à medida que fazia incidir a luz sobre as várias zonas. A exaustão começava a instalar-se, mas Franka descartou-a como uma trivialidade. Não poderiam dar-se ao luxo de dormir.

Avançaram em silêncio durante horas, com o carro a percorrer pouco mais de trinta quilómetros por hora. John olhava através das janelas para todos os lados, de arma na mão. Seguiam por caminhos que conduziam a múltiplas direções, por vezes serpenteando até chegarem a um ponto onde as árvores tinham voltado a crescer, vendo-se, assim, obrigados a retroceder. A floresta parecia determinada em recuperar o terreno, invadindo os caminhos. Trilhos por onde se recordava de passar em criança estavam agora intransitáveis, a não ser para os viajantes mais intrépidos. O mundo dos humanos parecia desvanecer-se, à medida que se iam embrenhando cada vez mais na floresta. Era uma sensação reconfortante – um escape.

Franka quebrou o silêncio quando chegaram ao que parecia ser um caminho sem saída. A escuridão das árvores envolvia-os. Eram quase cinco horas da manhã.

– Conseguimos ir mais longe? – perguntou Franka.

– Talvez, se voltarmos atrás. O mapa não é muito percetível.

– Onde estamos agora?

– Julgo que Bürchau fica já a seguir, descendo a colina à nossa frente.

Tinham passado vários anos desde que aí fora visitar o tio-avô. Em anos anteriores, teria saudado animadamente os agricultores que ali viviam, ao passar de bicicleta. Contudo, os nacionais-socialistas haviam erradicado qualquer tipo de confiança entre as pessoas que diziam proteger. A confiança gerava a liberdade de expressão, e era precisamente isso o que os nazis mais receavam.

– É pequena – disse John. – São apenas umas poucas casas. Acha que haverá guardas por lá? Alguma presença militar?

– É difícil de dizer. Estamos mesmo na zona fronteiriça. Toda esta área deve estar repleta de soldados.

John quase não conseguia abrir a porta. As árvores estavam a escassos centímetros de cada um dos lados. Era muito provável que aquele troço há muitos anos não visse um carro, se é que alguma vez vira. Precipitou-se através da linha de árvores, até conseguir ver as casas lá em baixo, pontuando os montes. A Lua e as estrelas iluminavam os telhados inclinados. Nada se mexia, e nas casas nenhuma luz rompia a escuridão total. Virou-se e fez o caminho de volta através da neve, que deveria ter uns quinze centímetros de altura.

Franka desligara o motor do automóvel e estava sentada no lugar do passageiro.

John regressou ao carro.

– Não há qualquer movimento lá em baixo. Nem luzes, nem guardas. Parece seguro.

No meio da escuridão, os traços do rosto dela pareciam esbater-se.

– Podemos confiar no seu tio? – perguntou. – Não podemos arriscar-nos a ser complacentes.

– Hermann nunca sai de casa, e sei onde deixa a chave sobresselente.

– Quando foi a última vez que o confirmou?

– Em 1938, e garanto que continua lá. Falarei com ele de manhã. O John fica escondido. Não precisamos que saibam que está comigo, nem mesmo o tio Hermann.

Saíram do carro. Perderam alguns minutos a ocultá-lo com ramos e folhas, até já ser demasiado difícil divisá-lo, no meio de todo aquele negrume. Ainda assim, não tinham ilusões. Se alguém descesse por aquele caminho, não deixaria de o ver. Colocaram as mochilas e moveram-se, em silêncio, ao longo da linha de árvores, até à neve.

Franka seguia à frente e parou no cimo da colina, para olhar para a pequena povoação, lá em baixo. John agachou-se ao seu lado. Em seu redor, a noite ainda estava densa. Nada se movia em Bürchau. Estava exatamente como se recordava dela, intocada pelos nacionais-socialistas. Era animador verificar que não se viam bandeiras nem cartazes. Era como se não conhecessem aquele lugar. Da última vez que lá fora, viviam ali cinquenta pessoas, e duvidava que muitas tivessem partido. Fez sinal para que John a seguisse e começou a descer a colina. A neve chegava-lhes aos joelhos. Levaram vários minutos para conseguirem percorrer os quase duzentos metros.

Ao chegarem ao fundo, ouviu-se um cão ladrar à distância. John agachou-se, continuando a avançar. Imitando os seus movimentos, Franka conduziu-os pela colina abaixo, até chegarem a casa do tio Hermann. A tia Lotte falecera em 1920. O pai dizia que fora por ter ficado com o coração partido, de luto pela morte dos filhos na Grande Guerra.

Franka colocou um dedo sobre a boca e levantou um vaso de flores colocado à direita da porta da frente, de madeira. John acenou com a cabeça, e ela enfiou a chave na fechadura. A porta abriu-se com um estalido suave. Franka parou por uns segundos para ouvir. A casa estava exatamente como se lembrava, gasta e velha. Conduziu-o até às escadas. Um retrato da tia Lotte observava-os. O tapete das escadas estava puído e esbranquiçado no centro, pelos milhares de passos dados sobre ele. Subiram pelas zonas laterais, mas os degraus, ainda assim, rangiam. No cimo das escadas via-se a porta para o quarto de Hermann. Conseguiam ouvir o som inconfundível do ressonar do idoso. Passaram pelo quarto, e Franka levou-o até junto de outra porta, ao fundo do corredor. Colocou uma mão sobre a maçaneta, como se ela pudesse desfazer-se sob o seu toque, e rodou-a com igual cuidado. O quarto estava arrumado, ainda que com pó, e a cama estava feita.

– Este era o quarto do tio Otto – sussurrou Franka. – Podemos descansar aqui durante umas horas.

– Então e o seu tio-avô?

– Duvido que tenha entrado neste quarto nos últimos quinze anos. Eu trato dele. Aqui, estamos a salvo.

John tirou a mochila das costas e colocou-a sobre uma cadeira, a um canto. As cortinas estavam corridas, e a luz da manhã ainda nem passava através delas. Ele afastou-as um pouco e observou as casas que ficavam mais abaixo. Não era o que ele queria, mas precisavam de descansar. Não haveria outro lugar mais seguro. Daí a umas horas, teriam de fazer a longa caminhada até à fronteira. As semanas que passara deitado na cama tinham-no deixado fraco, e a exaustão começava a alastrar pelo seu corpo. Fez sinal a Franka para que ficasse com a cama, e ele deitar-se-ia no chão.

– Não seja ridículo – disse ela.

– Não seria apropriado. Eu fico bem no chão.

– Precisamos de dormir, e a cama é o melhor sítio para o fazer.

Tirou as botas e deitou-se nela.

– Venha – disse-lhe, virando-se. Sentiu o peso dele sobre o colchão e descansou com os olhos abertos durante uns segundos, até que o som abafado da respiração dele a tranquilizou, ajudando-a a dormir.

Sonhou com Berkel, com os dedos dele em volta do seu pescoço, o seu peso em cima dela, a fúria nos seus olhos, enquanto ela se esforçava por acordar. Ao seu lado, John continuava a dormir. O dia já nascera. Lá fora, o céu estava cinzento. Franka ouviu o som do tio-avô a andar pela casa, lá em baixo. Na parede, o relógio disse-lhe que já passava do meio-dia. Tinham dormido sete horas – mais do que queriam. A luz do dia desapareceria em poucas horas, e, ainda que viajar pela floresta à noite pudesse ser mais discreto, era também mais perigoso. Antes de mais, tinha de ver Hermann – não só porque seria uma falta de respeito não o fazer, mas também porque, sem dúvida alguma, ainda possuía a mesma espingarda que empunhava ao primeiro sinal de problemas. Intrusos em casa seriam sempre alvos principais.

John iria precisar de dormir o máximo possível. A pura teimosia não o levaria muito longe. Deixou-o ficar a dormir e encaminhou-se para a porta. Quando entrou na cozinha, Hermann estava sentado à mesa, a almoçar sopa e pão. Tinha o rosto enrugado e gasto, como uma bola de papel amassado. Tinha o bigode branco, tal como o cabelo. Ao vê-la, deixou cair a colher.

– Franka? O que fazes aqui?

– Desculpe, tio. Andava a caminhar e perdi-me. Precisava de um sítio para descansar durante algumas horas e calculei que não se importaria se me deitasse um pouco.

– Claro que não – respondeu, lutando para se levantar.

– Por favor, não se levante por minha causa.

Sentou-se ao seu lado. O tio ofereceu-lhe comida e ignorou todas as suas tentativas de a recusar. Dois minutos mais tarde, estava sentada à mesa, a comer uma sopa de nabo, rala, que ele lhe explicou ser o que comia na maior parte dos dias.

– Espero que não se importe que eu tenha aqui ficado a descansar durante algumas horas.

– Claro que não. Já passou muito tempo, desde a última vez que te vi.

O idoso caminhou devagar até a panela, voltou a encher a tigela e sentou-se de novo à mesa.

– Lamento muito o que aconteceu ao teu pai – disse Hermann. – Esta guerra está mais terrível, de dia para dia. Esta loucura nazi envenenou a nossa nação e já levou à morte milhares de inocentes. Dizia-se que a insanidade de há trinta anos era pretender que uma guerra pudesse acabar com todas as guerras, mas está tudo a acontecer de novo, só que desta vez é ainda pior.

– O tio não parece ter sido muito afetado por esta guerra.

– Talvez não.

– Os seus vizinhos também pensam da mesma maneira? Em relação aos nazis?

Hermann encolheu os ombros.

– Quem sabe? Não discutimos essas coisas. De qualquer forma, tenho bons vizinhos. Karoline, a mulher da casa ao lado, chama-me todos os dias, para saber se estou bem. Perdeu os dois filhos na frente – abanou a cabeça. – Não há como escapar da guerra. Nem sequer aqui. – Comeu uma colher cheia de sopa, antes de voltar a falar. – Recorda-me lá em que ano nasceste.

– 1917.

– Lembro-me de te pegar ao colo quando eras bebé. Nessa altura já tinhas esses lindos caracóis louros – pousou a colher e fixou o espaço em frente. – Foi esse o ano da grande fome... a grande fome provocada pelos aliados no bloqueio à Alemanha.

– Ouvi falar nisso.

– Os britânicos bloquearam o mar do Norte e tentaram fazer-nos morrer à fome. As pessoas definharam, mas tínhamos comida suficiente para sobreviver, ainda que tenhamos ficado todos magros como galgos. O teu bisavô morreu de disenteria, e a tua tia-avó de tuberculose, por causa da malnutrição. Todas as famílias sofreram com a grande fome, com a loucura do *kaiser*, dos franceses e dos britânicos, com o jingoísmo*

* Doutrina que defende, de forma exacerbada e belicosa, o nacionalismo. [*N. da T.*]

ridículo que destruiu uma geração. E agora estão resolvidos a fazer tudo de novo.

Mantiveram-se sentados em silêncio durante alguns segundos.

– Vou-me embora a seguir ao almoço, tio.

– Não ficas mais um bocado? Estivemos tanto tempo sem nos vermos.

– Gostaria muito, mas não posso.

– Foi maravilhoso ver-te. Estou tão contente por teres podido vir visitar-me.

– Eu também.

A cadeira guinchou sobre o chão de pedra, quando ela se levantou. Sabia que era pouco provável voltar a vê-lo. Ficou abraçada a ele no meio da cozinha, soltando-o apenas quando se lembrou de que John estava lá em cima, à sua espera.

Quando regressou ao quarto, ele já estava pronto para partir, de pé junto à porta.

Franka distraiu o tio, pedindo-lhe para ver a vista do quintal das traseiras, enquanto John escapava pelas escadas e saía pela porta da frente. Alguns minutos mais tarde, Hermann levou-a de novo para dentro. Tomou-o nos braços, sabendo que decerto não voltaria a abraçar um membro da sua família. Em breve, todas essas ternas memórias familiares seriam apenas suas. Seria a única pessoa capaz de descrever o sentido de humor da mãe, a voz de cantor do pai ou o amor que Fredi partilhava com todos aqueles que conhecia. Todas aquelas recordações do seu passado se desvaneceriam um dia no esquecimento. Hermann acenou-lhe um adeus, mantendo a mão erguida enquanto ela fechava a porta atrás de si.

Seguiu John e escondeu-se atrás de uma casa da vizinhança. A linha de árvores chamava por eles. Não havia outra maneira. Subiram o monte em silêncio e embrenharam-se na floresta. As árvores fechavam-se à sua volta. O Sol baço de inverno desaparecia por trás dos ramos cobertos de neve, e movimentavam-se quase na escuridão, mesmo a meio do dia. A neve devia ter uma altura de cerca de trinta centímetros. Franka desejou ter trazido as raquetas para a neve, já que não era fácil andar com as suas grossas botas de caminhada, às quais a neve se prendia. John encontrou uns ramos que poderiam servir como bastões de caminhada e foram avançando, com o frio a arreganhar-lhes os dentes e o suor a formar-se nas suas costas. Ele insistira que deveriam manter-se em silêncio absoluto, e por isso não falavam.

John imaginara todos os cenários possíveis, para os quais recebera treino, e tentava recordar-se de cada palavra dita pelos instrutores. Procurou a resposta para aquela situação – chegarem vivos à Suíça. Tinha de haver uma maneira. Lembrou-se das instruções para conseguirem esgueirar-se através da fronteira. Era possível. Não havia arame farpado nem muros... apenas uma linha de postos de escuta. Os guardas eram humanos. Adormeciam. Liam cartas recebidas de casa à luz de velas, quando deveriam estar de vigia. Falavam, brincavam e comiam, enquanto estavam de serviço. As falhas aconteciam. O mapa dir-lhe-ia onde estavam. Já vários homens tinham conseguido esgueirar-se e, com as tensões na máquina de guerra alemã, era possível que tivessem cortado nos guardas das fronteiras. Precisavam de todos os homens a lutar contra os soviéticos, na frente oriental, e a proteger o país da chegada das forças aliadas, a ocidente.

Enquanto avançavam, Franka observava as costas de John. Os seus movimentos eram estudados, deliberados. Era difícil perceber se as pernas o afetavam ou se estava a andar ao seu ritmo normal. Ao deslocar-se, colocava todo o peso sobre os bastões improvisados. Tentou pensar no que haveria do outro lado da fronteira... o que naquela altura era irrelevante. A única coisa importante era conseguir lá chegar. Agora, não havia espaço para hesitações. A sua única hipótese era passarem a fronteira antes que a Gestapo encontrasse o cadáver de Daniel, por baixo das tábuas do chão, na cabana do pai. Assim que o descobrissem, as estradas encher-se-iam com todos os homens disponíveis que conseguissem reunir, e tentar atravessar para a Suíça seria praticamente impossível.

Cada passo gelado era um passo mais próximo. Faltavam pouco mais de trinta quilómetros. John consultou a bússola. O céu estava quase invisível. Apenas conseguiam ver a floresta. Sentia as pernas doridas, mas era difícil perceber se era por causa de todos os esforços feitos durante o dia ou por ainda não estar totalmente recuperado. Provavelmente, era por ambas as razões.

John parou junto ao tronco de uma árvore há muito morta, para esperar por ela. Franka desenrolou o cachecol e ele deu por si a olhar fixamente para o seu rosto, como se fosse uma joia preciosa. A missão tinha de ser a sua prioridade, mas a ideia de a levar consigo para casa não lhe saía da cabeça.

– São quase cinco horas – sussurrou, apesar de não haver quaisquer sinais de presença humana. – Em breve estará escuro. Calculo que tenhamos feito cerca de dez quilómetros desde que começámos. Como se sente?

– Com força – respondeu.

– Acho que devemos continuar a andar, pelo menos mais um par de horas. Andar de noite é perigoso, mas não temos alternativa. Pelas nossas contas, já devem ter encontrado o corpo do Berkel e devem ter deslocado patrulhas para nos procurarem, neste preciso momento.

– Concordo.

– Cuidado. Veja onde pisa, e tentaremos encontrar uma caverna de cinco estrelas para passar a noite.

– Parece fantástico.

– E não diga que não a levo aos melhores lugares.

– Não há dúvida de que sabe proporcionar bons momentos a uma rapariga.

– Se não encontrarmos outro lugar, temos sempre a tenda do Berkel. Está pronta?

– Sim – respondeu. Avançaram.

Armin Vogel, que fora polícia durante sete anos, antes de os nacionais-socialistas chegarem ao poder, transitara facilmente para a Gestapo. Era uma questão de respeitar a lei, e essa lei dava-lhe poderes com os quais nunca sonhara, quando se juntara à força policial, nos anos vinte. A nova ordem era de tal forma persuasiva que as ideias que tinha quando jovem foram arrastadas na enxurrada das ideias nazis. Agora era intocável, apenas respondendo perante os seus superiores diretos, que quase nunca punham em causa os seus métodos. Enquanto a fonte pútrida de informações continuasse a fluir, o seu lugar como peça vital da engrenagem estava assegurado. Não havia espaço para pena ou remorsos. Especialmente num papel tão crucial como o seu. A pena era para os fracos, e o remorso para os vencidos. Ele não era nem uma coisa nem outra.

O telefone tocou logo a seguir às duas da tarde. Vogel afastou a papelada que ameaçava assenhorear-se da sua secretária e pegou no auscultador. Sentiu o seu contacto frio sobre a orelha. Precisara de algum tempo para se habituar à saudação que agora usava constantemente.

– *Heil* Hitler.

– Herr Vogel, daqui é a Frau Berkel – não era difícil detetar a angústia na sua voz. – Sabe onde está o meu marido? Não regressou do trabalho na noite passada, nem esta manhã. Já antes ficou fora, mas nunca até tão tarde. Telefonei várias vezes para o seu gabinete, mas não tive qualquer resposta.

Vogel prometeu encontrar Berkel e desligou. Não tinha vontade de falar com a mulher do colega, em especial quando estava com semelhante disposição. A sua própria mulher já era aborrecimento suficiente. Levantou-se, pela primeira vez em várias horas, fazendo estalar as articulações ao endireitar-se. O gabinete de Berkel ficava ao lado do seu. Tinha a porta fechada. Abriu-a e viu que estava vazio. A secretária do colega estava num estado semelhante à sua, mas ele marcava os seus compromissos numa agenda em couro. Encontrou-a em segundos e percorreu as páginas, até descobrir a entrada do dia anterior. Berkel era meticuloso em todos os aspetos do seu trabalho e, evidentemente, a morada da cabana estava rabiscada no espaço da noite anterior.

– Foste ver a Franka Gerber, não é verdade? – perguntou em voz alta. – Berkel, seu grande malandro. – Voltou a pousar a agenda no meio da confusão da secretária, decidido a esperar mais uma hora, antes de começar a investigar.

A mulher de Berkel voltou a ligar quinze minutos depois. Desta vez, Vogel não teve tanta facilidade em livrar-se dela e teve de lhe prometer que iria verificar de imediato a questão do desaparecimento do marido. Não lhe disse que Berkel tinha ido procurar a sua atraente ex-namorada dos anos de adolescência. Sem um número de telefone no ficheiro de Franka e apenas um endereço, Vogel não tinha grande alternativa. Dirigiu-se ao carro, perguntando-se se Berkel iria deixar a mulher. Havia várias maneiras de fazer as coisas, e arrastar um parceiro para a sua vida amorosa não era uma delas. Apesar da estranheza em relação às muletas que Franka arranjara, e que persistia no fundo da sua mente, Vogel passou grande parte do trajeto até às montanhas a maldizer a incapacidade do colega em manter as calças vestidas.

Quando chegou à cabana, passava das quatro da tarde. Praguejou em voz alta ao sair do carro, sabendo que teria de regressar já de noite. A cabana parecia deserta, mas as pegadas e marcas de pneus revelavam outra coisa. Alguém estivera ali. Manteve os seus olhos treinados sobre o chão e reparou que havia, pelo menos, duas faixas diferentes. Várias pessoas tinham ali estado e, provavelmente, dois ou mais automóveis. Não havia luzes acesas na cabana, e o silêncio era total. Ali não havia telefonemas, nem mulheres a aborrecer ou suspeitos a chorar, sob tortura. Era uma paz que valia a pena saborear. Há muitos anos que não se sentia tão sozinho. Bateu uma vez à porta, repetindo o gesto logo a seguir. Não houve resposta. A porta estava trancada. Foi até uma pequena janela e espreitou para um quarto tão arrumado que parecia sugerir que ninguém ali dormira recentemente, mas as roupas de cama estavam um pouco amarrotadas, e as manchas de cera de uma vela em cima da mesa de cabeceira eram recentes. Regressou à porta da frente e deu-lhe pontapés, abrindo-a à terceira tentativa. Sentia-se orgulhoso por, perto dos cinquenta, ainda ter semelhante capacidade.

No corredor, o relógio de cuco cumprimentou-o com um tiquetaquear incessante, e ele chamou, sabendo que não obteria qualquer resposta. Seguiu pelo corredor até à sala de estar e reparou numa zona de chão mais limpa, que se distinguia nitidamente do resto das tábuas. Baixou-se para lhes tocar com a ponta dos dedos e sentiu a sua superfície suave.

Depois de se levantar, Vogel acendeu uma lamparina a óleo, colocada a um canto. Espreitou para a cozinha, que estava imaculada, mas as cinzas no fogão eram recentes, não devendo ter mais de um ou dois dias. Regressou à sala de estar e examinou as paredes vazias. Após cinco minutos, apercebeu-se de um minúsculo buraco na parede das traseiras. Colocou-lhe um dedo por cima e sentiu o espaço por onde passara uma bala. Este orifício já era motivo suficiente para a Gestapo regressar, mas sabia que havia mais e continuou a busca. Quem quer que ali tivesse estado, saíra à pressa. Haviam feito um bom trabalho a esconder o seu rasto, mas haveria sempre algo que tinham negligenciado, por muito meticulosos que achassem ser.

Dirigiu-se ao quarto principal, vasculhou os armários, espreitou debaixo da cama, mas não encontrou nada, para além de roupas velhas penduradas no roupeiro e alguns artigos de senhora. Foi até ao outro quarto. O armário abriu-se com um estrondo, e ele remexeu por entre roupas velhas de ambos os sexos, sem encontrar nada de especial. Passou mais cinco minutos a revirar a cómoda e a mesa de cabeceira, antes de se sentar na cama, a pôr as ideias em ordem. As molas rangeram sob o seu peso considerável, e, nessa altura sentiu uma ligeira brisa, um toque insignificante de ar frio sobre a pele, por cima das meias, que o tecido das calças não cobria. Olhou para o chão e reparou num espaço entre as tábuas. Foi à cozinha buscar uma faca para as conseguir arrancar e, pouco depois deparou com o corpo ensanguentado e os olhos mortos de Daniel Berkel.

Karoline Biedermann considerava-se uma boa pessoa, uma vizinha atenta. Inicialmente, fora um sentido de dever que a levara a casa do vizinho idoso, mas, com o tempo, acabou por desenvolver um verdadeiro afeto por Hermann e até ansiava vê-lo, nas suas visitas regulares. O marido preferia ficar sentado em casa, a ler o jornal ou a ouvir rádio, entre goles de *schnapps*[*] caseira. Os seus filhos tinham dado a vida pelo Reich, e as filhas há muito que tinham partido, uma casada com um funcionário público em Bremen e a outra comprometida com um oficial do exército, em Friburgo, e por isso era bom ter alguém de quem cuidar. Visitava Hermann quase todos os dias da semana e fazia-lhe o jantar, enquanto ele se sentava a contar histórias de tempos melhores. As ideias políticas do vizinho eram um pouco liberais – uma palavra obscena na sociedade de então –, mas ela não lhes prestava muita atenção. Os idosos tinham direito às suas divagações. Haviam ganhado esse direito.

Levantou o vaso de flores para ir buscar a chave da porta de Hermann e reparou que estava virada na direção oposta àquela em que a deixava sempre. Ficou admirada, mas pegou-lhe. Hermann estava a dormitar na poltrona, e ela foi direita à cozinha, para começar a preparar uma caçarola de legumes. Ele acordou com o barulho dos legumes a serem cortados em cubos e chamou-a.

– Não precisa de se levantar, Herr Gerber. Sou só eu.

Cinco minutos depois, a caçarola estava pronta para cozinhar, e ela colocou-a no forno, antes de ir ter com ele.

---

[*] A palavra é usada para referir qualquer tipo de aguardente. [*N. da T.*]

– Karoline, é tão gentil.

– Faço por isso, Herr Gerber. A comida ficará pronta em vinte minutos. Precisa que eu volte?

– Não, muito obrigado.

– Teve visitas hoje?

– Tive. A minha sobrinha-neta perdeu-se durante uma caminhada. Chegou de manhã cedo e ficou a descansar um bocado. Almoçámos juntos, e a seguir foi-se embora. Foi maravilhoso revê-la. Já se tinham passado muitos anos. Nem sei quantos.

Karoline sentiu umas comichões.

– Franka. Não foi ela que se meteu em sarilhos com aqueles horríveis dissidentes em Munique, que falavam contra o *führer*?

– Sim, foi, mas cumpriu a sua pena e reabilitou-se completamente.

– Claro – condescendeu Karoline. – Todos merecem uma segunda oportunidade. Bem, quase todos. Agora, tenho de ir indo. Diga-me se precisa de mais alguma coisa. Caso contrário, ver-nos-emos amanhã.

Partiu com a gratidão de Hermann ainda a ecoar-lhe nos ouvidos, mas os seus pensamentos estavam noutro lado. Provavelmente não seria nada, mas, com tudo o que se passava naquela altura, o melhor seria jogar pelo seguro. Tinha a certeza de que ele tinha razão e de que Franka se perdera. Apesar disso, a rapariga era uma reconhecida inimiga do Estado – pelo menos, já o fora –, e a fronteira ficava ali perto. O que andava ela ali a fazer, uma caminhada a meio da noite, e por que razão não pedira a um dos vizinhos do tio-avô que a levasse de volta a casa? O manto da noite começava a cair sobre a aldeia, e as árvores da floresta tornavam-se escuras. Sim, seria melhor reportar este caso. A polícia local iria ficar interessada.

Custava-lhe deixar o corpo do colega debaixo das tábuas do soalho, naquela cabana nas montanhas, mas Vogel sabia que não devia perturbar um cenário de crime. Enquanto ele fora vivo, nunca pensara em Berkel como um amigo, mas a verdade é que era uma boa pessoa, um homem de família e um leal servidor do Reich. O seu assassinato fazia sobressair nele qualidades que nunca lhe reconhecera em vida. No caminho de regresso a Friburgo, com os nós dos dedos das mãos brancos e brilhantes de pressionar o volante e os dentes a ranger, quase moendo as gengivas, o ódio pelo seu assassino foi crescendo. Nem se incomodou a estacionar o carro no seu lugar habitual, no exterior do quartel-general da Gestapo, abandonando-o, simplesmente, num ângulo descuidado, em cima do passeio. Convocou os agentes de serviço para uma reunião de emergência. Todos ficaram chocados quando Vogel contou o que viu e todos juraram vingar-se da cabra assassina que se atrevera a perpetrar um ato tão cruel e hediondo. Não tendo nenhuma fotografia de Franka no seu processo, foi chamado um desenhador para retratar o seu rosto, a partir das memórias de vários dos agentes que a tinham conhecido.

– O carro dela não está lá – acrescentou Vogel. – Bloqueiem todas as estradas num raio de oitenta quilómetros, em todas as direções, no percurso até à fronteira. Peçam aos elementos da Wehrmacht local que vos ajudem na busca. Ela quer chegar à Suíça, não tenho grandes dúvidas sobre isso. Não tem outro sítio para onde ir. Dentro do país, ninguém pode esconder-se de nós. Contactem todas as esquadras locais de polícia e os *blockwart*. Alguém deve saber alguma coisa. Sabemos que ela arranjou umas muletas, há algumas semanas – que disse serem para um namorado, que se tinha magoado num acidente de esqui. É bem provável que tenha alguém consigo – os agentes murmuraram entre si, antes de ele continuar. – Esta cabra traiçoeira não pode escapar. Ninguém faz uma coisa destas à Gestapo. Somos a lei, e o castigo será brutal – deu um murro na parede. – Tragam-na viva. Quero que as últimas horas que ela irá passar neste planeta sejam terríveis.

O telefonema do *blockwart* em Bürchau chegou meia-hora depois, e Vogel convocou nova reunião, desta vez com o triplo dos agentes de serviço. Pareciam uma matilha de cães vorazes, sedentos de sangue. Todos os recursos seriam dispostos entre Bürchau e a fronteira. A putéfia traidora nunca chegaria à Suíça com vida.

Os pés de Franka eram blocos de gelo. Se alguma vez tivesse existido um trilho naquele lugar, estava agora totalmente coberto de neve, e tinham de levantar completamente cada perna para conseguirem dar um passo. Já passava das dez da noite, e as pernas iam doendo mais, a cada passo que davam. John seguia meio metro à sua frente, e de vez em quando ela tocava-lhe nas costas com a mão livre, para que ele soubesse que ela estava ali e também para o encorajar. A sua mente estava praticamente vazia, apenas concentrada na necessidade constante de colocar um pé à frente do outro e no frio sufocante. Os seus olhos já se tinham habituado à escuridão. A Lua era apenas visível quando um espaço por entre a folhagem permitia a passagem da sua luz prateada. As árvores estavam disseminadas de forma irregular – por vezes, deparavam com um campo aberto, que tinham de atravessar, ou uma zona de árvores de folha caduca, despojadas de toda a sua folhagem, com os troncos como enormes espigões, apontados para o céu noturno. Passaram por quintas com o interior iluminado e com fumo a sair das chaminés, num silêncio de morte. Nunca pararam.

Era quase meia-noite quando John ergueu um dedo no ar e ela parou atrás dele. Colocou as mãos nas coxas e dobrou-se pela cintura. Ele fez-lhe sinal para que esperasse e avançou cautelosamente. Franka – com as sensações de dores, queimaduras e frio extremo a lutarem pela supremacia em várias partes do seu corpo – encostou-se a uma árvore. A sua respiração era pesada e, quando ele regressou, continuava ofegante.

– Há uma caverna no meio destas rochas – disse, apontando. – Consegue vê-la?

Disse que sim, apesar de não conseguir.

– Precisamos de descansar umas horas. Siga-me.

John avançou mais uns cinco ou seis passos antes de olhar para trás. Ela estava a ficar atrasada, com a energia a desaparecer desde que tinham parado. Ele estendeu-lhe uma mão enluvada, e ela agarrou-a. Caminharam juntos em silêncio, até que a caverna surgiu à sua frente, uma mancha escura contra o cinzento da pedra. John retirou uma lanterna da sua mochila, que Franka não sabia que ele trouxera. Quando a apontou para o interior da caverna, um ouriço fugiu, afugentado pela luz.

– Só queria ter certeza de que não íamos incomodar a mamã ursa ou um casal de lobos.

Franka queria saber qual era a sua ideia, mas estava demasiado cansada para falar. John esticou os braços para lhe tirar a mochila das costas. Sentiu-se tonta quando ficou aliviada do peso, e ele conduziu-a para o interior da caverna, sentando-a sobre as folhas secas que cobriam o chão. Procurou no interior da sua mochila, retirando uma garrafa meio cheia de água, que lhe ofereceu. O líquido frio fê-la sentir-se revitalizada.

John juntou lenha e, em poucos minutos, tinham uma boa fogueira a arder no fundo da caverna.

– Assim não irão ver-nos? – sussurrou Franka.

– Se estiverem logo atrás de nós, é possível, mas precisamos disto. Podemos descansar aqui umas três horas. A seguir, avançamos para a fronteira.

Tirou o mapa da mochila e sentou-se ao lado dela, as ancas de ambos tocando-se. Cada um deles segurou numa extremidade.

– Julgo que estamos aqui – disse –, a cerca de quinze quilómetros da fronteira. Se caminharmos toda a noite, conseguiremos lá chegar de manhã.

– Vamos atravessá-la de dia?

– Não. Primeiro, precisamos de dar uma vista de olhos. Acho que podemos atravessar por aqui – apontou para uma zona perto da aldeia de Inzlingen. – Aqui há um caminho, na parte baixa da floresta, que vai dar à alfândega suíça, do outro lado da fronteira. Podemos seguir ao longo de um riacho que vai lá dar. Segundo este mapa, não há ali guardas, nem postos de escuta. É um «ponto cego», uma pequena faixa que eles negligenciaram. Já lá esteve?

– Não. Fui à Suíça quando era criança, mas nessa viagem da escola pelo campo não sentimos necessidade de nos escaparmos pela calada da noite.

– Isso teria animado o passeio escolar.

– Os nossos professores não partilhavam esse seu espírito de aventura.

– Vamos descobrir esse riacho e depois atravessaremos a fronteira ao cair da noite. Amanhã a esta hora já deveremos estar a salvo, na Suíça.

– Faz que tudo pareça tão simples.

– Não há nada de complicado nisto.

– E conseguirá cumprir a sua missão.

Atirou um ramo para a fogueira.

– Sim, penso que sim, até certo ponto – levantou-se, ainda que a altura da caverna não lhe permitisse ficar totalmente direito. – São horas de comer.

Pegaram no pão e no queijo que tinham levado e, em segundos, devoraram a quantidade que tinham posto de parte para o jantar. Ele abriu uma das latas de carne. Franka comeu a sua parte sem grande vontade e ficou a vê-lo comer o resto. A lata vazia caiu com um baque suave na parte de trás da caverna. John sentou-se ao lado dela, e ficaram a observar as chamas.

– E o que faremos a seguir, quando tivermos atravessado a fronteira?

– Creio que passarei o resto da guerra num centro de detenção suíço, juntamente com outros refugiados e prisioneiros de guerra que conseguiram escapar através da fronteira. E o John?

– Eu irei até Berna. Temos um escritório lá. Transmitir-lhes-ei as informações que obtive e provavelmente serei enviado para casa, onde aguardarei pela próxima missão.

– O regresso do herói, eh?

– Não propriamente, mas a guerra não durará para sempre. O que vai fazer depois?

– Não sei. Com tudo o que está a acontecer, estou apenas concentrada em manter-me viva. Não pensei muito para lá dessa etapa. Acho que regressarei a Munique e começarei o trabalho de reconstrução. A reconstrução da minha vida e do país. Serão necessárias pessoas com as minhas competências.

– A Alemanha existia antes dos nazis e continuará sem eles.

– Talvez, mas a sua marca será muito difícil de apagar.

John tossiu e o som ecoou pelo espaço fechado.

– Espero que, quando tudo isto terminar, possamos manter-nos em contacto. Devo-lhe muito.

– Eu também estou em dívida para consigo, por tudo o que fez por mim na cabana e quando o encontrei.

– Quando me encontrou? Mas foi a Franka que *me* salvou a vida.

– Deu-me um propósito, quando eu já não tinha nenhum. Foi exatamente aquilo de que eu precisava naquela altura.

– Tal como a Franka, em relação a mim.

O fogo estalou e saltou, e John colocou mais alguns troncos secos sobre ele.

– Não poderia considerar a possibilidade de ir comigo para os Estados Unidos? Sei que é muito diferente daqui e que é longe, mas talvez gostasse.

– Para Filadélfia?

– Porque não? – insistiu. – Filadélfia é uma cidade grande, mas teria a liberdade de ir para onde lhe apetecesse.

Ela pegou num pau e revolveu a lenha durante uns segundos, antes de responder.

– Por agora, concentremo-nos apenas em sobreviver mais um dia, está bem? Depois, poderemos começar a pensar no futuro.

– Sim, talvez eu me tenha deixado levar um pouco – colocou-lhe um braço por cima dos ombros. – Durma um bocadinho. Retomamos a viagem daqui a três horas.

Franka retirou o saco-cama da mochila e estendeu-o no chão da caverna, que afinal parecia ser mais macio e confortável do que imaginara. John permaneceu sentado, a olhar para a boca da caverna, contra a escuridão da noite. *Ele também se iria deitar?*, foi o último pensamento de Franka antes de cair num sono profundo.

Berkel voltou a aparecer-lhe nos sonhos, mas desta vez com centenas de soldados que brandiam lanças, espadas e tochas de fogo no ar, enquanto entoavam as músicas que ela própria cantara quando era adolescente e membro da Liga de Raparigas Alemãs. Berkel estava ensanguentado, despedaçado, e mostrava as marcas das balas que ela disparara sobre ele. Um lobo-da-alsácia lutava contra a coleira de metal que tinha em volta do pescoço. A horda de *berserkirs* loucos perseguia-a pela floresta, empunhando tochas que iluminavam a noite, até que ela pisou a sua própria sombra.

Quando acordou, com o brilho do fogo, o seu coração batia, acelerado. John não parecia ter-se movido, desde que ela adormecera.

– São três da manhã – avisou ele. – São horas de irmos.

Capítulo 14

Quando o automóvel encostou, Vogel esfregou os olhos, combatendo o cansaço. Há anos que não ficava tanto tempo acordado. Responsabilidades que implicassem que um agente tivesse de trabalhar toda a noite estavam, geralmente, reservadas para os mais jovens e não para um homem com a sua experiência. Mas isto era diferente. A sede de vingança animava-o. Saudou o amanhecer e a oportunidade de interrogar o idoso, com prazer. O sono ficaria para depois. A noite fora passada a percorrer as estradas, em busca de algum sinal de Gerber, e só após as seis da manhã encontraram o carro dela, coberto de vegetação, perto da vila de Bürchau – a mesma para a qual seguia agora com a sua escolta armada. A Wehrmacht local disponibilizara setenta e cinco homens. Noutra ocasião, talvez pudesse ter contado com centenas. Com a pouca simpatia que existia agora entre os agentes da Wehrmacht e a Gestapo, teria de se contentar com os homens que, no último minuto, disseram poder dispensar. Os cerca de cem polícias e agentes da Gestapo seriam mais do que suficientes para encontrar uma rapariguinha a vaguear pela floresta.

Foi o próprio Vogel quem bateu à porta, ansioso por ver a expressão do idoso quando a abrisse. O oficial da Gestapo apresentou-se, com uma saudação, ignorando o espanto do homem quando ele se convidou a si próprio para entrar, juntamente com os cinco soldados que o acompanhavam. Vogel sentou-se à mesa da cozinha, do lado oposto àquele em que Hermann estivera sentado a beber café, com a caneca ainda fumegante.

O idoso ofereceu-lhe uma chávena, mas Vogel recusou, fazendo-lhe sinal para que se sentasse. Não havia tempo a perder.

– Em que posso ajudá-lo, Herr Vogel?

– Fui informado de que ontem recebeu uma visita.

– A minha vizinha, Karoline, que me vem ver quase todos os dias. Ajuda-me com...

– Não brinque comigo, velhote – interrompeu-o Vogel, com cada palavra a conter uma ameaça implícita. – Estou à procura de Franka Gerber. Soube que ela esteve aqui ontem. Ela assassinou um dos meus colegas, um homem bom e com filhos. A sua sobrinha matou-o a sangue--frio.

– Não sei do que fala. Há anos que não vejo a Franka.

– Não me faça perder tempo, Gerber. Sabemos que ela esteve aqui. Não julgue que me engana. O que é que ela disse? Disse-lhe para onde ia? Estava sozinha? – Vogel bateu na caneca de café com a mão aberta, fazendo-a saltar da mesa e partir-se no chão de azulejos.

– Acha que tenho medo de si?

– Acho que devia ter. Aqui não tem ninguém para quem se virar – olhou em volta da mesa, para os cinco soldados de uniforme completo, com as espingardas apertadas contra o peito. – Posso levá-lo lá para fora e matá-lo no meio da rua e nenhum tribunal deste Reich irá condenar--me. Posso fechá-lo numa cela e matá-lo à fome, ou talvez até apenas torturá-lo, para meu próprio divertimento. Agora, volto a perguntar-lhe. Para onde é que aquela putéfia da sua sobrinha-neta lhe disse que ia?

– Atenção à linguagem! Lembro-me de quando este país era grande, quando éramos um bastião da indústria e das artes, quando os arruaceiros como você se escondiam nas sombras, onde era o seu lugar. Mas agora usa essa faixa e esse emblema e por isso já acha que tem poder sobre mim?

Vogel puxou da pistola e apontou-a a Hermann.

O idoso não recuou nem hesitou.

– Há muitos anos que não mato um homem. Não me obrigue a fazê-lo hoje. Diga-me onde está a Franka. Já lhe disse que ela matou um colega meu. Estava sozinha ou acompanhada?

– E eu já lhe disse que não a vejo há anos.

Vogel engatou o cão da sua arma e apontou-a à testa de Hermann.

– Sou um velho, Vogel. A morte chega a todos nós, mais cedo ou mais tarde. Não tenho medo dela, nem tenho medo de si. Por isso avance e dispare, porque prefiro morrer a trair os do meu próprio sangue, para satisfazer um fantoche nazi como você.

– Como queira – Vogel premiu o gatilho.

A dor era anestesiada pelo frio profundo. As queimaduras por frio eram uma preocupação constante para Franka. Horas a caminhar sobre a neve tinham-lhe transformado os pés numa espécie de blocos de cimento, sobre os quais se ia equilibrando. Acolheu a paragem para o pequeno-almoço com um enorme alívio. Agora não poderiam acender uma lareira. Falavam através de murmúrios.

– O que fazemos se nos encontrarem, John?

– Temos de nos certificar de que isso não acontece.

Estendeu uma manta para se sentarem e chegou-lhe uma garrafa de água. O seu corpo ansiava por um descanso que não podia ter.

– Temos de ter cuidado para não ficarmos desidratados – advertiu John. – Embora no meio de toda esta água congelada isso nem pareça uma preocupação natural.

Franka pegou no pão velho e no queijo que ele lhe estendia. Mastigou três vezes, antes de engolir. John agarrou no mapa detalhado da fronteira suíça, e ela perguntou-se se as indicações nele contidas seriam rigorosas, uma vez que a vida deles dependia disso.

– Devemos estar provavelmente a oito quilómetros da fronteira. Como se sente?

– Bem. Sinto que em breve estaremos na Suíça. E o John?

– O mesmo.

Franka encostou-se a uma árvore e olhou para o tronco que se erguia em direção ao céu, a uma altura de dez metros ou mais. Na floresta, o odor da manhã – o cheiro a pinheiro, misturado com terra e com neve – era intenso. A familiaridade desse cheiro confortava-a. Aquele era o seu lugar. Os agentes da Gestapo eram os usurpadores. As nuvens baixas pareciam pedaços de algodão sujo, e do sul vinha um vento suave que rodopiava à sua volta e abanava os ramos das árvores, ao passar. John pegou na faca que levava no cinto, fatiou o último pedaço de queijo e ofereceu um bocado a Franka.

– O que estaria a fazer, se não estivéssemos em guerra? – perguntou-lhe ela.

– Não sei. Não me parece que tivesse assumido a direção da empresa, mesmo sem a guerra. Terei de encontrar outra causa pela qual lutar. Talvez ainda estivesse casado. Quem sabe? E a Franka?

– Para mim não seria tão simples. Mesmo que não houvesse esta guerra, ainda continuaríamos a ter os nazis e, no meu país, os ódios continuariam acirrados.

– E se os nazis não estivessem no poder?

– Não sei. Eles são tudo o que conheço, desde a minha adolescência.

– Nunca mais poderá viver aqui, pelo menos enquanto eles estiverem no poder.

– Estou pronta. A minha antiga vida já morreu há muito tempo – levou o pedaço de queijo à boca. – Estou pronta – repetiu. Nenhum deles falou durante uns segundos. – Já não há nada para mim aqui. Já não tenho país. Nem família. Sou só eu.

Teria de decidir o que fazer, se conseguissem passar a fronteira. Se. As pernas tinham-lhe doído toda a noite, e ele massajou-as, para afastar o pior da dor. O corpo precisava de dormir. Sabia que se se deitasse sobre a manta adormeceria, e eles encontrá-lo-iam e morreriam os dois. Eram horas de partir. Levantou-se.

– Porque me resgatou da neve?

– O quê?

– Eu tinha um uniforme da Luftwaffe vestido. Pelo que aparentava, fazia parte do regime que destruíra a sua vida e o seu país. Porque me salvou?

– Porque é um ser humano, e eu sou enfermeira. É o que eu faço.

– Mas arriscou a vida por um estranho, por um aviador da Luftwaffe.

– Precisava de alguma coisa.

– Todos precisamos – disse John, ajudando-a a levantar-se. – Agora, vamos avançar. Conseguiremos chegar à fronteira daqui a uma hora ou duas.

Vogel abriu o mapa sobre a mesa da cozinha, tendo o cuidado de evitar sujá-lo com os salpicos de sangue. Eles não se iriam aventurar a nadar no Reno. Não em janeiro. Tentariam ir por Inzlingen, onde a fronteira entre a Suíça e a Alemanha se afastava das águas geladas do rio. Já para aí enviara cinquenta homens, para fazerem o caminho inverso através da floresta, e outra centena estava a cobrir a área, numa extensão de quinze quilómetros. Em breve aquela putéfia seria apanhada, como um rato numa ratoeira, e então poderia vingar-se dela lentamente. Era preciso dar o exemplo. Seria possível pendurar o seu corpo no meio da cidade, tal como a Gestapo fazia nos territórios ocupados? Essa era uma questão que ansiava colocar aos seus superiores. Voltou a dobrar o mapa e regressou ao camião, com a sua escolta a reboque. Para seguirem até à fronteira levariam quarenta e cinco minutos, e ele queria estar presente quando a encontrassem, para ver a sua expressão quando se apercebesse de que no seu mundo não havia maior poder do que o dele.

Agora, cada passo era uma pequena vitória. A dureza da caminhada do dia anterior começava a pesar ainda mais nos seus corpos já exaustos. John arrastava cada perna através da neve, usando as árvores para se apoiar, abatendo todo o seu peso sobre os bastões de caminhada que improvisara para si mesmo.

– Isto está quase acabado – disse. – Em breve será livre, pela primeira vez desde a sua adolescência.

Era irónico ela ter de passar os seus dias de liberdade num centro de detenção na Suíça, impossibilitada de procurar um emprego para se sustentar, mas em breve a guerra terminaria. Ansiava ser ele a libertá-la. A missão transformara-se em algo diferente. Imaginou-se a entregar o microfilme ao próprio Wild Bill Donovan, o aperto de mão, a bandeira, mas a imagem dela permanecia em cada um dos seus pensamentos. Estava contida em cada vislumbre do seu futuro, e isso transmitia-lhe conforto e motivação.

Arrastavam-se pela neve. Berkel já fora decerto encontrado, e as forças da Gestapo deviam estar perto. Não estavam a mais de um quilómetro e meio do riacho que os levaria através da fronteira, sem serem incomodados – se o mapa estivesse correto.

Chegaram a uma clareira. Uma estrada dividia o caminho. John fez sinal a Franka para que parasse e avançou sozinho, para espreitar por entre a linha de árvores. Olhou para ambos os lados da estrada. Estava tudo calmo, tudo vazio até onde conseguia divisar, até haver uma curva. A estrada ficava a poucos metros da linha de árvores por onde sairiam. As árvores do outro lado ficavam a quase duzentos metros, ou mais, da beira da estrada. Enquanto atravessassem, estariam em campo aberto durante vários minutos, mas não havia outro caminho. O riacho que os levaria até à liberdade estava agora a oitocentos metros. Devia haver postos de escuta por perto, e aquela estrada não permaneceria calma por muito mais tempo.

Franka estava ao seu lado.

– A floresta está a nosso favor. É a única razão por que ainda estamos vivos. Fora dela, não sobrevivemos – apontou para o outro lado da estrada, para a clareira e para as árvores depois dela. – O riacho que procuramos deve ficar provavelmente junto daquele arvoredo. Precisamos de chegar ao outro lado, onde estaremos de novo a coberto. Tenho a certeza de que a esta hora já encontraram o corpo de Berkel e andam à nossa procura. Não há outro sítio para onde ir, a não ser aquele para onde nos dirigimos. Eles sabem que não vamos nadar no rio em pleno inverno. Se ainda aqui não estão, irão chegar em breve, mas nós estamos perto. Vamos conseguir.

– Quem acha que deixou estas pegadas na neve? – perguntou ela. Vários pares de pegadas cruzavam o campo de neve que seguia até às árvores do outro lado da estrada.

– É difícil de dizer. Não parece que aqui tenha nevado nos últimos dias. Têm um aspeto antigo.

– Talvez um agricultor com as suas vacas?

– Talvez. Tenho a certeza de que não está ninguém à nossa espera do outro lado, se é isso que quer dizer.

– Parece tudo calmo.

– Não vamos perder mais tempo – disse John, emergindo de entre as árvores, com o corpo rente ao chão, enquanto atravessava a estrada. Franka seguia-o a pouca distância, imitando os seus movimentos. John esperou-a na beira da estrada, para seguirem através do campo coberto de neve que avançava até à linha de árvores mais distante. Ele correu em frente. Ela cambaleou atrás dele, com a mochila quase a cair-lhe das costas. Tentou colocar as alças de novo sobre os ombros. Ele avançara tão rapidamente que ela ficou cerca de trinta metros para trás. John estava prestes a entrar na linha de árvores, quando se ouviu o barulho de um camião, a fazer a curva na estrada.

Vogel seguia à frente, com os olhos perscrutando ambos os lados da estrada, no momento em que viu a figura que lutava, no meio da neve, para chegar às árvores.

– *Halt*! – gritou, e o condutor pôs o pé no travão. – É ela! Apanhem-na! – bateu na cobertura de lona, para acordar os soldados que seguiam na parte traseira.

Franka voltou-se quando o camião parou, com o terror a começar a dominá-la. Levantou-se, fazendo os possíveis por correr através da neve que parecia sugar-lhe os pés. John agachou-se atrás de uma árvore, sacando da arma com uma espécie de falsa esperança de conseguir vencer os quatro soldados da Wehrmacht que saltavam do camião, fortemente armados. Um dos soldados encostou a espingarda ao ombro e começou a disparar. As balas saltavam em redor de Franka, enquanto tentava correr, e o rosto desesperado de John incitava-a a continuar, estendendo-lhe a mão.

Vogel deixou o camião abandonado e seguiu os homens para o meio da neve. Agora, corriam os seis atrás da figura que estava cem metros à sua frente. Sacou da sua pistola para disparar, precisamente na altura em que ela desaparecia na floresta densa.

John agarrou-lhe a mão e puxou-a para trás dele.

– Venha. Temos de ser mais rápidos do que eles. A fronteira está perto. Liberte-se da mochila.

Deixou-a cair, recordando-se das fotografias da família, que enfiara nos bolsos. Deitou uma olhadela para trás, para os soldados e para o oficial gordo que os seguia, que se debatiam, igualmente, para conseguirem correr pela neve. Pareciam estar a ganhar terreno. John puxava-a pela mão enquanto corriam, subindo e depois descendo uma colina, totalmente rodeados de árvores. Os soldados que os perseguiam estavam agora invisíveis, uma vez que a colina e as árvores bloqueavam a sua linha de visão.

– Já não estamos longe – disse John, enquanto uma luz surgia à sua frente. As árvores acabavam a menos de duzentos metros. Para lá delas estendia-se um enorme clarão branco, e Franka viu imediatamente o que o mapa não mostrara. Depois das árvores, surgia uma escarpa de doze metros, que descia sobre rochas muito irregulares, numa extensão de um quilómetro para cada um dos lados.

John praguejou.

– Não. Não. Temos de descer.

– Estão mesmo atrás de nós. Apanham-nos na descida. Não há como escapar a isto. Pelo menos no meu caso.

– O quê?

– Eles não sabem que está comigo. Nem devem ter reparado nas suas pegadas entre as outras, no meio da neve. Quando eles saíram do camião, o John estava escondido no meio das árvores. Eu não conseguia vê-lo, e por isso tenho certeza de que eles também não. Continue sem mim. Consegue descer e estará do outro lado da fronteira antes do cair da noite.

– Não vou deixá-la.

– Não vale a pena, John. Não podemos ir os dois. Pense na sua missão. Tem de ir.

– Tem de haver outra maneira.

– Não há. Vou voltar para trás e empatá-los.

– Não. Não posso deixá-la. Não vou.

– Pense na sua missão. Isto ultrapassa-nos. Lembre-se do motivo que o trouxe aqui. Por favor. Temos apenas uns segundos.

Conseguia ouvir o barulho dos soldados a aproximarem-se pelo meio das árvores, talvez a uma distância de cem metros.

– Faça-o por mim – pediu ela.

Puxou-a para si e beijou-a. Ela recuou passados uns segundos e encostou a testa à dele.

– Não posso deixá-la.

– Tem de ir. Agora – insistiu Franka.

– Lamento muito, Franka – disse, descendo junto à extremidade do penhasco. Ela olhou para ele uma última vez, enquanto ele a fixava. Deu meia volta em direção aos seus perseguidores, de braços no ar. Ouviu os soldados gritarem-lhe para se deitar no chão e cruzar as mãos atrás da cabeça. Estava a centenas de quilómetros, muitos anos atrás, na cabana, com os pais, num fim de tarde quente de verão, com o Sol a esconder-se por trás das árvores.

Quando alcançou os soldados, o oficial gordo gritou-lhe:

– Franka Gerber? Sou o *Kriminalinspektor* Vogel, da Gestapo. Está presa pelo homicídio de Daniel Berkel e, deixe-me dizer-lhe, agora está nas minhas mãos. Vai pagar pelo que fez ao meu amigo. Gosto dessas lágrimas na sua cara. Muitas mais virão – voltou a colocar a arma no coldre. – Onde está o seu namorado?

– Quem?

– Não brinque comigo – avisou, esbofeteando-a. – Foi procurar umas muletas para ele. Onde está?

– Foi-se embora na semana passada. Atravessou a fronteira. Disse-me como chegar aqui – para poder segui-lo.

– Verifiquem à vossa volta – ordenou o oficial. Os homens espalharam-se, levando alguns minutos a examinar a área.

Vogel aproveitou o tempo para apalpá-la, centrando as mãos em determinadas zonas e retirando-lhe dos bolsos a carteira e a pistola do pai.

– Nada – disse um dos soldados, ao regressar. – Não se vê ninguém. Há pegadas por todo o lado. É impossível saber se havia mais alguém com ela.

Pensava apenas em John e na sua fuga até à fronteira. Nessa fuga, a vitória também era dela. Imaginava-o a passar a fronteira, a apresentar o microfilme, a receber o reconhecimento que merecia, e isso bastava-lhe. A agonia das próximas horas acabaria por passar. O seu feito permaneceria no tempo.

John continuava junto das árvores, sabendo que teria apenas de se afastar e de que o caminho até à fronteira estaria livre. A liberdade e a glória por ter cumprido a missão acenavam-lhe. O microfilme era vital. Talvez até pudesse mudar o curso da guerra. Imaginava voltar a ver a família e a expressão de orgulho no rosto do pai. Tentou afastar Franka do pensamento. O resto da sua vida estava à distância de uma fácil viagem até à fronteira.

Os soldados arrastaram-se pela neve, enquanto faziam o caminho de regresso ao camião, desfrutando do momento. Vogel conservava a pistola apontada à cabeça de Franka. Quem iria impedi-lo agora? Este era o seu mundo. Em breve aquela putéfia ficaria a sabê-lo. Demoraram quinze minutos até ao camião. Quando lá chegaram, os homens celebraram com um cigarro. Vogel forçou-a a ajoelhar-se na neve junto a um dos pneus, de mãos na cabeça, enquanto ele pegava no rádio para comunicar o seu sucesso. Tivera muitos momentos altos na sua carreira, mas este era talvez o melhor. Pensou em Berkel. A justiça que o seu assassínio exigia estava a chegar. Transmitiu as boas notícias, repetindo o anúncio várias vezes.

– Agora vou levá-la para o quartel-general da Gestapo local – disse. – Será o último lugar que vai ver.

Vogel empurrou-a para as traseiras do camião e prendeu-lhe as mãos com uma corda, já que com toda a pressa se esquecera das algemas. Não tinha qualquer importância. Ela estaria acompanhada por quatro soldados. Não ia a lado nenhum. Os soldados sentaram-se ao lado dela. Vogel, o condutor e outro soldado sentaram-se à frente.

– Parabéns, rapazes! – gritou Vogel, quando já estavam prontos para partir. – Quando chegarmos, vão ter uma noite de folga à vossa espera.

Os soldados aplaudiram, enquanto o motorista ligava o motor e arrancavam. Não tinham andado mais do que uma centena de metros quando viram um homem à sua frente, a gritar por ajuda. Vogel inclinou-se para a frente, para ver melhor o oficial da Luftwaffe que avançava na sua direção, segurando uns documentos de identificação. O seu uniforme estava rasgado e sujo, coberto de neve e de lama. Parecia exausto, talvez até prestes a morrer. O motorista abrandou, até parar.

– Por favor, ajudem-me! – gritava o homem.

– O que foi agora? – resmungou Vogel, entredentes.

O oficial da Luftwaffe estava exatamente à frente do camião, de braços no ar. Estava tão perto que Vogel conseguia ver-lhe a cor dos olhos.

– Fiquei aqui toda a noite. O meu avião caiu na floresta, numa missão de treino, a poucos quilómetros de distância. Pensei que ia morrer aqui. Ouvi tiros e consegui chegar a este sítio.

– Temos uma prisioneira que tem de ser transportada. Estamos numa missão importante. Há uma cidade a cerca de três quilómetros a oeste.

– Acho que não conseguirei lá chegar. As minhas pernas. Por favor, não me deixem aqui.

Vogel pensou durante uns segundos. Talvez até obtivesse mais alguns elogios por salvar um oficial da Luftwaffe perdido nos bosques. Ou talvez mesmo uma medalha – aqueles idiotas arrogantes da Luftwaffe teriam de o respeitar quando ele lhes entregasse diretamente um dos seus oficiais. Agitou o polegar em direção à parte de trás do camião.

– Podemos levá-lo até à cidade.

O homem coxeou em volta do camião. Vogel gritou para os soldados nas traseiras, para os avisar de que teriam de levar mais uma pessoa, e um deles inclinou-se para o ajudar a subir para a viatura.

De início Franka nem reparou, mas, quando levantaram a lona do camião, despertou do seu estado de torpor. Quando viu John sentar-se do seu lado, direito, com o uniforme da Luftwaffe, sentiu o sangue esvair-se-lhe do rosto. Ao seu lado esquerdo estava sentado um soldado, e os outros três estavam sentados à sua frente, com as espingardas junto deles. O motor foi novamente ligado, e o camião roncou. John estava ainda ofegante e inclinou-se para a frente, com os antebraços apoiados nas coxas. Colocou a mochila aos pés.

– Obrigado por me terem recolhido. Devo-vos a vida. Quem é a rapariga?

– Uma prisioneira – respondeu um dos soldados. – Matou um oficial da Gestapo.

– E está presa por isso? – John riu-se. – Porque anda uma rapariga assim tão bonita a matar os nossos estimados oficiais da Gestapo? Não gostou da sua gabardina preta? Sabem o que dizem sobre os homens da Gestapo, não sabem?

– Não, o que dizem? – perguntou o soldado mais próximo, com um sorriso a desenhar-se no rosto.

– Que os da Gestapo são todos honestos e inteligentes, mas eu tenho de discordar.

– Porquê? – perguntou o mesmo homem.

– Se um tipo da Gestapo diz que é inteligente, não é honesto. Se é honesto, não é inteligente e, se é honesto e inteligente, não é da Gestapo.

Os quatro soldados riram-se.

– Sei que brincar com isto me pode trazer sarilhos, mas é apenas uma brincadeira.

– Claro – replicou o soldado.

Franka estava gelada, incrédula. John não lhe fizera qualquer sinal. Nada.

– Sei outra piada, se prometerem não contar a mais ninguém.

– Claro – concordou o soldado sentado ao seu lado.

– Está bem, esta é muito boa – prosseguiu. – Qual é a diferença entre o cristianismo e o nacional-socialismo?

– Não sei – respondeu um dos soldados.

Fez uma pausa de alguns segundos.

– No cristianismo, um homem morreu por todos e, no nacional-socialismo, todos os homens morrem por um.

Os homens rebentaram a rir.

John levantou-se e sacou das pistolas que levava nos bolsos.

– Franka! Para baixo! – gritou, disparando uma série de tiros no peito dos homens sentados à sua frente. O último soldado ergueu-se, agarrando na sua espingarda. John deu-lhe dois murros na cara. O camião parou, quase fazendo John cair. Demorou um segundo a recuperar o equilíbrio, antes de descarregar as armas com disparos que perfuraram a lona da cobertura e atingiram a cabina. Aproximou-se de Franka. Tinha o sangue do soldado espalhado pelo rosto.

– Está ferida? Foi atingida?

– Não, estou bem.

John agarrou na pistola de um dos soldados e saltou do camião. Franka seguiu-o. A porta da cabina abriu-se, e Vogel cambaleou para a estrada, com uma ferida de aspeto terrível a manchar-lhe o peito. Ainda disparou dois tiros antes de John conseguir abatê-lo, fazendo-o cair sobre a neve enlameada, como uma trouxa desajeitada. John examinou-o, bem como aos outros dois homens na cabina.

Franka dirigiu-se a ele.

– Voltou. Por esta altura já poderia estar na fronteira.

– Eu disse-lhe que não iria deixá-la.

Abraçou-o, mas, ao afastar-se, viu uma mancha vermelha na zona onde estivera encostada a ele.

– Oh, não – disse, sentindo um arrepio percorrer-lhe a coluna. – Mostre-me.

Ele ergueu o braço, revelando a ferida provocada por um tiro no lado direito do peito, ao nível do cotovelo.

– Não é nada de muito grave – mentiu Franka.

– Eu consigo continuar, mas agora temos de ir. Vêm aí mais soldados.

– Espere. Preciso de uma coisa primeiro.

Franka correu para a cabina do camião e abriu a porta. Os soldados da Wehrmacht estavam caídos para a frente como bonecas de trapos, o sangue espalhado sobre o para-brisas estilhaçado. O corpo do condutor caiu para a estrada, num monte disforme. O estojo de primeiros-socorros estava caído no chão. Quando ela regressou, John estava sentado sobre a neve. Ela cortou gaze e enrolou-a em volta do peito dele, numa tentativa de ajudar a estancar o sangue. A parte de cima das calças já estava também ensopada. Ele despiu o casaco da Luftwaffe e atirou-o para a neve.

– Segure nisto – entregou-lhe um adesivo espesso. – Faça o máximo de pressão que conseguir.

John acenou com a cabeça, mas o seu rosto estava extremamente pálido. Tirou da mochila um casaco de civil e, com alguma dificuldade, conseguiu vesti-lo. Em poucos segundos, ficou igualmente encharcado de sangue.

– Temos de sair daqui imediatamente – disse Franka.

Retirou-lhe o mapa do bolso. Já tinham feito vários quilómetros, desde o sítio de onde tinham planeado viajar até à fronteira. Uma vez mais, o enorme penhasco esperava-os.

– Eu consigo – afirmou John. – Tire esse corpo do camião e vamos guiar até onde estávamos.

Franka deu a volta até à porta do lado do passageiro, de onde puxou para fora o corpo do soldado morto. Ajudou John a levantar-se, colocando-lhe um braço por cima do seu próprio ombro e levou-o até ao veículo, para o qual ele conseguiu içar-se. Ainda se ouvia o zumbido do motor, e a chave permanecia na ignição. Deu a volta com o camião e foi descendo a estrada, com o vento gelado a soprar-lhe contra o rosto, deixando para trás os corpos mortos naquela carnificina.

– Vai precisar de um médico, e rapidamente.

– Deixe-me atravessar a fronteira, e depois vemos o que fazer. Já me salvou a vida uma vez. Parece que vai ter de repetir a façanha.

Conduziram durante mais alguns minutos, antes de chegarem a um ponto em que a escarpa parecia mais baixa e a linha de árvores mais próxima. Quando abandonaram o camião, ele colocou o braço sobre o ombro dela para avançarem, não se preocupando em ocultar as suas pegadas. A fronteira. A liberdade. Ela pegou-lhe na mochila e livrou-se de grande parte do seu conteúdo, antes de a colocar às costas. Moviam-se lado a lado, ele encostado a ela, deixando atrás de si, sobre a neve, um rasto carmim.

– Eu consigo – repetia ele.

Havia árvores de cada um dos lados, na neve, que atingia uma altura de trinta centímetros. Chegaram de novo junto à escarpa. Tinha uma altura de seis metros.

– Agarre a corda, prenda-a em volta de uma árvore e faça-me descer.

Franka procurou a corda na mochila dele e enrolou-a em volta do tronco robusto de uma árvore. De seguida, ele envolveu-a em volta dos próprios braços e segurou-se com as duas mãos, enquanto ela o baixava, centímetro a centímetro. John ia pousando os pés sobre as rochas, à medida que descia. Sabia que ele estava estafado, mas também sabia o que o sono implicaria. Desceu atrás dele. Quando ela chegou ao fundo, John estava sentado encostado a uma rocha, com dificuldade em manter o corpo direito. Ajudou-o a levantar-se.

– Vamos lá, fuzileiro – disse-lhe em inglês, tal como ele lhe ensinara.

Ouviu o som suave do riacho e procurou por entre as árvores, para conseguir encontrá-lo. Embora gelado nas margens, o fluxo de água corria livremente na parte central.

– É aqui – disse ela. – Vamos conseguir.

– Eu consigo – repetiu John, mas a sua voz era fraca, como se qualquer passo pudesse ser o último. Cambaleou, e Franka segurou-o, para que não caísse.

– Vá, John, estamos quase lá. Só mais um bocadinho.

Continuaram a andar, ao longo das margens do riacho, mais um passo, e depois outro. Vacilou de novo e desequilibrou-se, fazendo-a cair por cima dele. Gemeu quando ela o tentou levantar, mas Franka ignorou-o, forçando-o a colocar de novo o braço sobre o seu ombro. Agarrava-a com menos força, mas ainda assim continuaram a caminhar.

– Estamos tão perto. Não desista agora.

Vários minutos se passaram enquanto avançavam penosamente, até que ele perdeu as forças e caiu no chão. Por entre as árvores, já se conseguia divisar o posto fronteiriço. Estava a menos de trinta metros.

– Conseguimos – gritou Franka. – Estamos na Suíça. Estamos livres.

– A Franka está livre – murmurou. – Obrigado por tudo, Franka. Leve o filme consigo.

– Não! – gritou ela. – Não vou deixá-lo morrer, ainda mais agora, que estamos tão perto. Levante-se. Está a ouvir? Levante-se. Não vou deixá-lo ficar.

Ela inclinou-se, pôs um braço à volta dele e carregou-o sobre os ombros.

– Vamos conseguir. Vamos conseguir. Não vou deixá-lo morrer – repetia, enquanto se arrastava em direção do pequeno edifício de pedra cinzento, com as árvores da Floresta Negra tão cerradas sobre ela que nem sequer conseguia ver o céu.

Capítulo 15

O campo nos arredores da cidade de Basileia, Suíça, outubro de 1945

O Sol poente pintava o horizonte de vermelho, laranja e púrpura. Franka esticou os músculos das costas, enquanto se apoiava na enxada do jardim. À distância, era possível divisar os montes e árvores da Floresta Negra, como formas escuras recortadas contra o céu. Os finais de tarde já estavam mais frios, e o calor de verão dissipava-se com a chegada do ar outonal. Filas de batateiras cobriam vários metros de chão em todas as direções, sendo a sua uniformidade apenas interrompida pelas figuras de outros agricultores, que regressavam do seu dia de trabalho. Dobrou-se para pegar no balde de ervas daninhas que arrancara e começou a fazer o caminho de volta ao celeiro. Rosa Goldstein esperava-a junto da árvore por baixo da qual muitas vezes almoçavam e cumprimentou-a com um sorriso.

– Não pensei que ainda aqui estivesses, Franka. Pensei que ias para casa.

– Ainda aqui estou – disse Franka. – Não sei porquê, mas a minha viagem para casa foi atrasada. Hoje é o meu último dia na quinta. Parece ridículo, mas vou ter saudades disto e de todas as pessoas maravilhosas que aqui conheci.

– A guerra acabou. Os nazis partiram. É tempo de prosseguirmos com as nossas vidas, ou com o que quer que ainda reste delas.

As duas jovens caminhavam lado a lado. Outras foram-se-lhes juntando, e, quando chegaram ao celeiro, o grupo já tinha mais de vinte pessoas, todas elas desejando-lhe felicidades, ao mesmo tempo que se despediam.

Enquanto se lavava, antes do jantar, na casa de banho que partilhava com dez outras mulheres que agora considerava como irmãs, vieram-lhe à mente memórias de Hans. As suas palavras tinham subsistido, para além da sua breve vida. Hans, Sophie, Willi e todos os outros que tinham dado a vida pela causa da liberdade em breve seriam considerados os heróis que ela sabia terem sido. Regressou ao quarto e sentou-se no seu beliche. O dormitório estava vazio, pois todas as outras mulheres estavam lá fora a desfrutar de uma bebida ao Sol do fim de tarde. Tirou de debaixo da cama a mala que constituía agora o seu único pertence. O panfleto estava dobrado na bolsa lateral. Tirou-o, tal como fizera repetidas vezes nos últimos tempos, e leu o título:

O Manifesto dos Estudantes de Munique

Era o sexto panfleto da Rosa Branca, que saíra clandestinamente da Alemanha através de um advogado e que fora reproduzido e espalhado às centenas de milhares sobre o país, por bombardeiros aliados. Sylvia Stern, uma refugiada judia de Ulm, atravessara com ele a fronteira e oferecera-o a Franka como inspiração, quando ela chegara ao campo, no inverno de 1944. Franka nunca lhe contara, tal como não contara a mais ninguém, que estivera lá na noite em que Hans, a sua irmã Sophie e o seu melhor amigo, Willi, tinham redigido aquele panfleto. Não lhe contou que ajudara a distribuí-lo, nem que passara algum tempo na cadeia por causa das palavras contidas naquele pedaço de papel. Essa memória era apenas deles. Mereciam essa honra sozinhos.

Dobrou o panfleto, voltou a guardá-lo na mala e dirigiu-se à janela, no final da fila de beliches. Contemplou a Floresta Negra, a quilómetros de distância. Para onde iria ela voltar? Os nazis tinham sido destruídos, tal como o Reich, que deveria durar mil anos. O que havia agora para ela? Todos aqueles que mais amara estavam mortos. Apenas restavam as suas memórias, que a enchiam de conforto e tristeza e a inundavam de amor. Ainda falava com a mãe, ainda sentia os braços do pai a abraçarem--na, ainda via o sorriso de Fredi em sonhos. Enquanto vivesse, estariam sempre com ela.

Ainda pensava em John. Conseguia sentir o peso dele sobre os seus ombros, o calor do seu sangue a espalhar-se sobre o seu corpo e a expressão do funcionário da alfândega – algures entre a pena e a incredulidade –, quando ela irrompeu pela porta com ele às costas. O homem tentou convencê-la a desistir, dizendo-lhe que John estava morto, mas ela recusara-se a acreditar nele. Apontou-lhe uma arma e obrigou-o a levá-los até ao hospital, que ficava a uma distância de quatro quilómetros. Tinha a certeza de que iria ser presa por isso. Não foi. O consulado norte-americano interveio. O microfilme foi levado para os Estados Unidos, e as bombas caíram em Hiroxima e Nagasáqui. Nunca chegou a saber até que ponto contribuíra para o horror desses dias, mas por fim a guerra acabou. Os americanos disseram que aquelas bombas haviam salvado centenas de milhares de vidas. Era melhor pensar nisso dessa maneira, pois a alternativa era demasiado dolorosa. Talvez um dia pudesse aceitar o papel que haviam desempenhado no fim da guerra. Por agora, era suficiente saber que tinham contribuído.

Depois de John ter dado entrada no hospital, Franka ficara confinada à segurança do campo e nunca mais o vira desde esse dia, tendo apenas sido informada por carta do milagre da sua sobrevivência. Ele escrevera-lhe a agradecer-lhe ter-lhe salvado a vida com a força da sua determinação, repetindo inúmeras vezes que voltaria para ela. Mesmo assim, de certa forma, ela continuava a sentir-se só. Não queria deixar-se iludir e acreditar nele, e a sua esperança interior ia diminuindo, à medida que o fluxo de correspondência entre ambos ia decrescendo.

A noite instalava-se. A luz do dia não era mais do que um pequeno brilho sobre a Floresta Negra, à distância. Não acendera a lâmpada no canto do quarto, e tudo escurecera em seu redor. Não parecia fazer sentido acender a luz num quarto que ia deixar. Chegara a altura. Não havia como evitá-lo. A mala estava junto à sua cama. Aproximou-se dela e arrumou os últimos pertences. Quando a fechou, nem sequer estava meio cheia. Pegou-lhe, e numa só mão sentiu o peso do que restava da sua vida.

Ouviu o som suave da porta do quarto a fechar-se.

– Eu avisei que viria – disse uma voz atrás dela. Uma voz que naqueles últimos meses apenas ouvira em sonhos. Estendeu a mão para a lamparina ao canto e acendeu-a. Uma luz dourada envolveu o quarto, iluminando o sítio junto à porta em que John se encontrava, vestido com um uniforme militar completo e uma linha brilhante de medalhas sobre o peito. Tirou o chapéu e colocou-o debaixo do braço. – Nunca mais vou deixar-te.

– Nem eu deixaria que o fizesses – replicou.

John aproximou-se dela e tomou-a nos braços. Todas as outras palavras se perderam no seu abraço.

Agradecimentos

Agradeço à minha mulher, Jill, por ter acreditado em mim e por ser a minha «cobaia» para um sem-número de finalidades. Agradeço aos meus leitores «beta», pelo seu trabalho em peneirar pelo meio do cascalho dos meus primeiros rascunhos: Jack Layden, Shane Woods, Betsy Frimmer, Carol McDuell, Chris Menier, Jackie Kosbob, Nicola Hogan, Liz Guinan Havens, Morgan Leafe e, naturalmente, a maravilhosa Jill Dempsey. Agradeço igualmente aos Drs. Liz Slanina e Derek Donegan, pela sua ajuda técnica. Obrigado ao meu extraordinário agente Byrd Leavell e aos meus editores, Jenna Free, Erin Anastasia e Will Champion, que muitas vezes me fizeram dar grandes gargalhadas com a sua colorida linguagem editorial. Os meus agradecimentos a Jodi Warshaw e Chris Werner, os meus fantásticos editores da Lake Union, e a toda a sua equipa, tão amigável, recetiva e gentil.

Agradeço ao meu irmão Brian, por me «fazer andar nos eixos», e ao meu irmão Conor, por instilar em mim o amor pela História. Obrigado à minha irmã Orla, pelo seu apoio constante e, naturalmente, aos meus pais, Robert e Anne Dempsey, por me terem feito como sou. Finalmente, agradeço aos meus maravilhosos filhos, Robbie e Sam. São a chave para tudo e a principal força motora que me conduz na minha jornada para me transformar no escritor que um dia espero vir a ser.

Coleção Clepsidra

- A Serpente do Essex, de Sarah Perry
- Mulheres sem Nome, de Martha Hall Kelly